Kai Magnus Sting
Mord im Wüstenexpress

Vom Autor bisher bei KBV erschienen:

Leichenpuzzle
Die Ausrottung der Nachbarschaft
Tod unter Gurken
Das ABC des schönen Mordens

Kai Magnus Sting, Kabarettist, Krimiautor und Abenteurer, hat so manchen Berg erklommen und dabei einige Eskapaden erlebt: Von der Schwäbischen Alb über die niederrheinische Tiefebene bis hin zu den nordfriesischen Inseln hat er alles bereist und gesehen, so manches Sandkorn dabei umgedreht und einige haarsträubende Abenteuer erlebt. Diese vielfältigen Eindrücke verarbeitet er in seinem neuen Kriminalroman. Für seine Arbeiten ist er mehrfach ausgezeichnet worden, zuletzt mit dem WDR Publikumspreis zum Deutschen Hörbuchpreis.
Bei KBV veröffentlichte Kai Magnus Sting bislang »Leichenpuzzle«, »Die Ausrottung der Nachbarschaft«, »Tod unter Gurken«, »Das ABC des schönen Mordens« und »Mord im Wüstenexpress«.
www.kaimagnussting.de

Kai Magnus Sting

MORD IM WÜSTENEXPRESS

Originalausgabe

© 2025 KBV Verlags- und Mediengesellschaft mbH
Am Markt 7 · DE-54576 Hillesheim · Tel. +49 65 93 - 998 96-0
info@kbv-verlag.de · www.kbv-verlag.de

Bei Fragen zur Produktsicherheit wenden Sie sich bitte an unsere
Herstellung: info@kbv-verlag.de · Tel. +49 65 93 - 998 96-0

Umschlaggestaltung: © Büro Dirk Rudolph
Zeichnungen Innenteil: Ralf Kramp
Lektorat: Volker Maria Neumann, Köln
Druck: CPI books, Ebner & Spiegel GmbH, Ulm
Printed in Germany
ISBN 978-3-95441-683-7 (Taschenbuch)
ISBN 978-3-95441-693-6 (eBook)

Für Lotta

ES REISEN MIT:

Erzähler	lässt lieber reisen
Alfons Friedrichsberg	ein großer Reisender in Sachen Aufklärung
Jupp Straaten	lässt seinen Freund nicht alleine reisen
Willi Dahl	reist ungern, wird mitgeschleppt und schleppt dabei zu viel mit
Sir Lancelot Smith	ein Abenteurer, wie er im Buche steht
Gräfin Sophie von Scharmützel	reist nur noch, um andere damit zu ärgern
Bertram, ihr Butler	muss mit, um sich ärgern zu lassen
Ginger, ihre Privatsekretärin	siehe oben
Pankrazius Lübke	weiß eigentlich nie, warum er mitmuss
Eugen Eigen	ein angenehmer Reisender
Hamilton Focus	ein Gentleman, gerade auf Reisen
Zugbegleiter Herr Olaf	Reisen ist sein Leben; gerade auf Schienen
Tessa Langford	trifft über einen Lippenstift ihr Schicksal

Birgit Kautsch	kommt auf der Damentoilette auf eine gute Idee
Dame in Rot	eine atemberaubende Erscheinung
Prof. Dr. Abraham Ambrosius	ein stiller Gast auf Reisen
Dr. Robertson Davies	als Forscher viel zu viel gereist
Wolfram Ulitzner	ein Handlungsreisender in Sachen Bürsten
Inga Strübel	liegt auf Reisen gerne einfach mal so rum
Schmierlappen	reist denen hinterher, die vor ihm fliehen
Hans Gustav Pichelgruber	kommt auf Reisen gerne mal ins Schwitzen
Kommissar Trotto Papadopoulos	reist nie; ist stets da
Costas	dient Reisenden
Malik	ein Durchreisender
Taxifahrer	ohne ihn fängt keine Reise an
Bill	reist mit Bob
Bob	reist mit Bill
Barmann	liefert Verteiler für Reisende
Küchenchef	sorgt fürs Kulinarische
Ober	bringt das, was der oben Erwähnte zaubert

Eine unheimliche Stimme .... hat jeder schon mal auf Reisen gehört

Polizist .... wenn man ihn braucht, ist er nicht da; wenn er da ist, könnte man gut auf ihn verzichten; das ist überall auf der Welt so

Rezeptionist .... ist auf Reisen immer wieder ein anderer und doch stets derselbe

Sphinx .... hat schon viel gesehen und wurde viel gesehen

und viele andere Mitreisende*innen

PROLOG 1

… wird mir doch glauben, so absonderlich klingt dieses Mysterium, jedoch, es ist eine Tatsache: Wir sind nicht alleine, wir sind viel mehr, über den ganzen Erdball verteilt, Männer wie Frauen.

Einen tut uns alle ein Schicksal. Ist es ein Fluch? Ist es eine Bestimmung? Gewiss ist es eine Aufgabe, folgen müssen wir ihr. Aber welchen Ausmaßes ist sie …? Ob wir in der Lage sein werden, uns zu Lebzeiten zu verbünden, um dem Geheimnis auf die Spur zu kommen …? Werden es vielmehr unsere Nachfahren sein, die dem Ruf Folge zu leisten haben …?

Und alle, die uns hindern oder abhalten werden, soll der Schlag bei ihren leidenschaftlichen Ausübungen treffen, ihre Innereien sollen in einem Blutfeuer aus ihren Leibesöffnungen hinausfahren, die Haare sollen ihnen aus dem Körper wuchern und sich mit den Ästen und Zweigen des Laubes und der Bäume verfangen, Finger und Fußnägel sollen ihnen in Windeseile meterlang herauswachsen, dass sie auf ihren Klauen durch die seelische Einöde geistern, ihre Habgier und ihre Unrast soll sie blindsichtig machen und ohne Besinnung und Orientierung atemlos durch die Welt hetzen lassen, und Würmer und Geschmeiß und Maden und Spinnentiere sollen ihre Eier in sie legen und sie von innen gemächlich auffressen, und nässende Eiterwunden sollen sie am ganzen Körper bedecken – und abschließend habe sie der Blitz beim Kacken zu Staub zu verwandeln.

Aber dennoch bleibt für uns die drängendste Frage von allen: Über wie viele Tote werden wir klettern müssen, um auf den Gipfel des Erkenntnisberges zu gelangen, um endlich das …

(An dieser Stelle bricht der Bericht ab.)

PROLOG 2

Schatz, ich grüß Dich aus der Ferne,
denn aus der Ferne hab ich Dich richtig gerne.
Dann tut mein Herz mir auch gar nicht mehr weh,
bist Du weit weg und nicht in meiner Näh'.

Mach, was ich will,
wie wunderbar,
und höre keinen blöden Kommentar.
Und denke ich
dann doch noch mal an Dich,
denk ich nur:
Nein, ich vermiss Dich wirklich nicht.

Schatz, ich grüß Dich aus der Ferne,
denn aus der Ferne hab ich Dich richtig gerne.
Dann tut mein Herz mir auch gar nicht mehr weh,
bist Du weit weg und nicht in meiner Näh'.

Keiner ist da, der mich hier quält,
daran hat's mir zu Hause oft gefehlt.
Darum mach ich jetzt endlich Schluss
und das ganz ohne einen Abschiedskuss.

(Text des Weltschlagers »Schatz, ich grüß Dich aus der Ferne« aus dem Jahre 1922, Texter und Komponist weitestgehend unbekannt; gelten als verschollen.)

TEIL EINS

KAPITEL 1

In den Straßenschluchten von Oer-Erkenschwick nimmt diese Geschichte ihren Anfang und endet in einem unterirdischen Grab; dazwischen gibt es abgetrennte Zehen, einen blauen Bademantel, eine Schallplatte, viele Leichen und noch mehr Eierlikör on the rocks.

Doch zunächst nach Oer-Erkenschwick und seinen Straßenschluchten, in denen sich eine wilde Verfolgungsjagd zutrug.

Verfolgtes Vehikel: ein Citroën DS, Baujahr 1966.

Dessen Inhalt: vorne links: Jupp Straaten, vorne rechts: Alfons Friedrichsberg, wie immer hinten rechts: Willi Dahl.

Der dicke Alfons Friedrichsberg saß mit weit aufgerissenen Augen auf dem Beifahrersitz und versuchte vergeblich, seine Zigarre in Brand zu setzen. Ebenso verzweifelt versuchte Jupp Straaten, die Gewalt über sein Automobil nicht zu verlieren.

Und Willi Dahl schrie von hinten: »Du bringst uns noch alle um!!!«

Straaten riss die Augenbrauen hoch: »Dann würd ich doch 'ne Waffe nehmen. Was Handliches. Revolver, Axt, Armbrust. Oder Rattengift ins Püree.« Er saß verkrampft hinterm Steuer und schien die Gesamtsituation (also Auto und Fahrgäste) nicht im Griff zu haben (was jedoch an dem Gefährt direkt hinter ihnen lag).

»Gift ... da verdirbt man sich doch nur den Magen, und nachher ist man womöglich tot.«

»Das ist doch sein Ziel«, brummte Friedrichsberg.

»Ach. Da wäre ich aber tödlich beleidigt.«

»Ich dachte mir, mit dem Auto geht's schneller«, sagte Straaten.

»Nee, du ziehst es nur in die Länge.« Langsam war Friedrichsberg es leid: das katastrophale Rumgegurke und dazu die Zigarre, die nicht brennen wollte.

»In meinem Wagen herrscht Rauchverbot.«

»Nicht, wenn ich mitfahre. Und jetzt lös' endlich die Handbremse, verdammt noch mal!«

»Die Handbremse ist nicht mein Problem.«

»Stimmt. Du bist das Problem.«

»Ich komm nicht in den vierten Gang.«

Es ertönte ein lautstarker Gruß aus dem Getriebe.

»Was heißt hier vierter Gang?! Du solltest längst im sechsten sein!«

Straaten fasste sich an den Kopf. »Ich brettere doch nicht mit 120 durch eine Spielstraße!«

Friedrichsberg schaute sich um. »Wenn nicht hier, wo sonst?!« Er riss ein Streichholz an und setzte endlich seinen Stumpen in Brand.

»Nicht dein Ernst!«, entfuhr es Straaten. »In meinem Auto wird nicht geraucht!«

»Stimmt«, brummte der Dicke und strich sich über den Schnurrbart. »Bis heute. Herzlichen Glückwunsch zur Premiere.«

»Unfassbar!«

Von hinten mischte sich wieder Willi Dahl ein. »Du bist der schrecklichste Autofahrer, den ich je erlebt habe, Straaten.«

»Und wenn er so weitermacht, auch der letzte.«

Straaten schüttelte den Kopf. »Was regt ihr euch denn so auf? Ich bin nicht das Problem. Das Problem sind die Idioten im Auto hinter uns.«

Dahl guckte über die Schulter. »Stimmt, Autofahren können die auch nicht.«

Alfons Friedrichsberg verstellte mit seinen dicken Fingern den Rückspiegel, sodass er auch etwas sehen konnte, ohne sich bewegen zu müssen, und rümpfte die Nase. »Mir machen eher deren Maschinengewehre Sorgen.«

»Was?!«

In der Tat: Der viel zu dicht auffahrende SUV hinter ihnen hatte die Scheiben runtergelassen und präsentierte – links und rechts – zwei Maschinengewehrläufe.

Eine Salve Schüsse hagelte durch die Luft, der Dicke zog den Kopf ein – was unsinnig war, denn wohin sollte der Kopf verschwinden? Das Doppelkinn war ihm im Weg. Und darunter ein viel zu ausladender Wanst. »Oh, jetzt hätt es mich fast erwischt.«

»Uns auch!«, schrien Straaten und Dahl unisono.

»Um mich wäre es aber deutlich schader gewesen«, paffte der Dicke Zigarrenqualmkringel an die Autodecke.

»Das ist grammatikalisch nicht korrekt.«

»Aber inhaltlich! Und viel nicht korrekter, mein lieber Straaten, ist die Einbahnstraße, in die du gerade falschrum eingebogen bist!«

Dahls Gejammer kam vom Rücksitz: »Wenn uns jetzt einer entgegenkommt ...«

»Dann weich ich auf den Bürgersteig aus!«

»Untersteh dich!«, brummte es durch dicken Zigarrenqualm.

In dem Moment jedoch kam eine überaltete Schrottlaube von vorne und hupte »die Göttliche« aufs Trottoir, wo es – dankenswerterweise – an dieser Stelle breit genug war.

Straaten krallte sich ins Lenkrad, der Dicke drückte sich noch tiefer in seinen Sitz und schloss zur Sicherheit die Augen, Dahl schrie laut auf, anhaltend. Nach knapp hundert Metern konnten sie die Einbahnstraße via Bürgersteig verlassen und sich in den normalen Straßenverkehr einfädeln.

Allgemeines Aufatmen.

Welche Strecke genau die drei in ihrer Karosse zurücklegten, soll hier aus datenschutzrechtlichen Gründen verschwiegen werden. Nur so viel: Auf der atemlosen Verfolgungstour ging so manches zu Bruch: zwei Scheiben von Blumen Rickert, ein Mülleimer der städtischen Wirtschaftsbetriebe, der Außenspiegel eines Smart Fortwo und eine gelbe Gießkanne.

Von diversen Verkehrsdelikten sei hier nicht weiter die Rede.

Willi Dahl linste vorsichtig nach hinten. »Sind die Piraten noch da?«

»Wieso Piraten?!« Friedrichsberg schielte in den Rückspiegel.

»Na, wie würdest du sonst jemanden mit Holzbein und Hakenhand nennen?«

»Das erkennst du? Auf die Distanz?«

»Ich sitz hinten und bin näher dran.«

»Darf man damit überhaupt ans Steuer?«, wollte Straaten wissen.

»Bei einer Schaluppe vielleicht …«

»Der steuert aber einen Straßenkreuzer!«, grinste Friedrichsberg.

Dahl schaute nochmals nach hinten. »Und 'ne Augenklappe hat er auch noch!«

»Also dazu sehbehindert!«

Mit einem lauten Knall zerschlug ein Schuss die Heckscheibe.

Dahl bibberte. »Und dass bei der Kälte …«

»Das glaubt mir die Versicherung nie!«, jammerte Straaten.

Nur Friedrichsberg schien eine gewisse Genugtuung zu verspüren. »Frische Luftzufuhr … Kann ich wenigstens guten Gewissens weiterqualmen.« Geräuschvoll zog er die Nase hoch und riskierte einen Blick in den Außenspiegel. »Uhh, aber knapp war's!«

»Sehbehindert eben.« Dahl zuckte mit den Schultern.

»Du meinst, der sieht uns nicht?«

»Jedenfalls nicht richtig, wegen der Augenklappe.«

Friedrichsberg kaute auf seinem Stumpen herum. »Sonst wäre jetzt einer von uns tot.«

»Der könnt ja mal ein Auge zudrücken«, meinte Dahl.

»Bloß nicht! Sieht der noch weniger.«

Straaten schüttelte den Kopf. »Trotzdem sollte er nicht so Auto fahren, das ist doch gefährlich!«

»Richtig gefährlich wird's auf jeden Fall für uns, Straaten, wenn du jetzt nicht Gas gibst! Tödlich gefährlich!«

Kaum hatte Willi Dahl das gesagt, wurde ihr Auto von dem Piratenstraßenkreuzer hinter ihnen gerammt.

»Was war das?« Straaten hockte nun noch verkrampfter hinter dem Steuer.

»Er hat uns gerammt!« Dahl rückte sein Kassengestell zurecht. »Drück jetzt verdammt noch mal auf die Tube!«

»Noch schneller? Dann heben wir ab.«

»Keine schlechte Idee«, murmelte Friedrichsberg und drückte sich noch tiefer in den ohnehin malträtierten Sitz.

Das Gefährt holperte in irrer Geschwindigkeit über Kopfsteinpflaster und sorgte für einige Schaulustige am Straßenrand.

Willi Dahl duckte sich und lünkerte über die Rückbank. »Aber sagt mal, da hockt doch nicht nur ein Pirat in dem Auto.«

Straaten versuchte, etwas im Außenspiegel zu sehen. »Na ja, die sind meistens zu mehreren, dann heißen sie Piraten!«

»Das ist grammatisch vollkommen korrekt!«

Menschliches Schweigen. Dafür heulte der Motor wieder auf.

»Also haltet mich gerne für verrückt«, Dahl atmete schwer, »aber wenn ihr mich fragt, dann sitzt da eine Mumie neben dem!«

»Eine Mumie?«, kam es bei Friedrichsberg und Straaten wie aus einem Mund.

»Eine Mumie neben dem Piraten.«

»Hast du heute Morgen was gefrühstückt, Dahl?«, brummte Friedrichsberg an seiner Zigarre vorbei.

Der überlegte kurz. »Ja, aber nicht viel.«

»Es tut dir nicht gut«, grummelte der Dicke, »auf nüchternen Magen Fernreisen anzutreten.«

»Ganz mein Reden! Ihr habt mich ja auch praktisch vom Frühstückstisch weggerissen.«

»Mumien und Piraten klingt ein bisschen sehr nach schlechtem Horrorfilm aus den Neunzigern.«

»Nee, dann wäre noch ein Außerirdischer dabei.«

»Könnten wir uns jetzt lieber wieder auf unsere wilde Verfolgungsjagd konzentrieren?«, unterbrach Jupp Straaten den Wortwechsel der beiden.

Draußen schoss Oer-Erkenschwick an ihnen vorbei. Oder besser: Sie schossen durch Oer-Erkenschwick. Noch besser: Draußen wurde geschossen und sie jagten durch OE. Dabei waren sie fast schon in Wanne-Eickel. Was kein Wunder war: die Fahrweise Jupp Straatens in Kombination mit der winterlich vereisten Fahrbahn. Auf den Dächern lag Puderzucker, auf den Straßen eine Mischung aus Neuschnee und von der Stadt hingeschmissener Salz-Granulat-Mischung; der Schneefall wurde dichter, eine winterliche Idylle wie aus dem Reiseprospekt, wenn es nicht Oer-Erkenschwick gewesen wäre.

Straaten saß verkrampft hinter dem Steuer. »Jetzt schießen sie wieder auf uns!«

»Und wie!«, bestätigte Dahl und zog den Kopf ein.

»Das tun sie nicht. Das ist Hagel.« Der Dicke paffte an seiner Zigarre. »Links abbiegen«, befahl er, und Straaten schoss in einem 90-Grad-Winkel um die Ecke.

»Steve McQueen hätte das nicht besser machen können«, nickte Dahl anerkennend.

»Der hätte das gar nicht machen können. Der ist hinüber«, grunzte Friedrichsberg.

»Eben. Weil er so beschissen Auto gefahren ist!«

Von hinter ihnen fielen Schüsse in ihre Richtung. Eleganter formuliert: Erneut wurden sie mit Karacho unter Beschuss genommen.

»Wieso hast du ausgerechnet jetzt deinen Revolver nicht dabei, Friedrichsberg?«

»Das konnte doch keiner ahnen. Denk dran, Straaten: Wir wollten nur schnell zum Bahnhof.«

»Ja«, kann es vom Rücksitz, »um in einen entspannten Urlaub zu fahren.«

»Da hat wohl irgendjemand was dagegen!« Straaten wich unelegant einer Rollatorin aus, die die Straße kreuzte.

»Was wollen die überhaupt?«

»Uns umbringen?!«

»Aber warum?«

»Das solltest du die fragen«, raunzte Friedrichsberg.

Nun denn.

Man hätte auch Alfons Friedrichsberg selbst fragen müssen; schließlich hatten sich im Laufe der letzten Jahre und den in der Zeit angehäuften Abenteuern genug Feinde angesammelt, die ihm nach dem Leben trachteten: Mörder, Serienkiller, Betrüger, Agenten, Spitzbuben und schließlich auch seine Vermieterin.

Mitunter kam es einem so vor, als wären die einzigen beiden Menschen, die ihm wohlgesonnen waren, seine beiden alten Freunde Jupp Straaten und Willi Dahl. Wobei das auch nicht immer der Fall war. Wie oft schon hatten sie sich gegenseitig verflucht (so auch in dieser Situation). Wie oft schon wollten sie nichts mehr miteinander zu tun haben, nur um sich dann doch wieder gegenseitig aus der Patsche zu helfen. Aber: Gemeinsames Studium, die ein oder andere kommende und wieder ziehende Beziehung, viele durchzechte Jahre, Höhen und Täler und atemberaubende Abenteuer schweißten zusammen.

Auch wenn die drei noch so unterschiedlich waren: der immer leicht überforderte, kleine und etwas dickliche Willi Dahl, dem eigentlich immer alles zu viel war und nichts behagte; der lange, hagere und spießige Jupp Straaten, besonnen, ruhig und dem Dicken ein guter Partner; und dann Alfons Friedrichsberg, dick, laut, egozentrisch, alles besserwissend und stets der Mittelpunkt vom Ganzen.

Ein unschlagbares Trio.

Auch in den brenzligsten Situationen, wie eben jetzt und hier in Straatens Vehikel in Oer-Erkenschwick. Nur: Diesmal könnte es etwas zu brenzlig werden.

KAPITEL 2

Der dicke Friedrichsberg krallte sich in den Beifahrersitz und schloss die Augen, als Straaten über den zweiten Zebrastreifen in Folge schoss, ohne nach links oder rechts zu schauen.

Dahl dachte nach. »Vielleicht hat Straaten sie provoziert?«

»Ich? Womit denn?«

»Mit deiner defensiven Fahrweise.«

Friedrichsberg blinzelte vorsichtig. »Stimmt, so lahm, wie du immer fährst, könntest du besser schieben.«

Alle: »Huch!«

»Fahr links!«, brüllte Dahl.

»Nein, rechts!«, Friedrichsberg.

»Oder geradeaus!«

»Wir müssen jetzt erst mal hier lebend rauskommen.« Friedrichsberg schielte in den Außenspiegel und sah, dass der Pirat und die Mumie hinter ihnen ihre Flinten aus der Karre schoben und Maß nahmen. »Vorsicht! Deckung!«

Einige Salven knallten durch die wanne-eikelschen Straßenschluchten. Passanten standen am Rand und schauten wie erstarrt; so was hatten sie noch nie gesehen. Wenn, dann nur im Fernsehen und dort auch nur in schlecht. Das hier war sensationell. Nur nicht für die, die in ihrem Auto unter Beschuss saßen. Jupp Straaten versuchte, den Schüssen auszuweichen, und steuerte seine »Göttliche« im Zickzack. An einer Kreuzung bog Straaten viel zu schnell links ab, gekonnt zwischen zwei geradeaus fahrenden Wagen hindurch.

Alfons Friedrichsberg nickte anerkennend. »Scheint so, als hätten wir sie fürs Erste abgehängt.«

»Warum muss ich eigentlich immer hinten sitzen?!«, jammerte plötzlich Willi Dahl. »Und was ist das für eine Schallplatte hier?«

»Das ist jetzt nicht der richtige Augenblick für eine Diskussion!«

»Ach. Und wann bitte schön ist der richtige Augenblick?«

»Nie.«

»Eben.«

»Also halt den Mund.«

»Aber warum muss ich immer hinten sitz…«

»Weil du vorne störst«, unterbrach ihn der Dicke.

Dahl dachte kurz nach und nickte dann. »Stimmt, hatte ich vergessen.«

»Und was für eine Schallplatte meinst du?«

»Vinyl.«

»Das hatten wir früher als Küchenboden …«, kommentierte Straaten und fuhr eine Rechts-links-Kombination.

»Vinyl zum Auflegen, nicht zum Auslegen.«

»Ach so.«

»Was ist es denn?«, wollte Friedrichsberg wissen.

»Die Platte heißt: ›Schatz, ich grüß Dich aus der Ferne‹.«

»Die ist nicht von mir.«

»Es ist aber doch dein Wagen«, grummelte Friedrichsberg.

»Aber nicht meine Platte.«

»Und wie ist die Platte dann in dein Auto gekommen?«

Dahl rief von hinten: »Vorsicht, 'ne Radfahr…«

»Wo?«

»Zu spät!«

Zwei Blicke von Friedrichsberg: einmal in den Rückspiegel, einmal in den Außenspiegel. Ein halber Blick nach hinten über die Schulter. »Aber unsere Verfolger sind weg.«

Straaten und Dahl wie aus einem Mund: »Was?«

»Weg!«

»Nee.«

»Guckt doch.«

Die beiden schauten sich um. Zunächst vorsichtig, dann erleichtert. »Stimmt. Hinter uns ist niemand mehr!«

Straaten drosselte die Geschwindigkeit (Friedrichsberg: »Welche Geschwindigkeit?!«), und die drei ließen den Wagen entspannt durch die Straßen gleiten.

»Echt weg.«

Straaten nickte, hielt kurz inne, riss die Augen auf und rief: »Dafür kommen sie jetzt von vorne!«

Alle drei guckten nach vorne. Der Mumienwagen kam direkt auf sie zu. Alle drei schrien.

Straaten verriss in letzter Sekunde das Lenkrad, vereitelte so aber einen Zusammenprall.

Das gegnerische Fahrzeug fuhr an ihnen vorbei, schoss erneut, die drei zogen ihre Köpfe ein, der andere Wagen ging in die Bremsen, wendete und folgte ihnen.

»Rechts!«, brüllte der Dicke.

»Das war links!«, brüllte Dahl kurz darauf.

»Mist, schon wieder falsch!« Straaten verzweifelte.

»Das ist 'ne Sackgasse.«

»Verflucht!«

Friedrichsberg paffte einen dicken Kringel. »Gemach, Bruder, in jeder Sackgasse findet der Hoffende einen Weg.«

»Boah, wo hast du den denn her?!«

»Abreißkalender. Irgendein Tag im April.«

»Schön, euch zuzuhören«, rief Straaten übers Lenkrad. »Aber was soll ich jetzt tun? Da ist eine Wand!«

»Ist eben eine Sackgasse.« Friedrichsberg blieb gelassen. »Und da ist 'ne Toreinfahrt! Bieg da mal rein!«

Straaten riss das Lenkrad nach rechts, die drei brausten durch die Toreinfahrt, in einen Hinterhof, und hier stellte Straaten fest: »Wir sind gerettet, das ist 'ne Durchfahrt! Da drüben kann ich die Parallelstraße sehen! Was ist mit unseren Verfolgern?«

Friedrichsberg und Dahl drehten sich um, und genau in diesem Moment knallte es hinter ihnen gewaltig: Die Verfolger hatten ihr Auto vor die Wand gesetzt.

»Hm«, machte Dahl, »scheinen die kleine Ausfahrt hier wohl verpasst zu haben.«

»Dafür haben sie die Wand voll erwischt«, grinste der Dicke. »Man kann eben nicht alles haben.«

»Ob wir wohl mal nach denen gucken sollten? Vielleicht ist ihnen ja was passiert?!«

»Selber schuld, was drängeln die auch so?! Außerdem müssen wir unseren Zug kriegen. Das Abenteuer fängt ja gerade erst an.«

Und da sagte er was, der Alfons Friedrichsberg. Dank der im Wege stehenden Wand wurden unsere drei – also Alfons Friedrichsberg, Jupp Straaten und Willi Dahl – ihre seltsamen Verfolger überraschend wieder los, und nur wenige Straßen weiter trafen sie auch schon auf den Hauptbahnhof mit seinem enormen Empfangsgebäude – für Wanne-Eickel amtlich –, auf dessen Gleisen sie sich in ein weiteres haarsträubendes Abenteuer stürzen sollten.

Vor dem Hauptbahnhof: wenig Verkehr. Busse. Taxis. Aber beinahe überall absolutes Halteverbot. Das war das Übliche: Da, wo man mal kurz halten wollen würde, um wen bahnhofstechnisch raus- oder reinzulassen, durfte man überhaupt nicht stehen.

Der dicke Friedrichsberg klemmte sich den Stumpen zwischen die gelben Zähne und wuchtete seinen Körper aus dem Vehikel. »Du müsstest jetzt schleunigst irgendwo das Auto parken, sonst ist der Zug gleich weg!«, sagte er.

Straaten schaute sich verzweifelt um. »Ich darf hier aber nirgendwo stehen bleiben.«

Auch Dahl stieg aus. »Du bist gerade noch gefahren wie der letzte Henker.«

»Das war gerade, jetzt ist jetzt. Ich riskiere doch kein Knöllchen.«

»Ach was?!«

»Am besten lasse ich euch hier raus, dann könnt ihr mit den Koffern vor, und ich suche dann in Ruhe einen Parkplatz.«

»Bis du einen für dich passenden Parkplatz gefunden hast, vergehen immer Stunden ...«

»Deswegen fange ich auch jetzt damit an.«

»Viel Vergnügen!« Friedrichsberg schaute sich um.

»Ich komm dann nach!«

»Und pass auf, dass dir keine Einäugigen und Holzbeine über den Weg humpeln. Könnten dich kielholen.«

»Kiel-was?«

»Holen.«

»Hm?«

»Umbringen.«

»Ah. Vielen Dank, als ob Parkplatzsuchen alleine nicht schon Abenteuer genug wäre!«

»Herausforderung auf jeden Fall.«

»Entschuldigt, wenn ich unterbreche«, unterbrach Dahl. »Was ist mit unseren Koffern?«

»Sind im Kofferraum, wo sonst?«

»Kannst du die nicht gleich ...«, grinste Friedrichsberg.

»Das könnt ihr schön selber.«

Dahl machte sich am Kofferraum zu schaffen, fand endlich den Mechanismus, öffnete ihn und zog seinen schweren Reisekoffer heraus. »Mensch ... Alles muss man ...«

Friedrichsberg klopfte leicht aufs Autodach und drehte sich Richtung Hauptbahnhof. »Dann kannst du meine auch gleich ...«

»Nee.«

»Doch«, brummte der Dicke. »Los!«

»Wenn du so freundlich bittest, okay!«

Mit majestätischen Schritten, als wollte der das Bahnhofsgebäude entern, entfernte sich Friedrichsberg vom Auto. »Und beeil dich.«

Dahl hatte jetzt noch die drei Koffer seines Freundes rauszuhieven. »Oh, die sind aber schwer ...«

»Klamottage und Lesestoff.«

Mit Schwung hatte Dahl den Kofferraum geschlossen, und Straaten konnte davonfahren.

»Bis gleich!«, rief er den beiden nach. Er konnte ja nicht ahnen, dass sich das »gleich« ziehen und bis zum »gleich« noch eine Leiche anfallen würde.

KAPITEL 3

Alfons Friedrichsberg schob seinen mächtigen Körper durch die ehrwürdige Bahnhofshalle und hielt nach einem Tabakladen Ausschau, um seinen Zigarrenvorrat für die Reise etwas aufzufrischen. Hinter ihm japste Dahl, im Schlepptau vier Koffer.

»Wir haben nicht mal mehr fünf Minuten bis zur Abfahrt. Schaffst du das, Dahl?«

»Sehe ich so aus, als könnte ich es schaffen?«

»Nein.«

»Und dann auch noch mit den vier Koffern.« Dahl schwitzte. »Wieso hast du überhaupt drei?«

»Meine Bücher?! Außerdem: Ein bisschen Bewegung tut dir gut, wir sitzen gleich noch lange genug.«

»Wie soll ich das denn schaffen?«

»Beeil dich jetzt mal, der Zug fährt sonst ohne uns!«

»Ich hab schon Seitenstechen und Schnappatmung.«

»Nimm jetzt mal die Beine in die Hand.«

»Dann kann ich aber nicht mehr rennen. Und Koffertragen auch nicht.«

»Ahhhh, mach jetzt endlich!«

Ohne sich umzudrehen, bahnte sich Alfons Friedrichsberg seinen Weg durch die Reisewilligen und Bahngestrandeten. Ein Tabakladen war nicht in Sicht, leider. Gut, dass er für den Notfall im zweiten Koffer …

»Welches Gleis müssen wir denn?« Lange würde Dahl weder die Schlepperei noch die Rennerei aushalten.

Friedrichsberg wurde ungeduldig. »Welches Gleis, welches Gleis … Das sehen wir schon, wenn wir es sehen. Den Zug kann man nicht übersehen.«

»Wieso?«

»Weil es der sagenhafte, oft besungene, höchst exklusive, einzigartige, wunderbare Wüstenexpress ist.«

Im Film oder im Hörspiel wäre jetzt ein Tusch ertönt. Mit Geigen und Firlefanz. In der Realität wartete man vergebens auf so was. Da kam höchstens die Durchsage, dass der Anschluss nicht wartete. Oder der folgende Zug wegen Fahrzeugmangels ausfiel. Kein Wunder, dass man sich so oft in die Fantasie flüchtete. Nach dem Happy End im Liebesfilm war meistens Ende. In der Realität kam die Ehe.

»Der wer?«

»Wüstenexpress.«

»Ach.«

»Ja.«

Dahl riskierte einen Rundblick durch seine beschlagenen Brillengläser. »Kann ich … kann ich nicht noch eben ein Fischbrötchen to go auf die Hand zum Mitnehmen für unterwegs? Also die haben da hinten im Bierteig ausgebackenes Sushi auf Rollmopsgrundlage ganz ohne Reis … Da sind gerade andalusische Wochen.«

Friedrichsberg schnalzte mit der Zunge. »Dafür hast du Augen.«

»Mit denen muss ich ja auch nicht rennen.«

»Da ist er!«
»Hm? Wer jetzt?«
»Der Zug!«
»Stimmt! Da war doch was!«

Da stand er, auf Gleis 1, bereit für eine außerfahrplanmäßige Sonderreise: der sagenumwobene Wüstenexpress; einer DER luxuriösesten Züge der Welt.

Schon von außen: vorne die schwere Dampflok, hinten der letzte Waggon, dazwischen alles andere. Also: die Waggons für die Gäste, die sogenannten Schlafwagen, je Wagen sechs Abteile, teilweise mit vier Betten und einem eigenen kleinen Bad, dann der Speisewagen, ein eigener Küchenwagen, ein Gesellschaftswagen – mit Bar und Bibliothek – und der Gepäckwagen. Der Zug royalblau in der Farbgebung, mit goldener Blattverzierung, sodass auch der scheueste Provinzbahnhof sofort bei der Durchfahrt wusste: Das war der sagenumwobene Wüstenexpress.

Und von innen erst: allein der Gesellschaftswagen, also Bar und Bibliothek, in feinstem Art-déco-Stil gehalten und eingerichtet: abstrahierendes Dekor, hochwertige und exotische Materialien, die sich in den Wandlampen, den Tischen, den Sesselchen, den Regalen oder auch Teppichen, Tapeten, Türverzierungen wiederfanden.

Dann die Fahrgäste: Die Hautevolee der Welt kam hier zusammen: Monarch*innen, Industriell*innen, Nobelpreisträger*innen, Waffenhändler*innen, geistige wie monetäre Oberschicht*innen.

Also selbst mit den Fahrgästen einer S1 Düsseldorf - Dortmund oder der Buslinie 33 über Wagnerstraße und ZOB in keinster Weise zu vergleichen.

Alles in allem, bei aller Noblesse und Vornehmheit: ein hochexklusives und -explosives Spannungsfeld, in dem sich unsere drei Freunde hier bewegen würden.

Keiner stieg mehr ein, die meisten Passagiere hatten ihre Plätze bereits eingenommen. Schaulustige standen staunend auf dem Bahnsteig und gafften.

Eine Bahnsteigdurchsage schallte durchs Gebäude und über die Gleise hinweg: »An Gleis 1 bitte einsteigen! Die Türen schließen selbsttätig. Vorsicht bei der Abfahrt des Zuges.«

Friedrichsberg und Dahl hatten die letzten Meter noch hinter sich zu bringen, dann hatte der Dicke den Zug geentert – vorher wehmütig seinen Zigarrenstumpen unter den Zug geschnippt – und seine knapp 140 Kilo durch die Türe gequetscht.

»Schnell!«, rief er Dahl zu.

»Alter Mann ist doch kein D-Zug!«

»Na, bei den Verspätungen heutzutage … Ich bin jedenfalls drin.«

»Hier, nimm die Koffer.« Dahl reichte an, Friedrichsberg nahm entgegen und schob sie hinter sich.

»Hab ich.«

Die Schaffnerpfeife schallte über den Bahnsteig, Türen schlugen zu. Die Dampflokomotive ächzte auf und stieß Qualm aus.

»Und ich?« Dahl stand leicht verzweifelt auf dem Bahnsteig.

»Spring rein! Mach schon!«

»Ich war noch nie der Mann für große Sprünge!«

»Jetzt musst du!«

Mit letzter Kraftanstrengung machte Dahl einen Riesensatz, und auch die letzte Türe schloss sich.

»Na also. Geschafft!«

Sie waren also drin. Im Wüstenexpress. Purer Luxus, Exotik und Drama. Was für eine Welt: einzigartig und ...

»... und erledigt.« Dahl schnaufte durch, nass geschwitzt. »Also ich! Vollkommen!«

»Perfekt«, grinste Alfons Friedrichsberg, »dann kannst du ja jetzt wieder das Gepäck nehmen. Ich hab doch so zarte Hände und krieg da so schnell ... du weißt schon ...«

»Blasen? Die hab ich jetzt an den Füßen!«

»Nicht so schlimm, die stören dich ja nicht beim Greifen!«

»Stimmt auch wieder. Und was trägst du?«

»Die Verantwortung. Und die ist schwer genug!«

»Für was?«

»Unter anderem für unsere Fahrkarten ... apropos ...« Friedrichsberg klopfte seine Jackentaschen ab, tat einen raschen Griff in seine Hosentaschen, Innentasche, Brusttasche des Hemdes ... »Wo hab ich die nur ...?«

»Entschuldigen Sie«, ein Schwarzgekleideter trat auf die beiden zu, »wissen Sie vielleicht, wo ...?«

Der Dicke unterbrach: »Nein, ich bin ja nicht der Schaffner, oder sehe ich für Sie so aus?«

»Entschuldigung, aber ich bin vollkommen falsch eingestiegen.«

»Grundsätzlich oder partiell?«

Mit Verwirrung schaute der Schwarzgekleidete zwischen Friedrichsberg und Dahl hin und her. »Verzeihung?«

»Wir befinden uns hier im anfahrenden Wüstenexpress.«

»Ja, da bin ich richtig. Aber welcher Waggon …?«

»Wie bereits gesagt: Das weiß ich nicht, da müssen Sie schon selber gucken!«

Was der Herr dann auch mit einiger Verzweiflung tat.

Vermutlich wäre er noch verzweifelter gewesen, hätte er zu diesem Zeitpunkt geahnt, dass er sein Ende im Speisewagen finden würde. Zugegeben: bei dem, was die einem dort mitunter servierten, kein unüblicher Ort, um das Zeitliche zu segnen. Nur sollte dem Schwarzgekleideten die Kehle durchgeschnitten werden. Und das war doch – auch bei geübten Fernreisenden – eine nicht so häufige Todesart.

KAPITEL 4

Die Lokomotive stieß noch einmal Dampf aus, das Signal einer Trillerpfeife ertönte, die letzten Waggontüren flogen zu, und mit einem mächtigen Ruck setzte sich der Express in Bewegung. Zunächst langsam, fast zögerlich, dann schneller und schneller, und dann kamen Bewegung und Rhythmus in die Sache, und der Wüstenexpress nahm Fahrt auf und verließ den Hauptbahnhof von Wanne-Eickel mit Reiseziel Hitze und Sand.

Zwischen Alfons Friedrichsberg und Willi Dahl kämpfte sich jetzt eine penetrant süße Duftwolke nach vorne, im Schlepptau eine Dame – breit wie hoch, gehüllt in wallende Tücher, obendrauf ein Hütchen –, die sofort lospolterte: »Sie stehen ja denkbar dumm im Weg herum.«

»Oh!« In Dahls Ausdruck schwang kurz Freude mit. »Eine unserer Spezialitäten.«

»Lassen Sie unsereinen doch endlich mal durch, um Himmels willen!«

»Nur Sie?«, wollte Friedrichsberg wissen.

»Und meine drei Sherpas.«

»Sherpas? Dann sind Sie hier falsch, das ist nicht der Alpenexpress, hier geht's in die Wüste!«

»Ich dachte, zum Speisewagen!«, knurrte die Breitkurze.

»Den suche ich auch.« Dahl nickte ihr zu.

»Da haben Gepäckträger keinen Zutritt.«

»Das ist eine Verwechslung.« Friedrichsberg deutete mit seinem dicken Zeigefinger auf seinen kleinen Freund. »Auch wenn er gerade unsere Koffer trägt. Er ist ein Gebäckträger. Leicht zu erkennen an der starken Vorwölbung seiner Körpermitte.«

»Äh …«

»Machen Sie jetzt endlich Platz!«, maulte die Dame und drängte sich an Friedrichsberg und Dahl vorbei.

Dahl schaute sich verzweifelt um. »Aber wie denn, mit Koffer und Bauch?!«

Die Dame drängte ihren Körper weiter durch den Zug und polterte: »Platz da!«

»Genau den suchen wir jetzt auch«, brummte Friedrichsberg und schob nach: »Wagen 63, Sitzplatz sieben!«

»Oh.« Dahl schaute sich um.

»Wieso oh?«

»Das hier ist Wagen vier.«

»Oh.«

»Ja.«

»Tja, dann müssen wir uns dahin jetzt wohl oder übel durchschlagen.« Und genau das tat der Dicke – Dahl im Gefolge – dann auch, ohne Rücksicht auf Verluste, zu seiner Linken die Abteile, zur Rechten die Fenster, dazwischen gefühlte 50 Zentimeter Gang: »Entschuldigung, dürfen wir mal eben … genau, wir müssen da durch … ja, danke … Wir sind leider auf der falschen Seite des Zuges eingestiegen … Oh, Pardon, das tut mir … leid … Ah, der

Untere war meiner ... So kommt man sich näher ... Na, hoffentlich sehen wir uns nicht wieder ...«

So schlug sich der Dicke eine Schneise durch die Fahrgäste, die ebenfalls damit beschäftigt waren, ihren Wagen oder ihr Abteil zu finden und ihr Gepäck zu verstauen.

»Sag mal, Friedrichsberg...«

»Jaaaa?«

»Wo ist eigentlich Straaten?«

»Das weiß ich doch nicht.«

»Wie: Das weißt du nicht?«

»Er wollte das Auto parken und dann nachkommen ... Weißt du doch. Hat es wohl nicht mehr geschafft ...«

»Was?«

»Einen Parkplatz zu finden ... Wahrscheinlich kreist der immer noch ...«

»So wie ich den kenne, ist der wieder zurück nach Hause zu seiner Garage und kommt gleich mit dem Taxi zum Bahnhof.«

»Aber wir sind doch schon weg.«

»Er ist ja auch zu spät!«

»Vielleicht ist er so schlau und lässt sich gleich zum nächsten Halt fahren.«

»Wäre 'ne Möglichkeit.«

»Seine einzige.« Friedrichsberg schaute auf die Wagennummer. »Das war Wagen acht, jetzt kommt Wagen neun ...«

»Und?«

»Tja.«

»Hm?«

»Hier ist Ende.«

»Wie: Ende?«

»Der Zug geht nicht mehr weiter.«

»Gibt's doch nicht. Und wo sitzen wir dann jetzt, wenn es den Wagen, in dem wir sitzen sollen, nicht gibt?«

»Wir müssen jemanden vom Bordpersonal suchen. Die kennen sich aus. Also zurück!«

»Ich kann aber nicht mehr ...«

»Du musst aber!«

»Mit den ganzen Koffern ...«

»Ja, sollen die hier liegen bleiben?«

»Du könntest doch auch ...«

»Was soll ich denn noch alles machen?«

»Überzeugt!«

Und so ging es für die beiden wieder retour.

»Entschuldigung, dürfen wir mal eben ... Ja, wir sind's wieder ... Genau, wir müssen leider zurück ... unseren Waggon gib es leider nicht ... Ja, ärgerlich, aber nicht außergewöhnlich ... Bahnfahren ist wie Roulette spielen, nur dass man in der Kugel sitzt! *Rien ne va plus!*«

»Da!«

»Was?«

»Da ist einer.« Dahl zeigte auf einen Uniformträger mit korrekter Mütze – anscheinend ein Zugbegleiter –, der sich in übereifriger Kompetenz pfiffig zurückhielt und den Anschein machte, trotz aller Eifrigkeit nicht entdeckt werden zu wollen.

Was Alfons Friedrichsberg selbstverständlich nicht davon abhielt, ihn anzusprechen: »Verzeihung, verzeihen Sie ...«

»Ja, bitte?«, kam es in breitestem Sächsisch.

»Wo ist denn der Wagen 63?«

»Haha! Den gibt's hier nicht. Bei uns ist bei neun Schluss.«

»Das haben wir schon gemerkt!«

»Gibt's aber auch bei keinem anderen Zug.«

»Ach, aber das haben wir zufälligerweise gebucht!«

»Zeigen Sie doch mal bitte Ihre Tickets.«

Friedrichsberg fingerte umständlich die Fahrkarten aus der Innentasche seines Jacketts. »Da, bitte!«

Der Zugbegleiter warf einen kurzen Blick und tippte auf die Karten. »Na, wer sagt's denn! Nicht Wagen 63, Sitzplatz 7, das ist Wagen 7, Abteil 6 für 3 Personen. Sie haben das Ticket falschherum gehalten … obwohl nee … Haha, dann stehen die Zahlen ja auf dem Kopf … Haben Sie 'ne Quersumme …? Oder wenn Sie das malnehmen und einen im Sinn … Ach was, keine Ahnung, wie Sie darauf gekommen sein können, dass das Wagen 63 … Na ja, aber wo ist denn die Nummer 3?«

»Wie meinen?«

»Ich zähle nur zwei … Sie und ihn.«

Dahl mischte sich ein. »Sie machen mich noch ganz verrück mit Ihrem Zahlengeschwurbel …«

»Moment, die Zahlen haben Sie durcheinandergebracht! Und Sie sind nur zu zweit in einem Abteil für drei!«

»Das kann Ihnen doch egal sein«, grummelte Friedrichsberg. »Und wenn ich eins für vier buchen würde oder zwei für neun, wobei dann aber einer stehen müsste und ich nachher nicht mal selbst …«

»Ich mein ja nur…«

»Die kommt noch«, sagte Dahl.

»Eine Frau?«

»Person.«

»Weiblich?«

»Nicht, dass ich wüsste …«

»Was denn nun …?«

»Also die Person …«

»Genau!«

»Die steigt später noch ein. Straaten.«

Der Zugbegleiter winkte ab. »Sagen Sie das doch gleich! Soll ich dann trotzdem schon abknipsen? Ist eh egal … Sie haben Supersparpreis, da gibt's kein Geld zurück, selbst wenn Ihre Frau …«

»Ist nicht meine Frau.«

»Seine Frau.«

Er zeigte auf Friedrichsberg, der gleich abwehrte: »Noch nie eine gehabt. Also nennenswert.«

»Oh.«

»Hatte Besseres zu tun.«

»Oh, herzlichen Glückwunsch, dann haben Sie jetzt ja einen schönen Anschluss …« Er nickte in Dahls Richtung.

Der wiegelte ab. »Wir sind doch nicht zusammen!«

»Die Welt ist bunt.«

»Man muss nicht überall mitmalen.«

Der Dicke warf sich in die Brust und räusperte sich lautstark. »»Könnten wir bitte alle unsere Tuschekästen jetzt wieder verstauen?! Wir warten auf unseren … einen Freund.«

»Entschuldigung, ich wollte gar nicht Ihre intimen …«

»Nein! Wir machen einfach eine Reise!«

»Genau! Drei Männer, eine Reise.«

»Ja!«

»In einem Abteil.«

»Ja!«

»Ein winzig kleines Bad.«

»Hmhm ...«

»Wenn man's mal laut hört, klingt's doch seltsam, oder?«

»Nein«, schüttelte Friedrichsberg energisch den Kopf, »wie eine typische Zugreise.«

Der Zugbegleiter tat das ab und wechselte zügig das Thema. »Ja. Und zwar mit dem Wüstenexpress, meine Herren. Und dazu heiße ich Sie jetzt herzlich willkommen! Sie dürfen mich einfach Herr Olaf nennen, und ich werde mich ab sofort um Ihr Wohl kümmern und bin immer für Sie da. Wenn Sie etwas wünschen ...«

Jetzt kam die Retoure von Friedrichsberg: »Drei Herren allein in einem Abteil wünschen sich was von einem Herrn Olaf, der immer für sie da ist ...?! Wenn man's mal laut hört, klingt's seltsam, oder?«

Herr Olaf schluckte kurz. »Touché.«

Mittlerweile hatten die meisten Mitreisenden ihre Abteile gefunden, das Gedränge und Geschiebe durch den Gang nahm ab, langsam kehrte Ruhe ein.

»Wie sind denn Ihre werten Namen?«, wollte Herr Olaf wissen.

»Friedrichsberg. Alfons Friedrichsberg. Und das ist mein ... mein ... also mein ... vielmehr ... das ist ... nun also ... mehr oder weniger ... äh ... ja, Dahl.«

Der nickte.

Herr Olaf zog aus seiner Uniformtasche schnell einige zusammengefaltete DIN-A4-Zettel hervor, überflog sie und sagte dann: »Perfekt, hier hab ich Sie auch auf meiner Liste ...«

»Da sehen Sie mal.«

»Sie haben ein 4er-Abteil mit Betten für drei. Also nein, für vier, aber Sie sind ja nur zu dritt. Besser als umgekehrt ... Also Sie wären zu viert und es gäbe nur ... egal! Dann wünsche ich Ihnen jetzt eine schöne, spannende und entspannende Reise. Und nochmals: herzlich willkommen im Wüstenexpress.«

»Vielen Dank.«

»Ach, und bevor ich es vergesse ...« Herr Olaf linste über seine Schulter nach hinten.

»Ja?«

»Da ist ein Herr, der hat schon zweimal nach Ihnen gefragt.«

Dahl schaute sich um. »Wen hat er gefragt?«

»Mich.«

»Sie?«

»Ja.«

»Nach uns?«, wollten Friedrichsberg und Dahl unisono wissen.

»Sicher.«

Friedrichsberg zog die Stirne kraus. »Wer denn?«

Hätte man hingehört, wäre ein leises Grummeln zu vernehmen gewesen.

Der Zugbegleiter drehte sich um, schaute hinter sich und sagte: »Ach, da ist er ja schon selbst ...«

Der »Herr« war nur vage zu erkennen, Friedrichsberg musste blinzeln. »Den kann man ja so gar nicht erkennen, der ist ja ganz in ... äh ...«

»Klopapier?«, kam von Dahl.

Das Grummeln wurde lauter.

Der »Herr«, besser: die Gestalt, kam immer näher, war aber noch nicht nah genug bei den dreien, sodass der Dicke weiterhin konzentriert in die Richtung des Grummelns schauen musste. »Eher Mullbinden …«

»Die müssten dann aber dringend mal gewechselt …« Jetzt war die Gestalt noch weit genug weg, aber doch nah genug dran. Dahl schaute noch mal hin. »Moment mal, das ist doch …«

»… eine Mumie«, vervollständigte Friedrichsberg den Satz.

Das Grummeln war nun sehr laut und unheilvoll, und der Schrecken war den beiden Freunden ins Gesicht gemeißelt. Der »Herr«, der eine Art Gestalt war und sich als Mumie entpuppte, kam immer näher.

»Ja«, sagte Herr Olaf, wie um etwas Gelassenheit in die Situation zu bringen, »wir sind stolz darauf, eine illustre Gästeschar mit unserem exklusiven Wüstenexpress anzuziehen!«

Die Mumie kam näher und näher, und erst jetzt fiel ihnen auf, wie groß und bedrohlich sie war.

»Wenn mich nicht alles täuscht«, stellte Friedrichsberg fest, »ist das einer unserer Verfolger von eben.«

»Aber sind die nicht eben am Ende der Sackgasse an der Wand zerschellt?«

»Na ja, mein lieber Dahl, der war ja offensichtlich vorher schon tot. Ist ja auch 'ne Mumie. Und die will jetzt wahrscheinlich erledigen, was ihr vorher nicht gelungen ist, nämlich uns!«

KAPITEL 5

»Nichts wie weg!«, schrie Dahl und machte auf dem Absatz kehrt, stieß dabei aber mit Friedrichsberg zusammen.

Die Mumie direkt hinter ihnen.

Und nun gaben alle drei Fersengeld. Alle vier, wenn man die Mumie mitrechnet, die ja hinter Friedrichsberg und Dahl her war. Der Zugbegleiter Herr Olaf war da nur lästiges Beiwerk. Herr Olaf führte das Gerenne an, dann kamen Dahl und der Dicke. Dahinter die Mumie, die weiterhin Bedrohliches von sich gab. So ging es von Waggon zu Waggon.

»Ich kann nicht mehr!«, japste Dahl.

»Was?!«, fragte Friedrichsberg.

»Ich bin von der Schlepperei auf dem Bahnhof noch k.o.!«

»Wenn du dich nicht beeilst, bist du gleich nicht nur k.o., sondern auch tot!«

Plötzlich blieb Dahl stehen, eine Träne kullerte ihm die Wange hinunter, und er stammelte: »Ich ... Also ich ... Ich kann ... Ich kann nicht mehr. Dann soll sie mich jetzt holen, die Mumie.«

Friedrichsberg rannte in seinen Freund und schnaufte: »Dann sind wir verloren!«

»Ja! Halten wir uns aneinander fest!«

Eng umklammert und mit geschlossenen Augen erwarteten unsere beiden tapferen Streiter ihr unvermeidliches Ende.

So sahen sie nicht, was jetzt passierte, aber sie hörten es: Die Außentüre des Zuges wurde geöffnet, ein eiskalter Wind durchfuhr ihre Kleider, und die Mumie stürzte mit einem schrecklichen Schrei hinaus, danach herrschte schlagartig schreckliche Ruhe.

Immer noch hielten die beiden sich fest umschlungen.

»Friedrichsberg?«

»Ja?«

»Kannst du mich hören?«

»Ja.«

»Siehst du mich auch?«

»Nein, hab ja die Augen zu. Und du?«

»Ich auch.«

»Du hörst mich auch?«

»Wie bitte?«

»Hörst du mich?«

»Ja. Aber ich seh dich nicht.«

»Dann mach die Augen auf.«

»Kein Grund, mich anzuschreien. Und?«

»Was?«

»Sind wir tot?«

»Dafür unterhalten wir uns gerade ganz lebendig.

»Stimmt auch wieder. Und ist sie weg? Die Mumie?«

»Keine Ahnung, ich hab ja die Augen zu!«

»Ich auch.«

»Dann mach sie auf!«

»Nee, ich kenn das schon! Dann steht die Mumie ganz nahe vor mir und beißt mir den Kopf ab!«

»Sie beißt dir den Kopf ab?«

»Keine Ahnung, wie Mumien eben töten.«

»Mit schlechtem Atem?!«

»Ich riech nix.«

Friedrichsberg grübelte kurz nach, dann: »Wir sollten vielleicht zusammen ... also die Augen auf ... auf drei ... eins, zwei, drei!«

Weiterhin fest umklammert wagten sie einen vorsichtigen Blick.

Und erschraken beide.

»Ahhh, wer sind Sie denn?!«

Vor den beiden stand – ja, was eigentlich? Ein dürrer, älterer Herr, Alter unschätzbar, irgendwas zwischen 65 und 120, beigefarbene Funktionshose mit aufgesetzten und ausgebeulten – schwer vorstellbar, was alles sich darin befinden musste – Taschen, besagte Hose am Leib gehalten von einem mächtigen Gürtel, an dem auch so manches Zeug hin, robustes Hemd, abgeranzte Lederjacke, auf dem Kopf ein zerschlissener, französischer Tropenhelm. Das Gesicht dominierten eine dicke, rote Nase und darunter ein ausladender, weißer Schnurrbart.

Und diese Gestalt machte jetzt: »Hm?«

»Wer sind Sie?«, hakte Friedrichsberg nach.

»Sehr gute Frage, meine Herren. Ich weiß es selbst manchmal nicht mehr ... muss am Alter liegen, haha! Gestatten, Sir Lancelot Smith. Abenteurer, Weltenbummler und ... äh ... ja, Dings, egal, in zehnter Generation.«

»Wie alt sind Sie denn?«, fragte Dahl.

»Hm?«

»Wie alt Sie sind.«

»Gute Frage, hab ich vergessen, haha! Aber spielt das eine Rolle? Der letzte Geburtstag, den ich gefeiert habe, das war mein achtzigster. Aber das ist bestimmt schon zwanzig Jahre her.

»Herzlichen Glückwunsch! Also nachträglich.«

»Danke sehr ... wofür?«

Dahl war verwirrt. »Hab ich vergessen!«

»Haha! Dann geht's Ihnen wie mir!«

Durch die Lautsprecher tönte eine Durchsage des Zugbegleiters: »Meine sehr verehrten Damen und Herren, ich möchte Sie auf dieser abwechslungsreichen Fahrt ab und an mit Sightseeing überraschen. Jedenfalls im Rahmen meiner überschaubaren Fähigkeiten. Wenn Sie jetzt aus dem Fenster schauen und den Fernstecher scharfstellen, sehen Sie das Schiffshebewerk Henrichenburg. So doll isses auch wieder nicht, aber es kann ja nicht immer 'ne Schnitzarbeit aus dem Erzgebirge sein. Weiterhin gute Weiterfahrt! Danke. Wo ist denn jetzt der Ausknopf ...?«

Alfons Friedrichsberg streckte dem älteren Herrn seinen Wanst entgegen. »Mit wem hatten wir es jetzt zu tun?«

»Hm?« Ihr Gegenüber schien etwas harthörig zu sein. »Hatte ich das nicht erwähnt? Komisch. Sir Lancelot Smith mein Name. Über meine Steckenpferde hatte ich Sie doch auch schon unterrichtet, oder habe ich mir das nur eingebildet?«

»Nein, jetzt erinnere ich mich auch wieder: Abenteurer, Weltenbummler und ... und ...«

»Dings.«

»Ja, und Dings. Aber wie kommen wir in den zweifel… unzweifelhaften … also Genuss, Sie kennenlernen zu müss… zu dürfen?«

Sir Lancelot schaute zwischen Friedrichsberg und Dahl hin und her. »Ah, das hatte ich vergessen, Sie haben sich ja die Augen zugehalten. Ich habe Ihnen eben das Leben gerettet.«

Dahl staunte. »Ach was!«

»Wie denn?«, wollte auch der Dicke wissen.

»Ich habe diese wandelnde Küchenrolle gesehen und Sie. Und Sie beide machten nicht den Eindruck, dass Ihnen das Leibrücken recht wäre. Eher mehr als unrecht. Mir schien auch, dass die Ihnen übelwollte. Und ich hab mir gedacht, so angestaubt, wie die ist, kann man mit der eh nichts mehr anfangen, also habe ich die Zugtüre kurz geöffnet und sie mit einem Tritt hinausbefördert. Ich hoffe, das war in Ihrem Sinne?!«

»Durchaus. Vielen Dank.« Feist grinste Friedrichsberg übers ganze Gesicht. »Und jetzt?«

Sir Lancelot Smith musste nicht lange nachdenken. »Ich würde sagen, Eierlikör an der Bar! Ist ja wohl jetzt das Mindeste. Und danke für die Einladung.«

»Sir Lancelot, wenn das so ist: Es ist uns eine Ehre. Aber gestatten Sie uns, zunächst kurz unser Abteil aufsuchen zu dürfen. Da waren wir bisher noch nicht. Dazu kommt: Diese kleine Verfolgungsjagd …«

»Und die davor!«, schob Dahl ein.

»Ja, wir sind ein bisschen gehetzt in unseren Urlaub aufgebrochen und würden uns jetzt gerne kurz frisch machen, wenn Sie erlauben. Ich würde vorschlagen, wir treffen uns dann in einer Stunde in der zugeigenen Bar zu etwas Hochprozentigem!«

»Hm?«

»Wir sehen uns in der Bar.«

»Jaja, auch der Mai hat schöne Tage.«

KAPITEL 6

Der Zug fuhr gelassen durch die tief verschneite Landschaft zwischen Siegen und Würzburg. Eine herrliche Bilderbuchwelt präsentierte sich vor den Fenstern. Wenn man denn rausgeguckt hätte. Und wenn der Wüstenexpress nicht so ein rasantes Tempo gehabt hätte.

Bald hatten Friedrichsberg und Dahl auch endlich ihr Abteil gefunden und begutachteten eingehend ihr Domizil: Geräumige, weiche Betten, holzverzierte Wände, versehen mit feinsten Schnitzarbeiten, ein großer, goldener Spiegel gegenüber dem Fenster ließ das Abteil um einiges größer erscheinen, als es ohnehin schon war. Vor dem Fenster stand ein bequemes Sofa, eingerahmt von zwei kleinen Cocktailtischchen, auf denen Art-déco-Lämpchen die Szene in ein magisches Licht hüllten. Das Badezimmer mit doppeltem Waschbecken und Dusche war ganz aus weißem Carrara-Marmor gewirkt.

Willi Dahl schaute sich mit offenem Mund staunend um. »Das ist ja durchaus geräumig hier. Für ein Zugabteil mit vier Betten ...«

Friedrichsberg warf sich aufs Sofa, was dieses mit einem lauten Ächzen quittierte; desinteressiert, vielleicht auch, weil er nichts anderes erwartet hatte, überging er das Geräusch. »Bedenke bitte, dass wir die nächsten Tage hier verbringen werden. Und Straaten kommt ja auch noch dazu. Da wird das schon schön kuschelig hier.«

»Wo bleibt der überhaupt?«

»Gute Frage, ich ruf den gleich mal an. Entsetzlich warm hier, oder?«

»In der Tat, ich steh schon unter Wasser!«

»Ich mach mal das Fenster auf.« Der Dicke erhob sich; das Sofa dankte es ihm stillschweigend.

»Nein, lass lieber zu, danach ist mir vielleicht zu kalt.«

»Aber jetzt ist es hier doch zu warm, hast du eben selbst gesagt!«

»Später dann aber zu kalt.«

»Was ist schlimmer? Dass es jetzt zu warm ist oder dass es später kalt werden könnte?«

»So weit denke ich doch gar nicht.«

»Du denkst überhaupt nicht.«

»Doch. Dass es zu kalt werden könnte.«

Friedrichsberg öffnete das Fenster.

»Och, jetzt zieht es wie Hechtsuppe.«

»Das Fenster ist ja auch offen!«

»Dann mach es wieder zu!«

Der Dicke schüttelte seinen Kopf. »Ich lüfte nur ein bisschen, bis es hier drinnen …«

»Zu kalt …«

Friedrichsberg schaute, einem Geräusch folgend, aus dem Fenster. Auf Nebengleisen fuhr ein Zug, der sie zu überholen suchte. Der Wüstenexpress beschleunigte daraufhin. Hell erleuchtete Abteilfenster zogen im Abstand von schätzungsweise fünf Metern an ihnen vorbei, und Friedrichsberg und Dahl, der mittlerweile auch an das Fenster getreten war, konnten die Fahrgäste im anderen Zug beobachten: Paare, Einzelreisende, Gruppen, Männer, Frauen, alles dazwischen, jung, alt, Kinder, Tiere. In einigen Abteilen ging es ruhig, in anderen überaus gesellig zu. In wieder anderen ...

»Sag mal, hast du das gesehen?« Friedrichsberg strich sich über den Schnurrbart.

»Was?«

»Da!«

»Wo?«

»Draußen!«

»Schnee?«

»Nein.«

»Gegend?!«

»Nein, das andere.«

»Umgegend?!«

»Nein, der Zug, der gerade neben uns fährt.«

Dahl schaute noch mal raus. »Ja, den sehe ich. Was soll mit dem sein?«

»Ja, jetzt ist zu spät, er überholt uns.«

»Jetzt werden aber wir wieder schneller. Was denn?«

»Wenn mich nicht alles täuscht, sind wir gerade an einem Abteil vorbeigefahren, in dem jemand jemand anderen umgebracht hat. Besser: mittendrin war.«

Dahl winkte ab. »Du halluzinierst doch, dir sitzt noch die Mumie im Nacken. Jetzt siehst du überall Mord und Totschlag.«

»Meinst du.«

»Ja, meine ich.«

Friedrichsberg nickte raus. »Und was ist das?«

Der parallel fahrende Zug hatte wieder die Stelle von gerade erreicht, und so sahen die beiden in ein leicht abgedunkeltes Abteil. Die Fensterscheibe war beschlagen. Mit einem Mal wurde mit großer Wucht ein kahler Schädel gegen die Scheibe geschlagen, sank hinab, und aus der Dunkelheit des Abteils schälte sich ein großer, dicker Mann mit groteskem Zinken über seinem üppigen Vollbart, die Augen von einer dunklen Sonnenbrille und einem großen Schlapphut verschattet, der sich über den zusammengesunkenen Körper des Glatzkopfs beugte und diesem den Hals zudrückte.

»Das gibt's doch nicht.« Mit offenem Mund starrte Dahl ins parallel fahrende Abteil.

»Doch.«

»Wir müssen was tun, verflixt noch mal. Wir müssen doch was tun.«

Hatte der Glatzkopf sich anfangs noch gewehrt, ließen seine Kräfte rasch nach. Er schlug mit den Armen um sich, versuchte, den großen, dicken Mann von sich abzubringen, aber der stemmte sein ganzes Gewicht auf sein Opfer und ließ ihm nicht die geringste Chance.

Der Körper des Kahlen zappelte, ruckte noch ein letztes Mal auf, dann sackte er zusammen – und beide Gestalten waren mit einem Mal vom Fenster verschwunden.

Alfons Friedrichsberg spitzte die Lippen. »Nun, jetzt können wir einen Bestatter rufen.«

»Ja, nee, bloß nicht. So meine ich das auch nicht. Nachher müssen wir noch fürs Begräbnis aufkommen. Lass uns lieber den Zugbegleiter, diesen …«

»Herrn Olaf.«

»Ja, den rufen wir, dass der in dem anderen Zug anruft und dass die dem Glatzkopf dann zu Hilfe eilen.«

Friedrichsberg zog einen Flunsch. »Ich kann unserem Zugbegleiter gerne Bescheid sagen, aber der Glatzkopf da drüben ist leider inzwischen tot, der kann den höchstens wegräumen. Du könntest allerdings Straaten anrufen, dass die Polizei am nächsten Hauptbahnhof eine 30 Jahre alte Dame mit Kinderwagen festnehmen soll.«

Dahl nickte eifrig, hielt dann inne, überlegte, schüttelte dann kurz, aber energisch den Kopf. »Moment mal, der Bärtige hat den Glatzkopf erwürgt, und die Polizei soll eine junge Mutter festnehmen? Mit dir gehen doch die Pferde durch, da galoppiert doch gerade der Wahnsinn bei dir!«

»So jung ist die Mutter gar nicht, aber sie tut so.«

»Und wie macht sie das?«

»Genau so, wie sie zum bärtigen Mann wird: durch Verkleidung.«

»Aha.«

»Und ich weiß, wer es war und warum.«

»Langsam, langsam, eins nach dem anderen. Du willst mir weismachen, dass du den Mord in unserem Nachbarzug mal eben so aufgeklärt hast?«

»Sozusagen im Vorüberfahren.«

»Dann weißt du ja auch bestimmt, wie das Opfer heißt.«

»Selbstverständlich.«

»Und der Mörder...«

»Die Mörderin, genau genommen, ja.«

»Und das Motiv kennst du wahrscheinlich auch?«

»Na, wenn man die Namen hat, dann ist der Rest auch nicht mehr schwer.«

Dahl wurde es zu abstrus. Er hakte nach: »Wie soll die Frau denn heißen?«

»Sie soll nicht, sie heißt. Silvia Polkarek.«

Es ratterte bei Dahl. »Augenblick, der Name sagt mir was ... Silvia Polkarek ... Ist das nicht eine Sportlerin? Synchronschwimmen?«

»Sehr gut, Dahl, wie ...«

Dahl winkte ab. »Ist die einzige Sportart, für die ich mich interessiere. Neben der Dressur. Von Pferden.«

»Hm. Da bevorzuge ich eher Sauerbraten. Aber die Geschmäcker sind bekanntlich verschieden ...«

Die beiden standen weiterhin nebeneinander und starrten aus dem Fenster. Der andere Zug beschleunigte jetzt und zog an ihnen vorbei.

»Und warum ist der Bärtige Silvia Polkarek?«

Friedrichsberg verschränkte die Arme vor der Brust, spitzte die Lippen und blies Luft an die Decke. »Zunächst einmal das breite Kreuz, dann der ganz unverkennbar nur umgehängte Bart, die Nase aufgesetzt und überdies ebenfalls eine recht billige Variante vom Wühltisch irgendeines Kaufhauses, das auch Karnevalsutensilien verramscht. Und dann die langen, schlanken Hände mit den lackierten Fingernägeln ...«

Dahl winkte ab. »Das heißt heute nichts mehr! Ich sehe inzwischen schon mehr Männer mit Nagellack als Frauen ...«

Der Dicke nickte. »Aber wie vielen davon fehlt der kleine Finger der linken Hand?«

»Nicht jeder ist der geschickteste Heimwerker ...«

»Hast du nicht auch gesehen, dass der linke Ärmel seines Mantels an einer Stelle – nachdem er offensichtlich leicht eingerissen war – auf die Schnelle provisorisch mit dem einzigartigen Danziger Paarlaufstich genäht wurde?«

Dahl runzelte die Stirn. »Ehrlich gesagt sehe ich auf diese Entfernung überhaupt nicht gut. Nah übrigens auch nicht. Und dann ruckelt das im Zug immer so ... Also dieses Detail ist mir entgangen.«

»Aber wo Silvia Polkarek aufgewachsen ist und noch immer lebt, das weißt du schon?«

»In Paarlaufstich?«

»Fast. Danzig.«

»Und der Glatzkopf?«

»Unverkennbar aufgrund einer Narbe am Stiernacken gehört dieses kahle Prachtexemplar ihrem ehemaligen Trainer. Die beiden haben sich gerade erst im Streit getrennt.«

»Und woher weißt du das?«

Friedrichsberg ging zu einem seiner Koffer, die er auf eines der Betten geworfen hatte, öffnete ihn und kramte eine Zeitung hervor. »Lies selbst ...« Er warf sie seinem Freund an die Brust. »Hier, stand heute Morgen in der Zeitung. Sie will weg, und er will als Abfindung 60.000 Euro. Eine Summe, die sie wohl nicht aufbringen kann oder will oder beides. Jedenfalls sind wir gerade Zeugen geworden, dass sie sich entschieden hat, ihren unliebsamen Trainer ohne pekuniäre Zufriedenstellung aus dem Weg zu räumen ...«

»Friedrichsberg, du verblüffst mich immer wieder.«

»Ja, das mache ich.«

KAPITEL 7

Der Dicke kramte sein Mobiltelefon aus der Innentasche seines Jacketts und ließ es eine Nummer wählen. »Ich ruf eben Straaten an, denn bis du dein Handy vorgekramt hast ...«

»Hm?«

»Egal ...«

Freizeichen.

Es wurde abgehoben.

Straaten war dran: »Friedrichsberg?«

»Straaten!«

»Nein, umgekehrt!«

»Wie?«

»Ich bin Straaten.«

»Klar, ich habe nur darauf geantwortet, als du dich mit meinem Namen gemeldet hast.«

»Ja, aber ich bin Straaten.«

»Und ich Friedrichsberg. Aber du hast Friedrichsberg gesagt, obwohl ich Friedrichsberg bin.«

»Ja, weil ich gesehen habe, dass du angerufen hast.«

»Trotzdem bleibst du Straaten.«

»Wer ist denn dran?«, wollte Dahl wissen.

»Ich bin schon total durcheinander!«

»Straaten, wo bleibst du?«

Straaten stöhnte auf. »Tut mir leid, dass ich mich bis jetzt noch nicht gemeldet habe. Aber ich habe in unmittelbarer Bahnhofsnähe keinen passenden Parkplatz gefunden. Deswegen habe ich mich kurzfristig dazu entschlossen, mein Auto zurück nach Hause zu fahren, um es dort sicher in meine eigene Garage zu bringen. Ist ja auch blödes Wetter. Mit dem Schnee ... Und das spart ja auch Geld. Und so steht es am sichersten. Und jetzt sitze ich im Taxi, und wir fahren mit Vollgas dem Wüstenexpress hinterher, und der unglaublich freundliche Taxifahrer meint ... Entschuldigung, wann hatten Sie noch mal gesagt, erreichen wir den nächsten Bahnhof?«

»Weiß ich doch nicht«, grummelte der Taxler.

»Aber so ungefähr?«

»Wir sind da, wenn wir da sind.«

»Ja, klar, mein Fehler. Ich frag ja nur, weil ich meinen Zug ja noch erwischen ...«

»Früher losfahren, entspannt ankommen.«

»Ja, dafür ist es ja leider nun mal zu spät, deshalb sitze ich ja jetzt bei Ihnen. Wenigstens eine grobe Einschätzung?«

»Wenn Sie jetzt hier anfangen zu nerven, können Sie gleich zu Fuß weiter.«

»Nee, wunderbar, Sie haben ja recht. Hast du gehört? Wenn wir da sind, sind wir da ... Friedrichsberg?«

»Ja?«

»Also, der unglaublich freundliche Taxifahrer gibt sich hier wirklich die größte Mühe, es wäre nur schön, wenn er mehr als 40 km/h fahren könnte ...«

»Hetz mich nicht«, grummelte der Taxler weiter.

»Völlig richtig. Also er eilt, aber er kann leider mit letztlicher Gewissheit nicht auf die Minute genau sagen, nicht mal grob, wann wir ...«

Friedrichsberg brach das ab. »Gut, dann werden wir ja sehen, wann du uns eingeholt hast.«

»Genau das sagt der liebenswerte Taxifahrer hier auch. Mit anderen Worten.«

Der Dicke verdrehte die Augen. »Tu mir doch bitte den Gefallen und ruf meinen alten Freund von der Mordkommission an, Hauptkommissar Heidenreich, dass er den nächsten ICE festsetzen muss, der in – bedenkt man den Streckenverlauf und die Fahrtrichtung des Zuges – der in Siegen in den Hauptbahnhof einfährt, aus Dresden kommend. Dahl und ich haben einen Mord beobachtet.«

»Was?«

»In einem Zug, der mit uns auf gleicher Höhe fuhr. Der Mörder war ein schwarzbärtiger, finsterer Typ, der aber als 30-jährige Frau mit Kinderwagen den Zug verlassen wird und in Wirklichkeit die wandlungsfähige Silvia Polkarek ist.«

»Die Synchronschwimmerin?«

»Genau die.«

»Und der Kinderwagen?«

»Tarnung. Aber woher kennst du ...«

»Ich schau mit Dahl gerne die Wettkämpfe«, unterbrach ihn Straaten. »Ist der einzige ...«

»... einzige Sport, den du schaust«, unterbrach ihn Friedrichsberg.

»Woher weißt du?«

»Ich hatte so eine plötzliche Eingebung ... Und Dressur?«

»Nee, lieber Sauerbraten.«

»Ah.«

Straaten schnalzte mit der Zunge. »Die Reise geht ja schon gut los, die große Polkarek eine Mörderin!«

»Ja, das Abenteuer ist schon in vollem Gange. Deshalb sieh zu, dass du bald auf den Wüstenexpress aufspringst!«

»Vielleicht kennt mein Taxifahrer ja eine Abkürzung.«

»Nein, dann verdien ich ja weniger!«, grummelte der Taxler.

»Das klingt doch nach einem Plan.« Straaten gab auf. Gegen den Eigensinn seines Fahrers kam er nicht an. »Na dann, bis hoffentlich gleich!«

Die Verbindung wurde getrennt.

Der Dicke setzte sich wieder aufs Sofa und faltete die Hände vor seinem Bauch. Er grinste. »Straaten hat zum Glück einen freundlichen Taxifahrer erwischt, der ihn schnell zu unserem nächsten Halt bringen wird ...«

»Puh, dann bin ich aber beruhigt.« Auch Dahl hatte Platz genommen; auf seinem Bett.

»Ja, jetzt können wir uns etwas entspannen. Bevor es zum Eierlikör mit Sir Lancelot geht.«

»Friedrichsberg ... der Mord im anderen Zug ... dann die bleihaltige Verfolgungsjagd ... die während der Fahrt entsorgte, blutrünstige Mumie ... bis jetzt ein bisschen viel Mord und Totschlag für den Beginn einer ruhigen Reise, oder?«

»Hm ...«

»Aber das waren doch wirklich nur verblüffende Zufälle, oder etwa nicht?«

»Merk dir mal eins, mein lieber Dahl ...«, holte der Dicke aus.

»Brauch ich was zu schreiben?«

Friedrichsberg warf Dahl einen genervten Blick zu. »Das Unzufälligste am Zufall ist der Zufall, der passiert oft, und das mit voller Absicht so zufällig, dass es eigentlich kein Zufall sein kann. Doch wer immer hinter der Absicht des unzufälligen Zufalls oder zufälligen Unzufalls steckt, das kann nur der Zufall sein, ob zufällig oder nicht.«

Für einen Moment herrschte Ruhe.

»Ich bin schon bei ›Unzufälligste‹ raus gewesen.«

»Das freut mich für dich.«

»Und ich frage mich nach wie vor: Was wollten der Pirat und die Mumie von uns? Im Auto?«

»Die wollten, dass wir unser Ziel nicht erreichen.«

»Ja, aber wir sind doch schon im Zug. Warum kam denn dann noch die Mumie hierher? Und wie?«

»Das kann ich dir noch nicht sagen. Noch nicht. Aber der Zug …«

»Ja?«

»Ist ja auch nicht unser eigentliches Ziel.«

»Ach. Sondern?«

»Wohin fährt der Wüstenexpress?«

»Ja, erst mal Recklinghausen, Herten …«

»Nicht so kleinteilig. Das Ziel, Dahl, das Ziel.«

Dahl dachte nach. »Wenn du mich so fragst, ich habe keine Ahnung. Du hast doch die Tickets.«

Der Dicke kratzte sich am immer spärlicher werdenden Haarkranz und schickte flehende Blicke an die Decke. »Die Wüste!«

»Die Wüste?«

»Ja nun, so ein Wüstenexpress wird wohl nicht in die Antarktis gondeln.«

»Aber was wollen wir denn in der Wüste?« Dahl verstand die Welt nicht mehr.

»Im Sand buddeln?! Hast du deine Förmchen am Mann?«

Dahl warf wirklich noch einen absichernden Blick in seinen Koffer. »Nein, tut mir leid, das hab ich nicht gewusst. Da hättest du ja mal was von sagen können, das wir zum Buddeln nach ...« Jetzt schaute er seinen mächtigen Freund mit fragenden Augen an.

Der machte gerne weiter: »Nach Ägypten fahren. Und da knöpfen wir uns dann die Pyramiden vor.«

»Was machen wir?«

»Pyramiden!«

»Davon gibt's doch schon genug dort.«

»Nein, wir machen keine neuen, wir nehmen uns die alten zur Brust!«

»Ich bin nicht schwindelfrei, das sag ich dir gleich! Und ich hab eine Dreieckphobie.«

Friedrichsberg atmete laut aus. »Ich habe einen Notruf von einem alten Freund erhalten. Archäologe. Der kennt sich mit Schüppen und Sand aus. Und dem werden wir etwas unter die Arme greifen.«

»Das ist doch nicht dein Ernst.« Es wütete in Dahl. »Ich hab's doch am Rücken. Weiß Straaten davon?«

»Selbstverständlich nicht.«

»Ich hab gedacht, wir machen etwas Entspannungsurlaub.«

»Bei 'ner Anreise im Zug?!« Friedrichsberg zog die Augenbrauen hoch. »Sehr unwahrscheinlich, oder?!«

»Jetzt, wo man's laut hört und wo man so drüber nachdenkt ... Dann hast du uns die Reise nur geschenkt ...«

»Damit ich nicht alleine buddeln muss.«

»Ich dachte, du kriegst so leicht Blasen an den Händen?«

»Eben. Und da kommt ihr ins Spiel ...«

»Na, da weiß ich ja wenigstens schon, auf was ich mich freuen kann.«

»Genau.« Und hier verfinsterte sich Friedrichsbergs Miene, auch wenn man dahinter ein diabolisches Grinsen erahnen konnte. »Immerhin geht es um den Schatz einer uralten Königin.«

KAPITEL 8

Von Zugmorden und Mumienkillern unbeeindruckt schoss der Wüstenexpress durch die Schneelandschaft. Eine launige Durchsage die Umgegend betreffend von Herrn Olaf (»Draußen rauschen wir an der Loreley vorbei. Hoffe, die olle Jungfer hat sich bei den Temperaturen was übergeschmissen, sonst holt sie sich 'nen fetten Schnupfen. Und kämmet ihr güldenes Haar dabei im Abendsonnenschein ... auf'm Felsen. Versteh einer die Frauen ... Ciao!«) schallte durch den Zug. Manche richteten sich in ihren Abteilen ein, andere trafen sich zum Essen, tranken etwas, ganz andere wiederum saßen für sich alleine in irgendwelchen Ecken und schauten einsam aus den Fenstern.

Und dann: auf der Damentoilette. Vorm Spiegel. Zwei Damen, sich betrachtend, nachschminkend.

»Tach.«

»Tach.«

»Sie haben auch Rose 67?«

»Bitte?«

»Der Lippenstift.«

»Ja?«

»Rose 67.«

»Ach ja, Rose 67.«

»Ich benutze nur Rose 67. Seit Jahren. Nicht auszudenken, wenn sie den mal aus dem Programm nehmen würden. Mit anderem Lippenstift wäre ich eine ganz andere Frau.«

»Sind Sie immer so überspannt?«

»Finden Sie? Dann haben Sie meinen Mann noch nicht kennengelernt.«

»Der nervt noch mehr als Sie?«

»Sie machen sich keine Vorstellung.«

»Doch. Ich bin schließlich auch verheiratet.«

»Und Ihrer?«

»Fragen Sie besser nicht.«

»Wie lange haben Sie den denn schon?«

»Siebenundzwanzig Jahre.«

»Na, Glückwunsch, bei mir sind's schon neunundzwanzig … Und wo ist Ihrer grade?«

»Solange er nicht in meiner Nähe ist, ist mir das egal.«

»Sooft sie auch weg sind, wenn sie wieder da sind, sind sie immer noch zu wenig weg gewesen.«

Ein langer, leerer Blick.

»Hm?«

»Vergessen Sie's.«

»Was haben Sie denn sagen wollen?«

»Wäre besser, wenn sie gar nicht da wären, unsere Männer.«

»Da sagen Sie was.«

»Wo ist Ihrer denn jetzt?«

»Wahrscheinlich in der Bar Biere inhalieren. Und Ihrer?«

»Der ist nie zufrieden mit dem, was wir haben. Wahrscheinlich versucht er gerade, ein besseres Abteil zu bekommen. Gott, was geht der mir auf die Eierstöcke!«

»Meiner mir auch. Säuft den ganzen Tag, labert nur Müll, und wenn er nicht gerade säuft oder labert, dann rülpst oder furzt er. Eine einzige Peinlichkeit auf Beinen.«

Die beiden Damen schauten sich an. Über den Spiegel. Dann drehten sie sich zueinander um und lachten. Lauthals.

»Wir reden über die wie über Hunde.«

»Nur dass man unsere Männer nicht an einem Rastplatz festbinden oder einfach einschläfern lassen kann.«

Erneut lautes Lachen.

»Gutes Stichwort. Warum haben wir uns dieser nervtötenden Kreaturen nicht schon längst entledigt?«

»Bequemlichkeit? Feigheit? Mutlosigkeit? Angst vor den Folgen?«

»Und deswegen leiden wir freiwillig seit fast dreißig Jahren?!«

»Wir haben uns einlullen lassen ...«

»Wissen Sie was? Wir haben ja eine ganz schön lange Fahrt vor der Brust ...«

»Mir graust's schon!«

»Was halten Sie davon ...« Sie senkte die Stimme und neigte ihren Kopf zur anderen Dame hin, die ihrerseits ebenfalls näher kam. »Lassen Sie uns doch überlegen, wie wir diese alten, sabbernden Säcke loswerden.«

Die andere Dame machte große Augen. »Wie sollen wir das denn anstellen?«

»Wir ermorden die gleich hier im Zug ...«

»… während der Fahrt?«

»Na ja, jedenfalls solange wir unterwegs sind.«

»Und wie wollen wir das anstellen?«

»Ganz einfach! Wir hecken einen perfekten Plan aus. Ähm … Zum Beispiel so: Ich erledige Ihren, Sie meinen, wir geben uns gegenseitig ein Alibi und sind so – schwups! – unsere Pflegefälle los.«

»Klingt gut.«

»Und das Beste, wir kennen uns eigentlich nicht.«

»Nein.«

»Wir haben uns bis jetzt noch nie gesehen.«

»Sind uns nirgendwo vorher begegnet.«

»Und damit es richtig rund wird: Sie bringen meinen Mann um, ich bringe Ihren Mann um.«

Sie grinsten teuflisch. Aber auch in freudiger Erwartung.

Ein Augenblick der Stille. Beide Damen dachten nach.

Dann sagte die eine: »Das kommt mir irgendwie bekannt vor …«

»Was?«

»Das, was wir hier machen. Zwei alte Krähen spinnen Mordpläne. Gab's da nicht mal einen Film?«

»Die Vögel?«

Nachdenken.

»So in etwa.«

»So sehr mich der alte Idiot auch nervt, ich wüsste gar nicht, wie ich ihn um die Ecke bringen sollte. Ohne dass ich mir die Finger schmutzig machen muss.«

»Tja … Ähm … Raucher?«

»Nein, danke, hab ich mir abgewöhnt.«

»Nicht Sie. Ihr Mann.«

»Und wie! Wandelnder Aschenbecher. Der bestialische Gestank hat sich dem schon in die Haut gefressen.«

»Ich würde seine Fluppen in Blausäure tränken. Nach acht Glimmstängeln müsste er hinüber sein.«

»Das schafft der in einer Stunde. Meinen Sie nicht, dass er das schmeckt?«

»Welche Marke raucht er denn?«

»Roth-Händle.«

»Wo gibt's die denn noch?«

»Nur im gut sortierten Fachhandel. Und für den Fall, dass diese Teerschleudern doch einmal verboten werden, hat er im Keller ein Lager für mindestens ein Jahr errichtet!«

»Wenn es so ist, bei der Marke schmeckt man eh nichts mehr, auch sonst nicht. Wie würden Sie meinen Mann umbringen?«

»Ich kenne den doch gar nicht.«

»Gerade drum!«

»Hm ... Ich würde ihn aus dem Zug schmeißen.«

»Wenig kreativ, aber effektiv.«

»Und die Ruhe wäre hergestellt.«

Beide vergaßen zu flüstern und lachten laut auf.

»Wie heißen Sie eigentlich?

»Ich bin die Birgit. Und Sie?«

»Tessa. Sagen wir Du?«

»Zu wem?«

»Zueinander?«

»So. Ja.«

Sie wurden wieder leise und steckten die Köpfe zusammen.

»Also, wie machen wir das jetzt?«

»Du bringst meinen Mann um, ich deinen.«

Birgit dachte nach. »Und warum bringst du nicht gleich beide Männer um? Oder ich meinen und du deinen?«

»Weil du einen Grund hast, deinen Mann umzubringen, und ich habe einen guten Grund, meinen Mann umzubringen. Aber ich habe keinen Grund, deinen Mann umzubringen, weil ich den gar nicht kenne. Ebenso wenig hast du einen Grund, meinen Mann umzubringen. Deswegen bringst du ja meinen Mann um und ich deinen. Sonst könnten wir ja gleich jeweils unsere Männer umbringen.«

Stille.

»Das wird ja immer komplizierter.«

»Und um dem Ganzen noch die Krone aufzusetzen, bringst du meinen Mann um, während ich mit einigen befreundeten Damen im Spa dieses Zuges sitze.«

»Der Wüstenexpress hat einen Spa?!«

»Ja klar, sonst hätten mich keine zehn Pferde in diesen rollenden Pferch gebracht. Und während ich also da drin meine Anwendungen erhalte, bringst du meinen Mann um.«

»Ein Spa! So ein bisschen Entspannung würde mir auch guttun.«

»Die tritt dann ja ein, wenn du deinen Mann los bist. Außerdem kannst du danach immer noch ein Bad nehmen. Jetzt brauchst du aber erst mal noch ein Alibi, während ich deinen Mann entsorge.«

»Ist ja nicht einfach. Man weiß nie, wann und wie Gift wirkt.«

»Wie viel raucht der denn so am Tag?«

»Drei Schachteln.«

»Und dann lebt der noch, bei dem Kraut?«

»Ja, ich dachte auch, das erledigt sich von selbst …«

»Jetzt helfen wir eben nach … Wenn der drei Schachteln am Tag raucht, dann raucht er alle halbe Stunde mindestens eine und hat die acht Stück spätestens binnen vier Stunden inne … Für die Zeit finden wir auch ein passendes Alibi für dich, Birgit. Haben wir einen Plan?«

Birgit schaute ihre neue Freundin begeistert an. »Ja, lass ihn uns bald ausführen, Tessa!«

»Klar. Jetzt gleich.«

Und wieder: lautes Lachen.

KAPITEL 9

Der majestätische Wüstenexpress rollte unbeeindruckt all der Dramen in seinem Inneren weiter. Mittlerweile war auch Jupp Straaten der Reisegesellschaft beigetreten. In Wiesbaden hatte der Zug gehalten, einige wenige waren eingestiegen, und mit einem Mal hatte sich die Türe von Friedrichsbergs und Dahls Abteil geöffnet.

»Na, sag mal, wie kommst du denn her?«

»Schön, dass ihr fragt. Mit dem Taxi. Das war die teuerste Fahrt meines Lebens. Und die ungeselligste.«

»Wenigstens bist du jetzt da«, freute sich Dahl und umarmte seinen Freund.

»Ja. Aber in was für einem Zustand …«

Hätten die drei Freunde jetzt aus'm Fenster geschaut und wären die ganzen Chinesen und Japaner draußen mal zur Seite gegangen, hätten sie das Heidelberger Schloss sehen können. Also die Reste.

»Apropos Zustand«, seufzte der Dicke. »Guckt mal raus.«

Was die beiden anderen taten.

»Wir sehen nichts.«

»Könnt ihr auch nicht. Dafür ist es mittlerweile zu dunkel. Aber da wäre jetzt das Heidelberger Schloss.«

»Wenn was wäre?«, wollte Straaten wissen.

»Mehr Licht!«, polterte Friedrichsberg.

»Die Worte kommen mir bekannt vor.«

Friedrichsberg hob abwehrend die Hände. »Ich sitz auf meinem Bett. Und liege nicht zum Sterben hier.«

»Das Heidelberger Schloss …«

»Für so 'ne Ruine ganz nett.«

»Wahrscheinlich attraktiver als meine Schwiegermutter«, meine Straaten. »Die hat ja noch einen Nebenjob als Vogelscheuche.«

Die drei mussten lachen. Dann schauten sie wieder in das verschneite Dunkel.

»Sag mal, Straaten, wusstest du, dass wir in die Wüste fahren?«

Irritiert schaute Straaten Dahl an. »Was faselst du da?«

»In die Wüste!!!«

Friedrichsberg ruckelte sich auf dem Sofa zurecht. »Wollen wir unseren alten Freund nicht erst mal herzlich willkommen heißen?! Eine kleine Erfrischung aus der Bord-Bar gefällig?«, versuchte er abzulenken.

»Ich sag es noch mal: Wüste!«

»Dann stoße ich eben alleine auf dich an! Schön, dass du es doch noch geschafft hast. Prost!«

Straaten schüttelte den Kopf. »Jajaja, aber erst als ich den Hunderter gezückt habe, hat der Taxifahrer sich auch an die Abkürzungen erinnert und ein paar Einbahnstraßen ignoriert.«

»Ja, was so ein bisschen Großzügigkeit alles auslösen kann …«

»Trotzdem: bis Wiesbaden ein weiter Weg.«

»Und das mit der Verhaftung von Silvia Polkarek?«, wollte der Dicke wissen.

»Hat geklappt. Ein blau-silbernes Empfangskomitee war schon vor mir da und hat unsere Synchronhoffnung in Handschellen in Empfang genommen. Sehr schade und ein großer Rückschlag für das Synchronschwimmen allgemein.«

»Na ja, vielleicht springen du und Dahl ja jetzt ein, genug davon zu verstehen scheint ihr ja …«

»Meinst du?« Straaten überlegte. »Die Eleganz dafür hätten wir eigentlich ja auch …«

»Na ja. Auf jeden Fall bleibt euch die Dressur.«

»Ach ja? Von wem?«

»Darf ich noch mal auf die Wüste zurückkommen?«, kam Dahl auf das alte Thema zurück, was ihn sehr zu beschäftigen schien.

»Nein«, versuchte Friedrichsberg diese Thematik zu unterbinden. »Äh …«

»Was denn für eine Wüste?«, wollte Straaten an Dahl gewandt aber wissen. »Du plapperst die ganze Zeit nur Wüste, Wüste, Wüste, Wüste …«

Der Dicke schnalzte mit der Zunge. »Nein, es handelt sich nur um eine Wüste, und in die fahren wir gerade.«

»Nicht, dass ich wüste …!«, versuchte Straaten einen Scherz.

»Und dazu hab ich doch auch noch so eine schlimme Sandallergie.«

»Dahl, eine was?«, horchte der Dicke auf.

»Sandallergie.«

»Wie äußert sich denn so was?«

Dahl winkte ab. »Ach, das knirscht zwischen den Zehen, man kriegt so dreckige Finger, das Laufen im Sand wird beschwerlich, und man leidet unter Durst.«

»Du hast doch einen Vogel.«

»Ein Kamel wäre mir lieber. Grad in der Wüste. Kamele finden ja immer Wasser.«

»Ich wüste jetzt auch gerne mal«, kam Straaten jetzt auf die Thematik Wüste zurück, »um was es hier eigentlich geht.«

»Frag das mal besser Friedrichsberg, der will uns doch in die Wüste schicken.«

»Was heißt hier schicken?« Mit Anlauf wuchtete der Dicke seinen mächtigen Leib vom Bett hoch und platzierte sich in der Mitte des Abteils. »Ich komm doch selbst mit!«

Dahl fasste sich an den Kopf. »Wir sollen einem alten Freund von ihm helfen. Irgendwas mit Pyramiden und Buddeln und dem Schatz einer alten Königin …«

»Und was haben wir damit zu tun?«

»Musst du mich nicht fragen, frag das Friedrichsberg.«

Der verschränkte die Arme hinter dem Rücken und wippte auf den Zehen. »Meine Güte, was stellt ihr euch denn so an? Ihr liebt doch das Abenteuer.«

»Das tun wir überhaupt nicht«, kam es von den beiden wie aus einem Mund.

»Ganz im Gegenteil«, setzte Dahl noch einen drauf.

Und auch Straaten musste noch eine Zugabe liefern: »Wir lieben unsere Ruhe.«

»Zu Hause auf dem Sofa. Wenn wir das gewusst hätten, wären wir doch gar nicht erst mitgekommen.«

»Wir dachten, schön mit der Bimmelbahn auf die Schwäbische Alb, und gut is'.«

»Wird es ja auch«, sagte Friedrichsberg und tastete seine Hosen- und Jackentaschen ab.

»Was?«

»Gut!«

»Wird es eben nicht!«

»Warum?«

»Weil wir jetzt wissen, dass, wenn wir angekommen sind, es gleich ans Buddeln geht, und wer weiß, was wir da zutage fördern. Bestimmt nichts Gutes.« Aus Dahl sprach die pure Verzweiflung.

»Erholt ihr euch eben jetzt auf dem Weg, dann fällt euch die Anstrengung danach gar nicht so auf!«

»Erholen auf der Reise?!« Straaten bekam vor plötzlich aufsteigender Wut einen feuerroten Kopf. »Wie fing denn die ganze Reise an? Auf uns wurde geschossen. Mein Auto sieht aus wie die Tülle von 'ner Gießkanne. Dann die Fahrt mit dem Taxi … Wer zahlt mir das jetzt eigentlich alles?«

»Einen Zehner würde ich beisteuern«, gab sich der Dicke generös.

»Unverschämtheit!«

»Moooment! Wenn ich tot wäre, würde ich dir gar nichts anbieten. Aus Prinzip.«

Dahl versuchte, die erhitzten Gemüter zu beruhigen. »Immerhin haben wir schon einen Mord aufgeklärt!«

»Ich habe den Mord aufgeklärt, um genau zu sein.«

»Was suchst du da eigentlich die ganze Zeit?«, wollte Straaten wissen.

»Feuer. Ah, da«, er zog ein Streichholzbriefchen aus der Brusttasche seines Jacketts. »Und meine Zigarren.«

»Du wirst doch wohl nicht in unserem Abteil rauchen?!«, empörte sich Dahl.

»Ich betrachte es in erster Linie als mein Abteil. Und da herrscht Räucherzwang.«

Seine beiden Freunde schüttelten den Kopf.

Aber da Alfons Friedrichsberg die Suche nach Rauchware aufgeben musste, hatte sich das Thema sowieso erledigt.

Dahl wandte sich an Straaten: »Und dann war uns hier im Zug noch die Mumie aus dem Auto auf den Fersen.«

»Ach.«

»Dieses mörderische Subjekt ist schon aus dem Zug katapultiert worden«, kommentierte der Dicke.

»Ach.«

»Am liebsten würde ich jetzt schon umkehren.«

»Mach doch, Dahl. Wenn du willst. Du hast ja keine Ahnung, was dir dann noch an wahnwitzigen Abenteuern entgeht.«

»Ich möchte diese Abenteuer auch überhaupt nicht erleben. Ich wäre geradezu froh, wenn sie mir entgingen. Oder vielmehr, wenn ich ihnen noch entgehe!«

»Mir geht's da ähnlich.«

Friedrichsberg schaute seine beiden Freunde abwechselnd an. »Bitte, bitte ... Ich kann euch ja nicht aufhalten. Steigt einfach beim nächsten Halt aus. Aber ich würde vorschlagen, bis dahin vertreiben wir uns die Zeit in der Bar. Immerhin haben wir dort eine Verabredung.«

»Eine Verabredung?« Straaten wusste ja von nichts.

Der Dicke nickte. »Und was für eine.«

KAPITEL 10

Die drei machten sich also in den Speisewagen mit angeschlossener Bar auf, wo sie bereits sehnsüchtig erwartet wurden.

»Ah, da sind Sie ja endlich. Möchten Sie auch einen Eierlikör on the rocks? Mein Lieblingsgetränk.« Der zum Ritter geschlagene Schnauzbart sprang aus seinem körperschluckenden Sessel auf und breitete freudig die Arme aus.

»Wer ist das?«, wollte Straaten wissen.

»Das ist Sir Lancelot Smith. Hat uns das Leben gerettet, indem er körpergewordenes Klopapier umweltunfreundlich entsorgt hat.«

»Wie immer, Friedrichsberg, umständlich ausgedrückt, aber stimmig«, musste Dahl zugeben.

»Also«, fragte Sir Lancelot in die neue Runde, »Eierlikör. Wer macht mit?«

»Oh, nein, danke.« Straaten verzog angewidert das Gesicht. »Eier schlagen mir immer leicht aufs Gemüt.«

Friedrichsberg nickte. »Ich brauch auch was Stärkeres.«

»Also, ich hätt nichts gegen ein Eierlikörchen«, meinte Dahl.

Alle vier orderten Getränke, warteten und fachsimpelten währenddessen über die ordnungsgemäße Entsorgung ungefragt Zunahekommender.

Dann kamen die Getränke.

Sir Lancelot erhob erst sich, dann das Glas. »Dann freue ich mich, mit Ihnen anzustoßen und Sie richtig kennenzulernen, nachdem ich Ihnen schon das Leben gerettet habe. Es ist mir eine ausgesprochene Ehre.« Er schaute die drei an. »Wer sind Sie überhaupt?«

»Mein Name ist Alfons Friedrichsberg.«

»Ich bin Jupp Straaten.«

»Ja, und ich ...«

»Namen kann ich mir ohnehin nicht merken«, unterbrach Sir Lancelot Dahl. »Aber was machen Sie hier und warum?«

»Wir reisen mit dem Wüstenexpress«, stellte Straaten fest.

»Was?«

Straaten, etwas lauter: »Wir reisen. Mit dem Wüstenexpress.«

Sir Lancelot schaute sich um und hob die Hände. »Nun, wer von uns tut das nicht?«

Es sei gestattet, an dieser Stelle noch ein paar Worte über das hier schon mehrfach erwähnte Fortbewegungsmittel fallen zu lassen. Der sogenannte Wüstenexpress erlebte seine Jungfernfahrt im Winter 1878, exakt fünf Jahre vor dem weitaus bekannteren Zug ähnlichen Namens. Allein dessen Literarisierung durch eine ältere Krimi-Dame machte jenen Zug weltbekannt und stellte den weitaus luxuriöseren Wüstenexpress vollkommen zu Unrecht in den Schatten. Der Wüstenexpress nahm die Strecke – vom Abfahrtsbahnhof Oer-Erkenschwick aus – über Wanne-Eickel quer durch Deutschland nach Österreich, von dort über Ungarn, Rumänien, Bulgarien, Griechenland, Zypern, Libyen, um endlich sein Ziel Ägypten zu erreichen. Nicht unbedingt die direkteste Strecke, aber dadurch immer noch von Überraschungen und Abenteuern gespickt. Früher war die Fahrt weitaus strapaziöser, begann sie doch in Oer-Erkenschwick (daran hat sich tatsächlich bis heute nichts geändert) und führte dann über Österreich-Ungarn, Bosnien, Serbien, Bulgarien, Ostrumelien, durch das Osmanische Reich, bis letztlich das Ziel Ägypten erreicht war. Der Wüstenexpress war bis heute ein aus Schlaf-, Konversations-, Spa-, Bar- und Speisewagen zusammengesetzter Luxuszug, der zunächst von der Stadt Oer-Erkenschwick, mittlerweile jedoch von einem scheichen Reich – Verzeihung: reichen Scheich finanziert wurde. Es war ein rein aus Einzel-, Doppel- oder Vierer-Kabinen bestehender Zug mit fünf Waggons, darin nicht mitgerechnet die gerade angeführten Spezialwaggons sowie der Küchenwaggon, der Waggon fürs Personal, benötigte man doch sowohl versierte Techniker als auch versatile Kellner, sprich Bedienung, und ebenso herausragendes Küchenpersonal. Nicht alle waren Bewunderer der Zugreise im Allgemeinen. Aber allein schon aus kulinarischen Gründen zog es den ein oder anderen Feinschmecker in dieses exorbitant teure Transportmittel, um eine Weile extraordinär gut zu speisen.

Straaten schaute sich in der noblen Bar um. »Warum sitzen wir hier überhaupt drin? Wir gehören keiner Elite an, der Bumms ist schweineteuer, und wir sind tagelang unterwegs. Hätte man das nicht einfacher und billiger haben können?«

Friedrichsberg tat so, als hätte er nicht zugehört. »Hm?«

»Wären wir nicht schneller nach Ägypten gekommen?«

»Wie denn?«, wollte Dahl wissen.

»Äh ... Fliegen zum Beispiel?«

Der Dicke winkte ab und schlürfte lautstark an seinem Whiskey. »Zu unbequem.«

»Aber billiger?!«

»Als was? Das Bärenticket für Senioren?«

»Ich frage noch mal: Warum sitzen wir in diesem Bummelzug?«

»Ich wollte immer mal hiermit fahren.«

»Aha, da liegt der Hase im Pfeffer. Du hattest wahrscheinlich auch eine Modelleisenbahn, Friedrichsberg?«

»Ja, und?«

»Wir sind hier Erfüllungsgehilfen, damit der Herr Friedrichsberg seinen verborgensten Sehnsüchten frönen kann!«

»Immerhin Supersparpreis!«, grummelte der Dicke.

»Aber von meiner Kreditkarte!«

»Da bin ich ja fein raus!«, freute sich Dahl.

Straaten stutzte. »Die Kreditkarte läuft doch über dein Konto?«

»Na, dann haben wir ja alle was davon!«

Wäre das auch geklärt. Unsere drei Freunde saßen also vor Whiskey (Friedrichsberg), Portwein (Straaten), Orangenlimonade (Dahl) in der Bar des Wüstenexpresses mit Sir Lancelot Smith (Eierlikör) zusammen. Eine

Bar, von der manche 5-Sterne-Superior-Hotels nur träumen konnten: feinst ziselierte Intarsien *à la japonaise* in der dunklen Holzvertäfelung der Wände, goldverzierte Tisch- und Stuhl-Ensembles aus der Zeit des französischen Empire, original Tiffany-Lampen, die das ganze Szenario in ein geheimnisvolles Licht hüllten, ein exquisiter Barpianist, ein Barkeeper, der kunstvoll die exotischsten Cocktails mixte – den haus-, Verzeihung: zuggemachten Eierlikör nicht zu vergessen! –, ein Humidor mit den erlesensten Zigarrenspezialitäten (Friedrichsberg hatte sich selbstverständlich beim Entdecken des Schränkchens stante pede eine geordert), eine exquisite Weinauswahl und eiskaltes Bier vom Fass.

Dazu wurden – je nach Appetit – kleine Tellerchen mit Spezialitäten aus aller Herren Länder gereicht, die die Küche à la minute zubereitete: Moules-frites, Ulon-Nudeln, Pad Thai, Fufu, Kimchi, Loco Moco.

Aber – man bedenke immer wieder Oer-Erkenschwick! – all das gerne in der gusseisernen Ratsherrenpfanne mit Sauce Hollandaise überbacken serviert.

Nun denn. In so einer der Welt entrückten Bar-Atmosphäre mochte man sanft in die Nebel eines tiefen Rausches hinabgleiten und danach mit einem glückseligen Lächeln gleich weiter in die ewigen Jagdgründe reisen. Wäre da nicht, wie so oft im Leben, die störende Mitmenschheit gewesen.

Zwei besonders auffällige Vertreter dieser Gattung hatten sich auch in die Bar verlaufen.

»Ey, Schnapsjockey, mach mal den guten Whisky auf.«

»Die Plörre hier würd ich ja nicht mal meinem Muli einflößen.«

»Und ein paar Nüsschen, du Heupferd, aber ein bisschen subito!«

»Und den Tellerkokolores könnt ihr gleich wieder in die Kombüse zurücktragen und uns dafür zwei saftige Hamburger mit allem bringen!«

Die Gespräche an den anderen Tischen waren verstummt, auch der Tresen war aufmerksam geworden, und alles betrachtete die beiden Gesellen.

Sich durch die Kombination Lautstärke, Wortwahl und Inhalt gestört gefühlt, richtete sich Sir Lancelot Smith auf und trat an den Tisch der beiden in Holzfällerhemd und Jeans Gewandeten. »Entschuldigen Sie bitte, die Herren, könnten Sie sich bitte in etwas Zurückhaltung üben? Alle hier fühlen sich von Ihnen gestört.«

»Was willst du denn, Tattergreis?«

Sir Lancelot schaute überrascht.

»Hallo, mein Kumpel spricht mit dir! Oder bist du ein bisschen schwerhörig?!«

»Hm?«

»Hörst du schlecht, oder was?!«

»Ich muss doch sehr bitten!«

»Blind ist er auch, Bob, sonst hätte er sich vielleicht vorher angeschaut, mit wem er sich hier anlegt!«

»Wer nicht sehen kann, muss eben fühlen!«

Die beiden Halbstarken lachten lauthals.

Sir Lancelot hob drohend seinen Zeigefinger. »Ich werde mich über Sie beschweren.«

»Oh, jetzt habe ich aber Angst, Opa.«

»He, Bill, schau mal, was da angewackelt kommt!«

Die beiden schauten zur Waggontüre. Auch Sir Lancelot warf einen Blick. Und staunte nicht schlecht.

Jetzt drehte sich fast die ganze Bar zur Tür hin um.

Eine große, blonde Frau in einem eleganten, roten Kleid mit einem ausladenden, roten Hut auf dem Kopf schritt stolz Richtung Tresen.

»Alter, mach Platz für die Lady! Hey Mietze, hier neben uns ist gerade ein Platz frei geworden!«

Die rote Dame ging einfach weiter und warf den beiden einen abschätzigen Blick zu. Mit einer Stimme wie aus einem Philip-Marlowe-Roman hauchte sie: »Wer hat denn das Türchen vom Affenhaus offen gelassen, dass ihr zwei Primaten hier frei rumrennen könnt? Haltet besser eure Klappe und benehmt euch wie zivilisierte Menschen.«

»Und wenn nicht?«, wollte Bill wissen.

»Dann zerquetsch ich die zwei kleinen Nüsschen hier!« Die Dame in Rot war stehen geblieben und hatte sich mit einem raschen Griff des Empfindlichsten bemächtigt, dass Bill in seinem Beinkleid mit sich führte.

Aus dem solcherart Angegriffenen kam nur ein knappes: »Upps.«

Bob war aufgesprungen. »Ey, lass meinen Kumpel in Ruhe, sonst fängst du dir eine von mir!«

»Nicht so voreilig, Jungchen!« Wie aus dem Nichts stand die breite wie hohe und in wallende Tücher gehüllte ältere Dame, der Friedrichsberg und Dahl schon beim Einsteigen begegnet waren, hinter Bob und trat diesem ansatzlos, dafür mit Schmackes ins Skrotum.

Der wand sich schmerzerfüllt. »Ahhh, das gibt Rühreier!«

»Kannst Nachschlag haben«, keifte die ältere Dame.

Und die Dame in Rot zischte: »Schiebt jetzt ab, aber Dalli! Sonst zermalmen wir auch noch den letzten Rest eures erbärmlichen Mackertums!«

»Brav zurück ins Körbchen, bis Frauchen euch ruft!«

Bill und Bob trollten sich, und die Gespräche an den Nebentischen nahmen wieder Fahrt auf.

Jupp Straaten schaute beeindruckt zwischen den beiden Damen hin und her. »Na, Sie haben den beiden aber mal gezeigt, wo die Axt hängt.«

»Die Axt im Haus erspart die Säge«, bemerkte Dahl.

»Solang der Hammer bohrt.«

Die ältere Dame in Tuch kommentierte trocken: »Die Frau von heute ist Hammer und Axt in einem. Da ist der Mann an sich bestenfalls noch der Hobel.«

Friedrichsberg, Straaten und Dahl schauten die Dame an. »Verzeihung?!«

»Mein Name ist Gräfin Sophie von Scharmützel. Ich wollte mich nicht in Ihr Gespräch einmischen, aber doch zumindest einen kleinen Impuls setzen.«

Der Dicke grinste. »»Danke, das ist Ihnen gelungen.«

Die Dame in Rot beugte sich zu Sir Lancelot hinunter, der in der Zwischenzeit Platz genommen hatte und an seinem Eierlikör nippte. »Sir Lancelot, Sie sind hier weit und breit tatsächlich der einzige Mann von Format! Wie Sie es mit den zwei Halbstarken da aufgenommen haben ...!«

»Na ja, wenn Sie nicht eingeschritten wären, müsste ich jetzt wohl meine Knochen neu sortieren!«

KAPITEL 11

Ein kleiner Mann mit Nickelbrille, wenig Haar und schlecht sitzendem Anzug sprang auf und zeigte auf den Sessel neben sich. »Frau Gräfin, wollen Sie sich nicht vielleicht hierhin zu mir setzen?«

Die betuchte Gräfin schaute abschätzig zur Nickelbrille rüber. »Lübke, Sie speichelleckender Krokodilwächter. Fragen Sie mich nicht so blöd, wo ich mich hinsetzen will. Ich weiß schon selbst, wo ich mich hinsetzen will. Und da, wo ich mich hinsetzen will, da setz ich mich auch hin. Und wenn ich dann sitze, wissen auch Sie, wo ich sitzen wollte!«

Friedrichsberg, Straaten, Dahl, Sir Lancelot und die Dame in Rot schauten auf den kleinen Mann und dann auf die Gräfin.

Ein peinlicher Moment entstand.

»Na, dann setzen Sie sich doch, wohin Sie wollen!«, sagte Lübke.

»Ich sitze ja schon.«

»Ich dachte ja nur.«

»Und Denken gehört bekanntlich nicht zu Ihren Stärken, Lübke! Hat die ganze Rasselbande den von mir georderten Schlummertrunk schon bekommen, Lübke?«

Die Nickelbrille nickte eilfertig. »Ja, der ›Good-Night-Drink‹ ist in die Abteile gebracht und an Ihre Belegschaft verteilt und mit großer Begeisterung empfangen worden …«

»Das freut mich. Selber schuld, dass Sie nichts trinken, Sie humorfreier Abstinenzler.«

»Ich habe noch nie getrunken!«

»Was Sie nicht gerade auszeichnet, aber zu dem macht, was Sie sind. Und jetzt machen Sie sich mal nützlich! Ich hätte gerne ein Glas eisgekühlte Buttermilch. Wie stets zu dieser Uhrzeit.«

»Dafür haben Sie doch eigentlich Ihren Butler…«

»Sie meinen, Bertram?«

»Der heißt Bartholomew.«

»Ist mir zu schwierig. Ich nenn den, wie ich will. Ich zahl den schließlich. Und jetzt bringen Sie mir meine Buttermilch, eisgekühlt, bitte!«

Lübke sprang auf und eilte zum Tresen der Bar. »Sehr wohl, Frau Gräfin, ich werde mich sofort drum bemühen.«

Die Dame in Rot schaute in die Runde und lächelte. »Ich wünsche Ihnen noch einen schönen Abend und eine geruhsame Nacht, die Herren.«

Dahl bekam einen roten Kopf. »Oh, das … das … das ist aber … das … ja.«

»Dürfen wir Sie nach Ihrer heldenmütigen Aktion eben als Dankeschön nicht noch auf ein Getränk einladen?«, wollte Friedrichsberg wissen, der sich aus seinem Sessel erhoben hatte und der Dame in die Augen schaute.

»Heute nicht mehr, danke.«

»Und Ihr Name? Also Sie sind?«

»Die Dame in Rot.«

Aus Dahl kam ein »Doll«.

»Wir holen das mit dem Getränk sicher nach. Gute Nacht.«

Die Dame in Rot entschwand, dafür kam mit eiligen Schritten Lübke an den Tisch. »Ihre Buttermilch, Frau Gräfin!«

»Wurd aber auch Zeit, Lübke! Zum Dank dürfen Sie mich an meinen Tisch begleiten! Cheerio, die Herren!«

»Cheerio, Miss Sophie!«, kam von den Herren zurück.

So hätte der Abend weitergehen und auch enden können, wenn nicht die Waggontüre aufgestoßen und ein atemloser Zugbegleiter hereingestürmt wäre. Herr Olaf schaute sich um, erblickte Friedrichsberg in geselliger Runde und trat an den Tisch. »Herr Friedrichsberg, Herr Friedrichsberg, hier ist ein Schreiben für Sie angekommen.«

»Etwas Dringliches?«

»Das stand nicht drin.«

»Sie haben es gelesen?«

»Selbstverständlich. Das ist bei uns eine schöne Tradition. Mein Vater war schon bei der Stasi.«

»Prima. Dann zeigen Sie her.«

Mit einem Kinnzeig wies der Zugbegleiter nach draußen. »Haben Sie eigentlich gesehen, dass wir gerade die verschneiten Alpen passieren?«

»Nee. Es ist mittlerweile auch so spät, dass es draußen so dunkel ist, dass ich, selbst wenn ich wollte, nichts sähe.«

»Hm?«

Der Dicke strich sich über den Schnurrbart. »Passiert draußen sonst noch was?«

»Nicht, dass ich wüsste.«

»Prima. Dann rücken Sie mal bitte das Schreiben raus.« Herr Olaf zettelte ein Fax aus seiner Hosentasche und hielt es Friedrichsberg hin. »Vielen Dank.« Der warf einen Blick drauf. »Oh, von meinem Freund Dr. Robertson Davies: *Geschätzter Alfons, ich kann Deine Ankunft kaum erwarten. Zum einen die Freude über das Wiedersehen, zum anderen brauche ich dringend Deine Hilfe. Es ist fast unvorstellbar. Aber wenn ich nicht irre, ist es ein Meilenstein in der Menschheitsgeschichte. Mehr noch: Wir werden in ebenjene eingehen! Komm zügig! Dein Robertson Davies.*«

Die Tischgesellschaft nickte anerkennend.

Ein älterer Herr trat an ihren Tisch. Ruhig, besonnen und überaus freundlich schaute er in die Runde. »Verzeihen Sie, dass ich Ihre Gesellschaft störe, aber ich reise alleine und bin um etwas Gesellschaft verlegen. Gehe ich recht in der Annahme, dass Sie auch bis zum Endhalt reisen?«

Friedrichsberg warf sich in die Brust. »Unser Ziel ist Ägypten, durchaus.«

»Meins auch«, bemerkte Sir Lancelot begeistert.

Der ältere Herr freute sich. »Zauberhaft, dann reisen wir also alle gemeinsam. Gestatten Sie mir, dass ich mich vorstelle, mein Name ist Eugen Eigen. Eigen ist der Nachname und Eugen heiß ich vorne, in umgekehrter Reihenfolge, aber dann eben richtig von vorne nach hinten: Eugen Eigen. Ich bin Universalgelehrter und seit einem halben Jahr im Ruhestand. Das hier ist mein Geschenk an mich zu meinem Ruhestand.«

»Wenig überraschend«, meinte Friedrichsberg.
»Was?«
»Wenn Sie es sich selber geschenkt haben.«
»Jaja. Es ist eine Abenteuerfahrt. Ich freue mich wie ein kleines Kind. Allerdings muss ich gestehen, dass ich auch etwas aufgeregt bin. Bisher war mein weitestes Urlaubsziel Lindau am Bodensee gewesen.«

»Da sind Sie bisher noch nicht weit gekommen«, sagte Straaten.

Dahl hakte nach: »Wo leben Sie denn?«

»Dinslaken«, sagte Eigen.

»Dann ist Lindau schon 'ne Weltreise. Gestatten, Alfons Friedrichsberg.«

»Sehr angenehm!«

»Jupp Straaten.«

»Ich heiße …«

»Jaja.« Dahl wurde abrupt von Friedrichsberg unterbrochen.

Der ältere Herr lächelte und setzte sich. »Freut mich. Und das, was wir hier jetzt erleben, das ist doch jetzt schon eine regelrechte Abenteuerfahrt, oder?«

»Dann haben Sie tatsächlich noch keine erlebt, alter Knochen. Mein Name ist Sir Lancelot Smith, ich bin Abenteurer, mein Leben lang. Aber keine Sorge, wo ich bin, da ist das Abenteuer! Oder anders: Ich bin das Abenteuer. Mit mir zusammen werden Sie die Kuh hier schon steigen lassen.«

»Und welche Abenteuer führen Sie in diesen Zug?«, wollte Eugen Eigen wissen.

»Das weiß ich leider nicht mehr. Das Gedächtnis, Sie verstehen … Meine Pflegerin hat mich hier reingesetzt.

Gefahren hat mich jedoch ihr Mann, der leitet sonst Schwertransporte ...«

»Ach.«

»Ah, jetzt weiß ich es wieder! Ein guter Freund von mir ist Zigarrendreher in Kairo. Er hat eine hervorragende Ernte eingefahren und fängt in wenigen Tagen an zu drehen. Dazu hat er mich eingeladen, und wie ich uns beide kenne, hauen wir dann noch ein paar Haschischblätter mit hinein.«

Die Tischgesellschaft blickte etwas konsterniert aus der Wäsche.

Nur einer freute sich bis über beide Ohren: der Dicke. »Überlassen Sie uns später einige dieser Spezialzigarren?«

»Selbstverständlich, Herr Friedrichsberg. Ah, da kommt noch eine Runde Eierlikör. Zum Wohl.«

Der Barkeeper war mit einem Tablett an ihren Tisch getreten. »Frisch mit altem Cognac aus Wachteleiern aufgeschlagen ...«

»Die sind ja auch sehr klein ...«, gab Friedrichsberg zu bedenken.

»Solange ich danach nicht selber Eier legen muss!« Sir Lancelot lachte laut.

»Wenn nicht Sie, wer dann?! Sie sind der Abenteurer!«

»Ja, das stimmt, Herr Straaten. Haha! Cheers!«

»Sehr zum Wohle.«

»Prost.«

»Wohlsein.«

Man trank und genoss den Eierlikör.

Ein Ober kam an den Tisch, in der Hand einen Teller mit Cloche, stellte ihn vor die Gräfin und nahm die

Haube mit folgenden Worten ab: »Wir wünschen einen guten Appetit.«

Gräfin Sophie von Scharmützel starrte auf den Teller vor sich und drehte sofort ins Hysterische: »Das ist doch im Leben nicht Zürcher Geschnetzeltes! Nie im Leben!«

Die Gäste der Bar drehten sich nach ihr um.

Die Gräfin blitzte den Ober an.

»Ja, aber...«

»Wissen Sie, wie oft ich schon Zürcher Geschnetzeltes hatte? Da gehörte Zürich noch zu Italien!«

»Unser Maître macht es nach einem Züricher Originalrezept.«

»Dann sollte der da mal reingucken und sich dran halten. Und das Rösti...«

»Der Rösti«, korrigierte der Ober.

»Das Rösti«, beharrte die Gräfin.

»Der Rösti.«

»Bitte?« Selbstverständlich war sie es nicht gewohnt, korrigiert zu werden. Vor allen Dingen nicht von Personal.

»Es heißt der Rösti.«

Die Gräfin war fassungslos, rang kurz nach Luft. »Sie impertinentes, besserwisserisches Ungetüm. Hmpf... Gut, sagen wir die Rösti.«

»Wieso heißt der...«

»Oder das!«

»Der oder das die?«

»Wer heißt die?«

»Der oder das?«

»Der oder das was?«

Der Ober drohte in kompletter Verwirrung zu ertrinken. »Rösti ...«

»Ich hatte eh zwei bestellt.«

»Dann sind's die Rösti.«

»Eben. Die sehe ich an und weiß, die sind auch unzumutbar.«

»Ich bin untröstlich! Das höre ich zum ersten Mal, bisher hatten wir noch nie Klagen –«

»Dann holen Sie mal Ihren Möchtegernbrutzler aus der Küche, dem sage ich das auch noch mal, dann können Sie das gleich ein zweites Mal hören!«

Ein Herr am Nebentisch drehte sich um. Gescheitelt von der Haarspitze bis zur Sohle, stilvoll im Smoking, seine Oberlippe zierte ein gepflegtes Menjou-Bärtchen. »Wenn ich mich dazugesellen darf ... Ich würde auch gerne mit dem Küchenchef reden ...«

»Sie wollen sich auch beschweren?«, haspelte der überforderte Ober.

»Im Gegenteil, noch nie habe ich ein so perfektes Beefsteak à la Maier kredenzt bekommen ... Ich wollte nach dem Rezept fragen!«

»Und Sie sind?«, wollte die Gräfin wissen.

»Ein mitreisender Urlauber. Hamilton Focus mein Name.«

»Wenn Ihnen das geschmeckt hat ... Sind Sie auch miserabler Koch von Beruf?«

»Um Himmels willen, nein. Ich bin Gastrosoph. Dazu betreibe ich einige der führenden Restaurants weltweit. Jetzt gerade bin ich Reisender im Auftrag der Kulinaristik.«

»Spannend.«

»Lecker.«

Unsere Herrenrunde steckte währenddessen die Köpfe zusammen.

»Unsere Gräfin ...«, flüsterte Straaten.

»... führt sich hier auf wie beim »»Besuch der alten Dame««, brachte Friedrichsberg den Satz zu Ende.

Sir Lancelot winkte ab. »Das wäre ja noch das Geringste. Aber lassen Sie es sich gesagt sein, diese Gräfin ist eine Heimsuchung biblischen Ausmaßes. Mit dieser Frau kommt nicht weniger als eine Plage über den Zug. Ach was, eine... Alle zehn! Ich kenne die schon seit Ewigkeiten. Seit der Inthronisierung des letzten Grafen von Monte Christo, äh... von Monaco.«

»Auch ein gutes Stück... also das mit dem Monte Christo...«

»Wie dem auch sei, Herr Friedrichsberg... Die Gräfin Sophie von Scharmützel gehört zu einem alten deutsch-österreichischen Adelsgeschlecht.«

»Uh«, Dahl verzog das Gesicht, »ist das ansteckend?«

»Nein, aber wohl vom Aussterben bedroht«, beruhigte Friedrichsberg.

»Ich habe nicht gewusst, dass die hier auch mitfährt ...« Sir Lancelot hing seinen Gedanken nach.

Dahl schaute ihn an. »Macht Ihnen das so viel aus?«

»Na ja ...«

»Hätten Sie sonst einen anderen Zug genommen?«

»Sagen wir mal so, es ist für uns alle kein gutes Zeichen, dass diese Frau mit an Bord dieses Zuges ist ...«

»Mir sagt die gar nichts«, bemerkte Eugen Eigen. »Können Sie uns vielleicht etwas mehr über sie erzählen, Sir Lancelot?«

»Wie schon gesagt, die Frau ist eine Plage. Ach nein ...«

»Doch nicht?«

»Heuschrecke! Das wollte ich eigentlich sagen! Was die schon an Firmen und Läden weltweit aufgekauft und ausgeweidet hat. Sie soll auch zwei Weingüter in Frankreich aufgekauft haben, nur um diesen hervorragenden Wein alleine saufen zu können... Man munkelt dazu, dass sie von den Bewohnern ihres Heimatdorfes ihren Mann hat umbringen lassen. Sie sollen ihn in einem Stausee versenkt haben.«

»Grausam.«

»Na ja, Herr Dahl, besser als Badesee. So ist sie eben.« Sir Lancelot nahm einen großzügigen Schluck Eierlikör und wischte sich die Reste aus dem Bart.

»Und mit diesem Ungeheuer müssen wir jetzt die nächsten Tage hier verbringen? Danke, Friedrichsberg!« Straaten verschränkte die Arme vor der Brust.

»Na ja«, Eugen Eigen schaute zur Gräfin rüber, »im Moment lenkt dieser Mr. Focus sie ja zum Glück ein bisschen ab.«

Friedrichsberg rieb sich seinen großen Zinken. »Dieser Name sagt mir zumindest etwas ... Besitzt ein paar ausgezeichnete Restaurants weltweit, über die es jedes Jahr nur so an Sternen regnet!«

»Besser als aus Kübeln!«, meinte Dahl.

»Er ist einer der größten Impresarios der Haute Cuisine. Millionenschwer.«

»So dick sieht der gar nicht aus!« Dahl schaute sicherheitshalber noch mal hin.

Sir Lancelot schüttelte den Kopf und strahlte. »Was für eine bunte Truppe, herrlich!«

Der Dicke nickte dazu. »Ja, da können wir uns auf etwas gefasst machen.«

Gräfin Sophie von Scharmützel warf ihre Serviette auf den Tisch und rief durch die Bar: »Bertram! Bertram!! Hören Sie doch, Sie taube Nuss!«

Ein Diener in Livree tänzelte an ihren Tisch.

Mit gesenkter Stimme korrigierte er: »Ich heiße nicht Bertram, ich heiße Bartholomew.«

»Sie können heißen, wie Sie wollen«, bellte die alte Gräfin. »Wir leben schließlich in einem freien Land. Aber solange ich Sie bezahle, nenne ich Sie, wie ich das will. Außerdem, und das hatte ich Ihnen schon gesagt, kann ich mir diesen Bartoloquatsch nicht merken. Und mit meinen lockersitzenden Dritten auch ziemlich schlecht aussprechen. Kann doch nicht zu meinem Problem werden, wenn sich Ihre Mutter direkt nach der Entbindung an Ihnen rächen will und Ihnen so einen saudämlichen Namen gibt.«

Der Diener machte einen Diener. »Entschuldigen Sie bitte, Frau Gräfin.«

»Gut, dass Sie sich entschuldigen, Bertram, ich weiß nämlich nicht mehr, was ich von Ihnen wollte. Ach doch, teilen Sie bitte dem ordinären Bahnpersonal dieses drittklassigen Bummelzugs mit, dass ich zum Frühstück morgen einen frisch gepressten Orangensaft, einen lauwarmen Muckefuck mit drei Tröpfchen Kondensmilch, zwei goldgelbe Buttertoasts, duftende Croissants und etwas Kirschkonfitüre erwarte, und das alles Punkt 6:35 Uhr.«

»Wie Sie wünschen, Frau Gräfin.«

»Halt, das war noch nicht alles. Jetzt will ich ein Ragout fin. Was reichen die hier dazu?«

Der Diener warf einen raschen Blick in die Karte. »Wildreis aus der sächsischen Schweiz.«

»Den können die selber fressen. Ich nehme eine ordentliche Portion Gratin dauphinois dazu. Die Küche soll sich beeilen. Ich habe Hunger. Großen Hunger, nachdem ich das ungenießbare Geschnetzelte habe zurückgehen lassen. Und dann sagen Sie Ginger, dass sie hier subito antanzen soll.«

»Sehr wohl, Frau Gräfin.« Damit machte sich der Diener schnellstmöglich aus dem Staub.

»Wenn man sich nicht um alles selbst kümmert ... Es ist so mühsam und wird mit dem Alter auch nicht besser ... Da freut man sich auf den Tod.«

Der stand bei ihr zwar noch nicht vor der Türe, aber suchte schon mal einen Parkplatz.

KAPITEL 12

Der Wüstenexpress rollte durch die Nacht munter vor sich hin, brach sich immer wieder seinen Weg durch Schneeverwehungen, und unsere drei Freunde kamen zusammen mit Sir Lancelot Smith und Eugen Eigen in den fragwürdigen Genuss, die Gräfin Sophie von Scharmützel im Bar- und Speisewagen hautnah miterleben zu dürfen.

Der Zugbegleiter trat an ihren Tisch. »Na, genießen Sie die Fahrt? Hm?« Und dann an die Gräfin gewandt: »Na, meine Gutste, wie geht's, wie steht's? Ich hätte hier noch einen Gratisschwung schwatte Plörre von der Firma Mitropa, ein Qualitätserzeugnis der Deutschen Demokratischen. Kann Ihnen da auch noch ein bisschen Kandis reinrühren. Der Würfelzucker ist nämlich aus. Außer, Sie stehen auf Dünnpfiff, dann hätt ich noch ein bisschen verklebten Süßstoff in meiner Cordhose. Na, wie wär's mit uns beiden? Kommen wir da zusammen?«

Aus entsetzten Augen starrte die Gräfin ihn an und keifte los: »Was erlauben Sie sich, Sie unsäglicher Kretin?! Selbst im ärgsten Suff würde ich mir von Ihnen kein Heißgetränk aufschwatzen lassen. Von Kaltgetränken gar nicht erst zu reden. Und dann auch noch auf so plumpe Weise ... Ziehen Sie Leine, Sie ungepflegter Waschlappen.«

Herr Olaf zog sich die Uniformjacke glatt. »Na, haste Töne? Die Vogelscheuche hier macht einen auf Nachtigall. Wenn's so ist, wünsche ich angenehme Weiterfahrt. Rechnen Sie mit dem Schlimmsten.«

»Wie bitte? War das eine Drohung?«

»Eher ein Versprechen. Und haben Sie gesehen? Draußen brausen wir durch Österreich. Salzburg. Wenn Sie leise sind und genau hinhören, können Sie sogar den ollen Mozart noch im Original hören. Und dazu diese herrlichen Berge. Und bitte nicht erschrecken: Wenn die Berge plötzlich weg sind, ist's ein Tunnel.«

Der Zugbegleiter trollte sich, und an seine Stelle trat eine zwar attraktive, dafür aber leicht unterbelichtet wirkende Endzwanzigerin an den Tisch. »Sie haben mich gerufen, Frau Gräfin?«, brachte sie zwischen ihrem Kaugummigekaue hervor.

»Nein, Ginger, ich habe Sie nicht gerufen, das hätten Sie in Ihrer Kabine nämlich gar nicht gehört, so weit weg, wie die ist. Ich habe Bertram nach Ihnen schicken lassen. Ich möchte, dass Sie ein Dutzend Entlassungsschreiben vorbereiten.«

»Jetzt noch?« Begeisterung sieht anders aus.

»Hätte ich Sie sonst holen lassen?«

»Verzeihung, selbstverständlich. Darf ich meinen Block eben holen?«

»Nein, Sie werden sich diese paar spärlichen Informationen noch in Ihrem kleinen Spatzenhirn merken können, auch wenn da sonst wenig Platz ist.«

»Wen betreffen denn die Kündigungen?«

»Als Allererstes betrifft es Sie.«

»Was?« Fast wäre Ginger der Kaugummi aus dem Mund geplumpst.

»Jetzt schauen Sie aber! Köstlich! Dann Lübke, Bertram und die zehn Vorstandsvorsitzenden meiner Firmen. Also alle, die ich auf diese Reise mitgenommen habe.«

»Gestatten Sie mir eine Frage?«

»Nein.«

»Warum haben Sie uns denn dann zu dieser Reise eingeladen, wenn Sie uns jetzt rausschmeißen?«

»Ich wollte Ihre dämlichen Gesichter sehen, wenn Sie es erfahren.«

»Sie sind ein Monster!«, zischte es aus Ginger.

Die Gräfin winkte gleichgültig ab. »Aus Ihrem Mund ist das ein Kompliment. Ich will, dass Sie noch in dieser Nacht die Entlassungsschreiben fertigstellen. Die Namen sind Ihnen ja alle geläufig. Sonst schauen Sie einfach auf unsere Reiseliste, und morgen vor dem Frühstück können Sie diesen ganzen Pfeifen dann die Kündigung servieren. Das ist doch eine hübsche Überraschung auf nüchternen Magen, oder?«

»Sie sind ein Scheusal.«

»Hab ich schon mal erwähnt, dass mich jeder meiner neun Ex-Gatten so genannt hat? Aber keinem ist das am Ende gut bekommen … Und jetzt husch, husch an die Schreibmaschine.«

Sir Lancelot versuchte auf schnellstem Wege, das Thema zu wechseln: »Ah ja, und was machen Sie in Ägypten, Herr Friedrichsberg?«

»Nun, ein alter Freund von mir ist Archäologe, und er bat mich um Unterstützung bei seiner Expedition.«

»Das klingt spannend.«

»Ist es aber nicht«, bemerkte Straaten trocken. »In erster Linie ist es nur heiß, trocken und sandig.«

»Wenn Ihnen das nicht gefällt, dann sollten Sie lieber in die Antarktis reisen!«

»Sir Lancelot, das kommt mir bekannt vor«, sagte Dahl.

»Was?«

»Kommt mir bekannt vor!«

»Aha.«

Friedrichsberg kippte seinen Eierlikör – er hatte mit einem anderen Getränk begonnen, Diverses zwischendurch geleert und war jetzt beim Lait de poule gelandet – in einem Rutsch weg und orderte mit einem Wink eine neue Runde. »Die beiden Herren hier werden sich schon an die Wüste gewöhnen! Außerdem werden sie so viel schleppen müssen, dass sie gar nicht merken, ob ihnen von innen oder außen heiß ist!«

»Dann bin ich ja beruhigt!«

»Kannste, Dahl, kannste.«

Sir Lancelot räusperte sich. »Ich jedenfalls freue mich darauf, wenn wir uns in Kairo wiedersehen. Sie erzählen mir dann von Ihren Ausgrabungen, und dabei lassen wir uns eine meiner Spezialzigarren schmecken.«

»Das nenn ich mal eine Verabredung!«, freute sich der Dicke.

»Wir müssen nur noch unsere Nummern ... tau... schen.« Sir Lancelots Pupillen weiteten sich gespenstisch, er japste noch einmal kurz auf und brach dann tot am Tisch zusammen.

Die Bargäste registrierten diesen Zwischenfall gar nicht. Allein die Tischgesellschaft war schockiert.

Straaten wich zurück. »Was ist das denn jetzt?«

»Was hat er denn?«, fragte auch Dahl. »Ist der Eierlikör umgeschlagen?«

»Willst du mal nippen?«

»Nein, danke, Friedrichsberg. Ich vertrage doch keine Eier.«

»Sir Lancelot offensichtlich auch nicht.« Der Dicke beugte sich über den zur Hälfte auf dem Tisch liegenden Sir Lancelot und betrachtete ihn eingehend.

»Jetzt ruf doch endlich einer mal einen Arzt!«, echauffierte sich Straaten.

»Nicht mehr nötig …«, brummte Friedrichsberg.

»Wieso? Ist er …«

»Ja. Der ist hinüber. Ich fühl da nichts mehr pochen.« Er hatte seine dicken Wurstfinger am Hals des Abenteurers positioniert.

»Wo soll's denn pochen?«

»Im Kopf, Dahl. Wie bei dir vielleicht?«

Straaten dachte nach. »Salmonellenvergiftung?«

»Unwahrscheinlich«, grübelte der Dicke, »die baut sich erst langsam auf …«

Hamilton Focus und die Gräfin waren sprachlos. Eine Tatsache, die viel zu selten vorkam und die alle still genossen.

Dann sagte der Gastrosoph: »Ich habe auch schon viele Tode durch Lebensmittelunverträglichkeit gesehen. Das hier vor uns passt nicht.«

»Kann man denn das hier vor uns endlich mal entsorgen?! Da vergeht einem doch glatt der Appetit!« Die

Gräfin warf eines ihrer Tücher über den Toten. »Ich krieg doch noch was Warmes. Da brauch ich nichts Laues vor mir auf dem Tisch.«

Dahl beugte sich zu seinem dicken Freund. »Und du meinst, es war trotzdem der Eierlikör?«

»Vielleicht mit Gift versetzt?«

»Gut, dass wir den nicht genommen haben …«, sagte Straaten leise vor sich hin.

»Wieso?« Der Dicke stutzte. »Wir hatten doch alle einen.« Er guckte sich in der Bar um. »Dann ist nur seiner vergiftet worden.«

Dahl gähnte. »Also ich bin jetzt müde. Mir war das alles heute viel zu anstrengend. Ich muss jetzt mal ins Bett.«

»Gute Idee«, der Dicke wuchtete sich aus dem Sessel hoch, »ich komme mit.«

»Wie, was?« Straaten schaute zwischen den beiden hin und her. »Ihr wollt mich hier jetzt so mit Sir Lancelot sitzen lassen?«

»Ja, was sollen wir sonst mit dem machen? Tote sind in der Regel ziemlich einsilbig und dadurch auch wenig gesellig, und nicht nur das, nach einer kurzen Weile fangen sie auch ziemlich an zu müffeln. Komm jetzt, wenn wir den Zugführer auf dem Weg zu unserer Kabine treffen sollten, können wir ihm ja Bescheid geben.«

Und tatsächlich wurde Sir Lancelot Smith kurz drauf vom emsigen Bahnpersonal in den Küchenwaggon getragen, wo er – bis zum Erreichen des Zielbahnhofs in Ägypten – neben ein paar Schweinehälften, seltenem Meeresgetier und exotischen Eisvariationen ins Tiefkühlfach geräumt werden sollte. Jetzt durfte man nur hoffen, dass Sir Lancelot nicht zwischenzeitlich durch Verwechslung noch auf den Menüplan geriet.

KAPITEL 13

Die meisten schliefen. Kaum jemand war noch unterwegs. Mittlerweile war es nach Mitternacht. Nur zwei Damen standen im letzten Waggon zusammen.

»Und wie sieht's aus, Birgit?«

»Also, deinen Mann habe ich vorhin von der Raucherplattform ins Dunkle geschubst.«

»Der raucht doch gar nicht.«

»Na und?«

»Was hat er denn dann auf der Raucherplattform verloren?«

»Der wollte wohl frische Luft schnappen.«

»Und da hast du den einfach runtergeschubst.«

»Sag ich doch. Und was macht mein Mann?«

»Der quarzt und röchelt langsam vor sich hin. Die Nacht wird der nicht überleben. Kannste jetzt schon runterzählen.«

»Das hoffe ich für dich, Tessa. Ich hab schließlich meine Aufgabe schon erledigt.«

In Tessas Augen blitzte etwas Diabolisches auf. »Ich bin begeistert. Hätte nie für möglich gehalten, dass das so reibungslos geht. Und wo wir jetzt die Feuerprobe bestanden haben ...« Sie machte eine kurze Pause. »Ich habe eine reiche Erbtante in Australien ...«

»Schön für dich.«

»Wollen wir da nicht auch mal zeitnah Hand anlegen? Ich würde dir auch den Flug bezahlen.«

»Wenn du dafür meinen Vorgesetzten übernimmst, kommen wir ins Geschäft.«

»Prima, wir gehen in Serie! Also steht unsere nächste Verabredung für nach diesem Ausflug?«

»Hand drauf.«

»Hand drauf!«

Die beiden Frauen zwinkerten sich zu und trennten sich. Jede in ihr Abteil. Für die eine ihre erste Nacht alleine. Für die andere die letzte zu zweit.

KAPITEL 14

Früh am Morgen knallte Alfons Friedrichsberg mit seinem dicken Schädel gegen die Wand. Im Schlaf. Im Liegen. Ein ohrenbetäubendes Quietschen folgte der Bewegung. Der Zugführer stieg in die Eisen und versuchte, den Zug zum Stehen zu bekommen.

Der Dicke turnte aus seinem Bett hinunter, schlüpfte in die Filzschluppen, öffnete die Abteiltüre und lugte verschlafen über den Gang. »Was ist das für ein Lärm? Und warum hat der Zug so abrupt auf freier Strecke gebremst?«

»Stecken wir in einem Schneerutsch fest?«, kam es von Dahl, der sich noch mal die Bettdecke über den Kopf gezogen hatte. »Brauchen wir Tauchsieder und Schaufeln?«

Die Waggontüre öffnete sich, und der leichenblasse Zugbegleiter kam angerannt. »Entschuldigung, wenn ich Sie so roh geweckt habe ...«

»Sie sind ja ganz aufgelöst ... Wo drückt denn der Schuh?«

Überrascht schaute Herr Olaf Friedrichsberg an. »Bei mir vorne links, hab da 'ne Zehenfehlstellung. Aber das tut eigentlich gerade nichts zur Sache. Ich befürchte, bei meinen zwölf Gästen in Waggon 4 drückt nämlich gar nichts mehr.«

»Was sagen Sie da?«

»Ich befürchte, die sind alle tot. Vielleicht können Sie mal mit mir nachschauen?«

»Selbstverständlich, nichts lieber als das. Gehen Sie ruhig voran, wir folgen Ihnen.«

Jetzt war auch Straaten wach. »Mitten in der Nacht?«

»Muss das sein?«, wollte auch Dahl wissen. »Ich hab gerade so schön vom Frühstück geträumt ...«

»Umso besser, dann bist du wenigstens für den Moment satt!«

»Aber Alfons, sie hatten doch gerade erst aufgetragen ...«

»Kommt jetzt! Haut eure Flunken in die Schluppen, wir müssen jetzt schnell handeln!«

Plötzlich tauchte hinter Herrn Olaf eine Lederjacke auf, in der ein alter Bekannter steckte. »Blinder Aktionismus hat noch nie zu etwas Gutem geführt!«

Es war Sir Lancelot Smith!

Und alle riefen wie aus einem Mund: »Sir Lancelot?!«

»Wie bitte?«

»Sir Lancelot?!«

»Ebendieser.« Er strahlte.

Straaten fand als Erster die Worte wieder. »Wie kann das sein? Sie sind doch gestern Abend im Bordrestaurant an einer seltsamen Vergiftung verschieden.«

»Eine was? Eine Vergiftung? Nö, nö, das war nur 'ne leichte Unverträglichkeit. Hab ich manchmal eben, das gibt sich dann aber nach 'ner Zeit.«

»Sie hatten keinen Puls«, staunte der Dicke.

»Ja, aber nur acht Stunden nicht. Danach war ich wieder mopsfidel.«

»Die haben Sie ins Eisfach gelegt …«

»Genau, und das wurde mir dann auch ein bisschen frisch.«

»Das ist ja phänomenal.«

»Nun ja, ich bin Abenteurer, was erwarten Sie? Aber nun zur Sache: Es hat einen Todesfall im Zug gegeben?«

Fast tonlos brachte Herr Olaf heraus: »Zwölf.«

»Nein!«

»Wir wissen noch nichts Genaueres, aber in Waggon vier ist es seit Mitternacht totenstill!«

»Zwölf Tote um zwölf.« Auch Straaten konnte es nicht fassen.

»Ja, ein ganzer Waggon ist ausgerottet worden.«

»Und das wollten Sie sich jetzt genauer ansehen?« Sir Lancelot schaute alle Beteiligten an.

Friedrichsberg warf sich in die Brust. »Sehr wohl.«

»Ob ich Ihnen dabei wohl Gesellschaft leisten darf?«, fragte Sir Lancelot.

»Aber Sie sehen doch so schlecht«, gab Straaten zu bedenken.

»Ein guter Grund, um näher ranzugehen. Sag ich auch immer meiner Frau. Aber die ist schon seit dreißig Jahren tot. Ich folge Ihnen unauffällig.«

»Es wäre uns eine Ehre«, sagte der Dicke. »Vorher möchte ich allerdings noch eine Empfehlung aussprechen. Ich würde den Zug wieder anfahren lassen und die Weiterfahrt nicht unnötig verzögern. Alles andere würde die anderen Mitreisenden nur unnötig verunsichern. Obwohl in heutigen Zeiten es doch eher umgekehrt ist: Was verunsichert da mehr als ein pünktlich fahrender Zug? Aber wir wollen ja auch irgendwann ankommen.«

Mittlerweile stand auch Dahl an der Türe und sagte: »Solange wir fahren, kann der Mörder auch nicht entkommen!«

Pause.

Dann alle: »Dahl!«

»Das war der erste vernünftige Satz von dir in Jahren!«

»Danke, Friedrichsberg. Ich halte jetzt auch wieder den Mund.«

Wieder alle: »Danke.«

Nur Herr Olaf nickte vor sich hin. »Sie haben alle recht. Ich gebe sofort dem Lokführer Bescheid, dass er umgehend wieder die Kessel befeuern soll!«

»Und dann schauen wir uns gemeinsam die Bescherung mal an.« Friedrichsberg strich sich über den Schnurrbart.

Und kurze Zeit später fuhr der Zug wieder schwerfällig an.

KAPITEL 15

Der Zug hatte also langsam wieder seine Fahrt aufgenommen an, und Alfons Friedrichsberg, Jupp Straaten, Willi Dahl und Sir Lancelot Smith machten sich zusammen mit Herrn Olaf auf den Weg zu Waggon vier.

Im Todeswaggon sah auf den ersten Blick alles genauso aus wie in ihrem Wagen: ein langer Gang, von dem aus mehrere Abteiltüren abgingen.

»Also, ich kann hier nichts Besonderes entdecken«, stellte Sir Lancelot fest.

»Ja, hier sieht man ja auch noch nichts«, klärte Herr Olaf auf.

»Das erklärt es.« Dahl nickte.

Der Dicke runzelte die Stirn. »Wo muss man genau hingucken, damit man was sieht, was man nicht sieht? Wieso sieht man es nicht sofort?«

»Dann müsste man ja gar nicht erst gucken?!«, sagte Herr Olaf.

»Ein Mord springt einem doch sofort ins Auge, da muss man gar nicht gucken, um zu sehen.«

»Psst, hören Sie es denn nicht?«

Alle lauschten hin.

Friedrichsberg schaute den Zugbegleiter an. »Sie haben also etwas gehört, wo es nichts zu sehen gibt?«

»Ich hör nichts!«, flüsterte Dahl.

»Eben, alles mucksmäuschenstill!« Herr Olaf wischte sich mit einem Stofftaschentuch über die Stirn. Ich hab bloß die Mitternachtssuppe für die Damen und Herren hier geholt und serviert. Hab noch mit allen gesprochen, quietschvergnügt, und dann komme ich vorhin hier lang und finde alle Türen verschlossen. Ich klopfe. Nichts. Ich klopfe wieder, doller. Immer noch nichts. Ich lausche. Weniger als nichts. Die sind alle tot da drin, glauben Sie mir!«

Friedrichsberg rieb sich die Hände. »Also Sie wissen gar nicht, ob die alle tot sind oder nicht doch noch schlafen?«

»Nee.«

»Ist keiner sonst in Waggon vier?«

»Wenn ich es doch sage ... Moment ... Als ich die Mitternachtssuppe auf dem Servierwagen durch die Zwischentüre in den Waggon schob, war mir so, als hätte ich am anderen Ende einen Schatten im Fenster der nächsten Zwischentüre davonhuschen gesehen ...«

»Einen Schatten ... davonhuschen?«

»Ich habe dem bis gerade keine Bedeutung beigemessen, aber jetzt, wenn ich genauer darüber nachdenke ...«

»Nur ein Schatten?«

»Im Bademantel ...«

»Schatten im Bademantel. Besser als Eisbein in Aspik.«

»Ja, Bademantel, blassblau ... hinten drauf Buchstaben ... P und L.«

»Parkhotel Lüdenscheid, klarer Fall.«

»Keine Ahnung, ich war noch nie im Parkhotel Lüdenscheid.«

Friedrichsberg spitzte die Lippen. »Sie vielleicht nicht, aber das Wesen, das durch diese Zwischentüre diffundierte, egal welcher Natur, scheint mal da gewesen zu sein und neben einem Hyazinthen-Tannenzapfen-Aufguss in der gemischten Sauna noch die anschließende Tantra-Massage zu vier Händen mit Happy End im Séparée genossen und den hoteleigenen Bademantel mitgehen lassen zu haben.«

»Ich verstehe nur die Hälfte. Wie kommen Sie darauf?«

»Ich bin selbst Stammgast dort und den Bademantel*innen gibt's nur für Gäste*innen im Vollprogramm ... Das aber innen wie außen.«

Herr Olaf winkte ab. »Wie dem auch sei ... Wollen wir jetzt mal nachsehen?«

»Muss das sein?«, fragten Straaten und Dahl.

»Aber sicher«, polterte der Dicke und näherte sich der erstbesten Abteiltüre. »Dann klopfen wir mal ...«

»Wo?«

»An der nächstbesten Abteiltür!«

»Aber wenn die doch alle tot sind, wer soll dann öffnen?«

»Stimmt, Herr Olaf. Haben Sie einen Generalschlüssel?«

»Jaja«, eilfertig fischte Herr Olaf einen Schlüsselbund aus seiner Hosentasche. »Aber sollten wir nicht auf die Polizei warten?«

»Woher soll die denn kommen?«, wollte Sir Lancelot wissen.

»Und außerdem«, bemerkte der Dicke, »wir sind so was wie Polizei.«

»Vielleicht können wir noch jemanden retten?«, schlug Dahl vor.

»Ja, mich. Ich krieg nämlich langsam kalte Füße.«

»Straaten, du fängst ja schon an wie Dahl ...« Friedrichsberg schüttelte den Kopf.

Herr Olaf schloss die Abteiltür auf und stieß sie vorsichtig auf.

Totenstille.

Das Rollo war runtergezogen.

Beide Betten besetzt.

Bewegungslos.

»Sieht aus, als würden hier alle friedlich schlafen«, grummelte Friedrichsberg.

»Dann versuchen wir doch mal einen zu wecken!«, schlug Sir Lancelot vor.

Friedrichsberg hob die Stimme: »Fahrkartenkontrolle! Ihre Fahrausweise, bitte!«

Herr Olaf nickte anerkennend. »Das hätte ich nicht besser sagen können!«

Aber es tat sich nichts. Keiner rührte sich.

»Die sind tot.«

»Sag ich doch!«, sagte Herr Olaf.

Alfons Friedrichsberg verließ das Abteil wieder und ging zur nächsten Türe; zu Herrn Olaf sagte er: »Lassen Sie uns jetzt auch in den anderen Abteilen nachschauen!«

Die nächsten Abteiltüren wurden geöffnet, hineingesehen und wieder geschlossen. Überall zeigte sich ihnen das gleiche schauerliche Bild: In allen Betten lagen Tote.

Friedrichsberg zeigte mit seiner linken Hand auf eine Türe: »Herr Olaf, öffnen Sie die nächste Tür.«

»Sofort ...« Er tat wie ihm befohlen.

»Ich habe zwar keine Hoffnung mehr«, murmelte der Dicke in seinen Schnäuzer, »aber ehe wir uns nicht versichert haben, dass ...«

Herr Olaf öffnete die Abteiltüre, und in dem Moment ertönte ein schriller Schrei. »Was wollen Sie?! Überfall! Hilfe!« Die Gräfin saß kerzengerade in ihrem Bett, mit Schlafhaube auf dem Kopf und Schlafmaske vor den Augen.

Der Zugbegleiter wurde noch kreidebleicher, als er ohnehin schon war. »Nein, wir sind's nur, der Herr Olaf ...«

»Lüstling!«, entfuhr es der Gräfin.

»... und ...«

»Alfons Friedrichsberg, wir hatten schon das zweifelhafte Vergnügen! Warum sind Sie nicht tot?«

»BITTE?!«, kreischte die Gräfin. »Machen Sie doch mal das verdammte Licht an! Ich seh nichts!«

»Nehmen Sie Ihre Schlafmaske ab, das wär ein schöner Einstieg ins bessere Sehen«, schlug Friedrichsberg vor. »Und ich habe gerade festgestellt: Hier ist alles totenstill, und ausgerechnet Sie sind quietschlebendig!«

»Ach, Sie sind das!« Die Schlafmaske war ab. »Verlassen Sie augenblicklich mein Abteil! Ihr unberechtigtes Eintreten und Ihre gesammelten Unverschämtheiten werden Sie noch teuer zu stehen kommen!«

»So kennt man ihn, den alten Adel«, seufzte Friedrichsberg, »immer leicht alkoholisiert und ohne jeden Benimm.«

»Was nehmen Sie sich hier heraus?«

»Alles. Bin ja nicht bei Ihnen angestellt und auch in sonst keiner Weise untertan.«

»Sie sind vor allem eins: unverschämt!«

»Aus Ihrem Mund ist das ein Kompliment. Und jetzt antworten Sie endlich auf meine Frage: Warum leben Sie noch?«

»Gute Gene?! Wer ist denn hier überhaupt tot?« Gräfin Sophie schaute sich um. »Ich lebe, und Sie vier sehen zwar durch die Bank ziemlich übel aus, aber halten sich offensichtlich auch noch aufrecht auf den Beinen. In ziemlich abscheulichen Nachtgewändern. Und weshalb sind Sie alle hier?«

»Ist Ihnen die Ruhe in diesem Waggon nicht aufgefallen?« Friedrichsberg ließ sich auf das noch freie Bett plumpsen.

»Die Ruhe empfinde ich als äußerst angenehm, aber mit dem Moment, als Sie mein Abteil sprengten, war mir diese selige Ruhe mit einem Schlag genommen!«

»Dann schlage ich Ihnen dafür vor, mit uns zusammen hinter das nächste Türchen zu lynxen, dann wissen Sie auch, warum die Stimmung in diesem Waggon etwas belegt ist.«

Unbeeindruckt schlug die Gräfin die Bettdecke zurück, stand auf und trat in ihrem Frotteeschlafanzug mit Bärchenmuster vor die Abteiltür, ihre Füße in zwei bärentatzenartigen Fellpantoffeln.

»Na, dann lassen Sie mal sehen! Hier neben mir nächtigt Ginger, die taube Nuss!«

Auch Friedrichsberg hatte sich mühsam erhoben und zeigte auf die Türe. »Herr Olaf, öffnen Sie bitte das Abteil!«

Der Zugbegleiter öffnete.

Im Abteil alles dunkel.

Im Bett eine Person, liegend.

»Los, aufgestanden, Morgenappell!«, rief die Gräfin. »Na los, hoch, du faule Ente!«

Sir Lancelot lugte ins Abteil. »Da rührt sich nichts mehr, auch tot!«

»Nee, die hört nur schlecht.«

Gräfin von Scharmützel trat der im Bett aufgebahrten Ginger mit dem Bärentatzenfuß in die Seite. Nada. Und auch in den letzten beiden Abteilen zeigte sich ihnen dasselbe Szenario – kein Laut, kein leiser Atemzug mehr.

Weitere Türen wurden geöffnet. Nirgends mehr Leben. Nichts.

Friedrichsberg schaute die Gräfin über seinen Brillenrand hinweg an. »Und was sagen Sie jetzt?«

»Die sind ja alle tot.«

»Bingo! Und das ohne Telefonjoker.«

»Sie scheinen aber auch ein ganz besonderer Scherzkeks zu sein.«

»Ich kekse nicht. Und scherze selten. Ich stelle fest, Sie kannten all die Toten?!«

Die Gräfin nickte. »Alles Mitarbeiter von mir.«

Straaten mischte sich ein. »Und was sagen Sie zu den Todesfällen Ihrer Mitarbeiter?«

»Na, da hätte ich mir die Kündigungen sparen können! Hat nur unnötig Papier gekostet.«

»Sie wollten die alle loswerden?«

»Selbstverständlich, Herr Straaten. Alles unfähige Idioten.«

»Das heißt, diese Gruppenausrottung hat Ihnen jetzt viel erspart.«

»Was wollen Sie damit sagen, Herr Friedrichsberg?«

»Sie hatten also ein Motiv.«

Sir Lancelot klatschte in die Hände. »Sollen wir die unverschämte Person gleich festnehmen? Wir könnten sie in die Tiefkühltruhe sperren. Artgerecht ist es nicht, aber ein bisschen Abkühlung tut ihr sicher gut.«

Friedrichsberg hob die Hände »Noch nicht. Haben Sie einen blassblauen Bademantel, Initialen P und L?«

»Ach, Sie meinen die ollen Lappen, die das Parkhotel in Lüdenscheid seinen Gästen auf die Tagesdecken wirft?« Die Gräfin schüttelte den Kopf.

»Könnte sein.«

»Nein, in so etwas schlüpfe ich doch nicht. Ich reise mit eigenen Bademänteln.«

»Oh, die Dame von Welt frottiert sich im Plural.«

»Kürzen wir doch bitte die ganze Angelegenheit jetzt und hier ab: Ich war es nicht.«

»Das sagen sie alle.«

»Ich bin aber nicht alle und habe außerdem ein wasserdichtes Alibi.«

Friedrichsberg zog die Augenbrauen hoch. »Da sind wir aber mal gespannt.«

»Ich habe tief und fest geschlafen.«

Der Dicke schnalzte mit der Zunge. »Nee, da haben Sie vollkommen recht, das ist ein tolles Alibi, damit scheiden Sie sofort aus dem Kreis der Verdächtigen aus.«

In diesem Moment wurde die Waggontür aufgestoßen und ein kleiner, leicht verschwitzter Mann mit Nickelbrille kam atemlos herangestolpert. Sofort haspelte er los: »Entschuldigung, Entschuldigung, Entschuldigung, ich hab das gar nicht mitbekommen. Ich habe gehört, es sei etwas in Ihrem Waggon passiert, Frau Gräfin?«

»Lübke, Sie leben?!«

»Nicht nur das«, sagte die Nickelbrille. »Ich hatte noch eine fantastische Mitternachtssuppe und eine halbe Flasche trockenen Sherry.«

»Lübke, wo waren Sie denn?!«

»Im Speisewagen, ich konnte nicht einschlafen ...«

»Dann haben Sie vielleicht etwas gehört?«, wollte Friedrichsberg wissen.

Lübke nestelte an seiner Krawatte. »Äh ... Im Speisewagen haben sie alte Schlager gespielt.«

»Das meine ich nicht.«

»Lübke«, spuckte die Gräfin aus, »Sie sind ja dämlicher, als die Polizei erlaubt!«

»Polizei?«

»Unsere ganze Reisegemeinschaft ist abgemurkst worden!«

Entsetzt schaute Lübke seine Chefin an. Dann Friedrichsberg. Dann alle anderen. Dahl hatte sich an die Wand gelehnt und war weggenickt. »Alle tot?! Das ist nicht Ihr Ernst.«

»Was soll das denn sonst sein? Dass ausgerechnet der Dämlichste von allen überlebt hat!«

»Interessant«, grunzte Friedrichsberg. »Warum sind alle in Waggon vier tot, nur Sie und die Gräfin nicht?«

»Nun, ich schlafe in Waggon fünf ...«, sagte Lübke.

»Und ich habe eine Einzelkabine«, sagte die Gräfin.

»Na, das erklärt es ja dann!« Friedrichsberg nickte zufrieden. »Ist doch immer schön, wenn man weiß, woran es liegt.«

»Wie sind die denn alle ... gestorben?«, wollte Lübke wissen.

»Das haben wir noch nicht herausgefunden. Wollen Sie auch einen Blick werfen?«, bot Friedrichsberg der Nickelbrille an.

»Ich? Warum? Ich werfe ganz bestimmt nicht ...«

»Warum denn nicht? Vielleicht finden Sie was, das uns bisher entgangen ist.«

Lübke schüttelte energisch den Kopf. »Ich habe noch nie etwas gefunden, und ich will auch gar nichts finden. Ich hab ja auch nichts verloren. Und hier schon mal gar nichts.«

Für einen kurzen Moment schauten sich alle etwas verloren an.

Dann ergriff Sir Lancelot Smith das Wort: »Aber vielleicht sollten WIR die Abteile noch mal genauer unter die Lupe nehmen. Wer suchet, der findet!«

Friedrichsberg klatschte in die Hände. »Dann auf ans Werk.«

»Und was sollen wir in der Zeit machen?«, wollte die immer noch aufgebrachte Gräfin wissen. Aufgebracht nicht, weil ihre Mitarbeiter allesamt ermordet, sondern weil sie in ihrer Nachtruhe gestört worden war.

»Ich schlage vor«, schlug Friedrichsberg vor, »Sie und Lübke warten in Ihrem Abteil, Gräfin, bis wir was Neues haben.«

»Ich bin noch im Nachtgewand.«

»Sie können sich ja in der Zwischenzeit umkleiden.«

»Mit Lübke in meinem Abteil?! Das wüsste ich aber.«

Lübke streckte den Zeigefinger in die Luft, wie zu einer Wortmeldung. »Ich könnte Ihnen währenddessen ein Frühstück aus dem Speisewagen holen – Eggs Benedict, Buttertoast und einen Orangensaft dazu?«

»Vergessen Sie den Muckefuck nicht.«

»Mit drei Tröpfchen Kondensmilch.«

»Lübke, mit Ihnen ist vielleicht doch etwas anzufangen. Dann ziehe ich mich mal in meine Kemenate zurück, und Sie sorgen sich derweil um mein Frühstück.«

»Wird sofort erledigt.« Damit war Lübke verschwunden.

Dahl war zwischenzeitlich aufgewacht und rief der Nickelbrille nach: »Wenn Sie schon dabei sind, ich tät auch so eins nehmen! Ach was, ich komme lieber mal mit!« Und schon war Dahl verschwunden.

»Und ich?«, wollte der Zugbegleiter wissen.

»Gefrühstückt wird später«, sagte Friedrichsberg mit Nachdruck. »Sie sorgen dafür, dass niemand diesen Waggon betritt. Bis auf die beiden mit Ei, Kaffee, Toast und Saft. Und wir«, er schaute zu Jupp Straaten und Sir Lancelot Smith, »knöpfen uns jetzt mal ein Abteil vor. Auf Herz und Nieren.«

KAPITEL 16

Straaten und Sir Lancelot standen an der Abteiltüre. Friedrichsberg ließ seinen Blick über das ganze Abteil schweifen. Dann schaute er auf die Betten. Und deren Inhalt. Er schlug vorsichtig die Decken zurück. »Hmhmhm ... unverkennbar zwei tote Frauen, friedlich jeweils in ihrem Bett liegend, leichte Lektüre auf dem einen Nachttisch, eine angefangene Postkarte und ein Füllfederhalter auf dem anderen. Die eine schätzungsweise Anfang dreißig, die andere Ende fünfzig. Entscheidend ist: Beide sehen aus, als würden sie friedlich schlafen. Kein Zeichen von Gewalteinwirkung ...« Friedrichsberg fiel auf die Knie und suchte akribisch den Fußboden ab. Er schaute unter die Betten, schaute in jeden Winkel und jede Ritze.

Sir Lancelot zog sein Stofftaschentuch aus der Hosentasche und öffnete damit vorsichtig Schubladen und Schränke, um darin nach irgendwelchen Auffälligkeiten zu suchen.

Straaten nahm sich das Bad vor.

»Über das Erwartbare hinaus – Kleidung, Kulturbeutel, Reiseutensilien – nichts Auffälliges«, brummte Friedrichsberg unzufrieden. Das Fenster ist von innen verriegelt, die Tür war es auch, bevor Herr Olaf sie mit dem Generalschlüssel geöffnet hat ... Der Täter hat nicht entkommen können. Mal schauen, wie es im nächsten Abteil aussieht ...«

Auch hier fanden sie nichts Auffälliges. Diesmal waren es zwei Männer, die friedlich im Bett liegend – jedoch beide im selben – ihren letzten, unendlichen Schlaf angetreten hatten, der eine in einem weiten Nachtgewand, der andere splitterfasernackt, was aber alles überhaupt nichts zur Sache tat.

Friedrichsberg schüttelte den Kopf. »Auch hier keine Anzeichen von äußerer Gewalteinwirkung. Da es äußerst unwahrscheinlich ist, dass alle zwölf Fahrgäste mehr oder weniger zeitgleich eines natürlichen Todes gestorben sind, erhärtet das nur meine Annahme, dass sie alle vergiftet wurden.«

»Aber wie?«

»Ach, Straaten ... Die Türen waren in allen Fällen verschlossen, die Fenster ebenso. Hier hat keiner von außen Zutritt gehabt.«

»Was also bedeutet ...«

»Jetzt quatsch mir doch nicht die ganze Zeit so blöd rein. Darf ich mich jetzt bitte konzentrieren?!«

Straaten war kurz eingeschnappt.

»Danke! Also, wenn kein Mörder in die Abteile gestiegen und direkt Hand an seine Opfer gelegt hat, beispielsweise mit einer Giftspritze oder Ähnlichem, dann sind die Opfer alle vermutlich gemeinsam und zeitgleich vorher vergiftet worden. Schauen wir mal weiter.«

Auch in allen anderen Abteilen zeigte sich den dreien dasselbe Bild.

»Tote in Betten, wie friedlich schlummernd.«

Sir Lancelot durchsuchte weiter mit aller Vorsicht die Schubladen und Schränke der verschiedenen Abteile. Bis auf einige Flaschen hochprozentigen Alkohol, ein Schächtelchen Potenzpillen, zwei Schweizer Taschenmesser und einen Revolver fand er aber auch dort nichts Auffälliges.

»Es sind ja wirklich wunderschöne Abteile, das muss man schon sagen«, stellte Straaten begeistert fest.

»Es ist ja auch ein Erste-Klasse-Zug«, sagte Sir Lancelot.

»Und was sagst du jetzt zum Inhalt dieses Abteils, Friedrichsberg?«

Der schaute sich um. »Zum toten oder zum lebendigen?«

»Wo siehst du denn lebendigen Inhalt?«

»Es gibt vermutlich einen Zeugen, und der ist quietschlebendig und befindet sich gerade in diesem Abteil.«

»Was? Wo denn? Ich sehe nichts.« Straaten und Sir Lancelot sahen sich hektisch um.

Mit einer schnellen Bewegung fuhr Friedrichsberg herum und zeigte Richtung Bad. »Dort am Waschbecken, im Zahnputzglas.«

»Hm? Ach, wie hübsch. Ein Guppy …«, freute sich Sir Lancelot.

»Der war der Letzte, der die beiden hier noch lebendig erlebt hat.«

»Dann hat er vielleicht auch den Mord gesehen«, stellte Straaten fest.

Friedrichsberg schnappte nach Luft. »Ah, bei einem Giftmord relativ unwahrscheinlich … Den Opfern kann das Gift überall verabreicht worden sein. Aber vielleicht kennt der Fisch den Mörder ... Das würde uns auch nicht weiterbringen, denn wenn der Mörder das Gift woanders verabreicht hat, kennt er ihn zwar vielleicht, weiß aber nicht, dass der, den er kennt, auch der Mörder ist, weil er die Tat ja nicht beobachtet hat. Hinzu kommt aber noch ein größeres Problem ...«

»Und das wäre?«

Friedrichsberg baute einen waghalsigen Spannungsbogen auf. »Fische können nicht sprechen.«

»Das hatte ich nicht bedacht.« Straaten schlug sich an die Stirn.

»Gut, dass ich dabei bin.«

»Bei Guppys soll es sich jedoch um sehr intelligente Fische handeln.«

»Selbstverständlich«, nickte der Dicke. »Aber was hilft uns das?«

Straaten überlegte kurz. »Bei einer Gegenüberstellung könnte er beim Richtigen blubbern.«

»Wäre eine Möglichkeit. Wir müssen diesen Fisch also irgendwie zum Sprechen bringen.«

»Zum Blubbern! Koste es, was es wolle.«

Die beiden überlegten; Sir Lancelot hatte sich ausgeklinkt.

Dann hatte Friedrichsberg eine Idee: »Dahl kann doch gut mit Tieren.«

»Im Gegenteil, der ist doch gegen die meisten allergisch.«

»Auch gegen Schuppen?«

»Die hat er selber. Aber er kann nicht schwimmen.«

»Er soll ja auch nicht in das Zahnputzglas zu dem Guppy. Er sieht ihn ja durch das Glas.«

»Ich hol ihn.«

Straaten eilte also, Dahl im Speisewagen loszueisen. Der Zugbegleiter lief weiter nervös den Gang auf und ab. Sir Lancelot war kurz im Stehen eingeschlafen. Die Gräfin wartete in ihrem Abteil auf ihre Eier Benedikt.

Drei Herren im Schlafanzug, die versuchten, mit einem Fisch zu kommunizieren. Klang nach einer unschaffbaren Saalwette.

KAPITEL 17

Herr Olaf überbrückte die Zeit bis zur Fischbefragung mit einer seiner berüchtigten Sightseeing-Durchsagen: »Wissen Sie, liebe Freunde, wie schön Budapest ist? Grad in der Morgendämmerung? Zauberhaft. Vor allem, wenn man nicht alles sehen muss. Und wenn Sie jetzt aus dem Fenster sehen, sehen Sie auf keinen Fall dieses Budapest. Ist einfach zu dunkel. Aber auch bei Lichte, im Stehen wie im Fahren: Es bleibt Budapest.«

Die Waggontüre öffnete sich, und Straaten kam mit Dahl im Schlepptau herein.

»Also, ich weiß jetzt wirklich nicht, was das soll.« Dahl war selbstredend stinkesauer, dass er von seinem Frühstück getrennt worden war.

»Da sind wir«, sagte Straaten, »aber Dahl zickt unfassbar rum.«

»Ja, gerade wurden meine englischen Würstchen und die frischen Röstis gebracht ...«

Friedrichsberg verzog das Gesicht. »Das würde mich morgens sofort umbringen!«

»So wie das Dutzend Leichen hier?« Straaten zeigte die Abteiltüren längs.

»Treffer, versenkt.«

»Die hatten alle englische Würstchen und Kartoffelpuffer?«, fragte Dahl.

»Nein, aber vermutlich etwas Ähnliches.«

»Eier mit Speck?«

»Nun ja, Dahl, durch irgendein giftiges Gift sind sie wohl umgekommen.«

»Ach, schön. Dann ist der Fall ja geklärt, und ich kann zurück an den Frühstückstisch!«

Friedrichsberg packte seinen Freund am Nachthemdärmel. »Wir haben da einen Zeugen, den du für uns erst noch ausquetschen musst.«

Dahl machte große Augen. »Einen Zeugen?! Quetschen?! Ich?!«

»Du solltest es zumindest versuchen«, bat ihn Straaten.

»Und wo ist dieser Zeuge?«

Friedrichsberg war schon ins Abteil gegangen und winkte ihn rein. »Tritt ein, bring Glück herein.«

»Och nö, nicht zu den Toten. Ihr wisst, ich hab's nicht so mit Leichen. Und schon gar nicht auf nüchternen Magen.«

»Wenn du jetzt endlich hereinkommst«, schnauzte Friedrichsberg, »dann kannst du die Betthupferl von den beiden Toten haben. Die haben sie noch nicht angerührt gehabt.«

Dahl strahlte. »Na, wenn das so ist, bei Schokolade kann ich nicht widerstehen! Oh, die kenn ich, die ist gut ...« Er löste die Schokotäfelchen aus dem Papier und stopfte sie sich in den Mund. »Und wo ist jetzt der Zeuge?«

»Hier im Raum«, sagte Straaten.

Dahl schaute sich um. »Ihr wollt mich doch veräppeln. Unterm Bett vielleicht? Oder im Schrank?«

»Im Glas.«

»Hahaha, sehr witzig. Also wenn ihr mich hier nur vergackeiern wollt, dann kann ich auch gleich umdrehen und zurück in den ...«

»Unterstehe dich«, warnte ihn der Dicke und zeigte Richtung Bad aufs Glas. »Da schwimmt dein Zeuge.«

Dahl guckte. »Der Guppy?!«

Friedrichsberg nickte. »Straaten meinte, du könntest mit so einem Fisch auf der Blasenebene kommunizieren. So in Richtung Blubberbasis.«

»Ich soll mir von dem Fisch was vorblubbern lassen?«

»Wenn du so willst.«

»Immerhin ist es ein Guppy, die sind doch ganz pfiffig«, sagte Straaten.

Dahl wiegte den Kopf hin und her. »Ich hab das Jahre nicht mehr gemacht.«

»Als Kind konntest du das.«

»Ja, Straaten. Da konnte ich auch Hula Hoop. Heute bleib ich drin stecken.«

»Guck ihn dir wenigstens mal genau an.«

Dahl rang mit sich. Dann gab er sich einen Ruck. »Dafür brauche ich etwas Wasser. Ich muss ihm doch blubbern, was er mir blubbern soll.«

Friedrichsberg warf seinem Freund einen zweifelnden Blick zu. »Straaten, du glaubst, Dahl kann das wirklich?«

»Wenn nicht er, wer dann?«

Friedrichsberg zuckte mit den Schultern.

Dahl näherte sich langsam, vorsichtig und freundlich dem Fisch. »Ich versuch es erst mal trocken.«

Dahl ging also leicht in die Knie, pirschte sich so nah wie möglich an, hielt sein Gesicht keine Handbreit vom Wasserglas entfernt, spitzte seinen Mund und öffnete und schloss ihn ganz leicht, mit kaum wahrnehmbarem Geräusch.

Und tatsächlich: Der Guppy, bis zu diesem Augenblick eher ziellos in seinem Glas schwimmend, schwamm jetzt auf Dahl zu, hielt die Stellung direkt vis-à-vis und schaute konzentriert auf Dahls Lippenbewegungen.

Als Dahl diese beendet hatte, schien der Guppy ihm zu antworten. Kleine Blubberbläschen stiegen dem Fisch aus dem Maul. Als dieses Schauspiel beendet war, setzte Dahl mit seinen Lippenbewegungen fort, woraufhin der Guppy wieder blubberte, dann Dahl, dann der Fisch, das ging eine ganze Weile so weiter, Friedrichsberg und Straaten hielten sich dezent und schweigend im Hintergrund, bis Dahl sich plötzlich aufrichtete.

»Und was sagt er?«, wollte Friedrichsberg wissen.

Dahl seufzte. »Er hat nichts gesehen. Die beiden seien plötzlich sehr müde gewesen, hätten sich dann schnell zu Bett begeben und kurz darauf auch keinen Laut mehr von sich gegeben.«

Der Dicke schaute zwischen Dahl und dem Fisch hin und her. »Und dafür jetzt das ganze Theater?«

»Ich kann nur wiederholen, was der Fisch mir gerade geblubbert hat.«

»Na ja, es bestätigt zumindest meine Annahme, dass der Mörder nicht in die Abteile gekommen ist, sondern der Mord irgendwann vorher vonstattenging und das

Gift seine tödliche Wirkung erst verzögert entfaltet hat. Aber sag mal, Dahl, woher kannst du eigentlich mit Fischen kommunizieren?«

Dahl lächelte verschmitzt. »Das hab ich von einem Onkel mütterlicherseits. Der hatte ein Zoogeschäft, Spezialgebiet Fische. Der konnte auch mit Erdmännchen singen und mit Nashörnern Schach spielen.«

»Mit den Hufen?!«

Dahl winkte ab. »Ganz anderes Thema.«

»Ehrlicherweise bin ich froh, dass ich nicht näheren Kontakt mit deiner Familie pflege.«

Straaten kratzte sich am Kopf. »Und was machen wir jetzt?«

Friedrichsberg zog seine Pyjamahose hoch und räusperte sich. »Ich werde noch mal mit Gräfin Sophie von Scharmützel sprechen.«

Plötzlich eilten schnelle Schritte über den Flur, und der Zugbegleiter erschien völlig außer Atem in der Abteiltür. »Herr Friedrichsberg, Herr Friedrichsberg! Wir haben noch eine Leiche!«

»Kann nicht sein«, schüttelte der energisch den Kopf. »Ich habe alle Abteile kontrolliert.«

»Ja, nicht hier. Im nächsten Waggon. Eine ziemlich aufgelöste Frau kam mir gerade entgegengerannt und behauptete, ihr Mann säße tot auf dem Klo ihres Abteils.«

Angewidert sah Friedrichsberg Herrn Olaf an. »Schlange aus der Kloschüssel oder Elektroschock von defekter Zahnbürste?«

»Weder noch, der sitzt einfach nur auf dem Klo und ist tot.«

»Also Verstopfung?«, fragte Dahl.

»Ich denke, das müssen Sie sich selber anschauen ...«

Friedrichsberg zog geräuschvoll die Nase hoch. »Tote Männer auf'm Klo – auf diesen Anblick kann ich gut verzichten!«

»Ich würde jetzt ganz gerne doch zurück zu meinen englischen Würstchen und den Röstis ...«, wandte Dahl ein.

»Mund halten und los jetzt!«

Und mit diesen Worten suchten sie die nächste Leiche auf.

KAPITEL 18

»Der ist wohl raus, weil er musste. Ich hab gar nicht mitbekommen, dass mein Mann nicht mehr zurück ins Bett gekommen ist. Auf jeden Fall wache ich eben auf, gucke in die Nachbarkoje und sehe, dass mein Mann weg ist. Im Badezimmer ist Licht, also mache ich die Türe zur Toilette auf, und da sitzt er – mausetot.« Birgit fächerte sich mit ihrer Hand immer wieder Luft zu. Ob es der Enge des Abteils geschuldet war oder den vielen Personen (Alfons Friedrichsberg, Jupp Straaten, Willi Dahl und Herr Olaf), die sich mit ihr dort aufhielten, oder ihrem toten Gatten auf dem Klo oder ihrem schlechten Gewissen: keine Ahnung.

Friedrichsberg stieß die Klotüre auf, schaute sich kurz auf dem Abort um – zwei, drei Blicke auf den abgelebten Gatten – und schloss, nachdem er auf den ersten und auch auf den zweiten Blick keine Spuren äußerer Gewalteinwirkung entdecken konnte: »Hat Ihr Mann vielleicht zu scharf gegessen?«

Birgit schüttelte vehement den Kopf. »Eigentlich nicht. Aber am Ende ein schöner Tod für ihn. Mein Mann hat gerne viel Zeit auf dem Klo verbracht, müssen Sie wissen. Das war sicher einer seiner liebsten Orte. Dass er da auch stirbt, scheint für mich jetzt wie eine letzte schöne Fügung.«

Friedrichsberg, Straaten, Dahl und der Zugbegleiter hatten gemeinsam auf einem der beiden Betten in dem Abteil Platz genommen – wie die Hühner auf der Stange –, ihnen gegenüber, auf dem anderen, saß die frischgebackene Witwe mit Namen:

»Birgit Kautsch.«

Alle nickten. »Angenehm.«

»Hat Ihr Mann über irgendetwas geklagt?«, wollte Friedrichsberg wissen.

»Geklagt hat er immer«, seufzte Birgit, »aber das war bei ihm eher ein Zeichen von Gesundheit.«

»Hat er spezielle Medikamente eingenommen?«

»Nein, hat er nicht. Er war kerngesund. Gut, manchmal, wenn er Heuschnupfen hatte, etwas Nasenspray, sonst gar nichts.«

Dahl beugte sich zu Friedrichsberg rüber und flüsterte: »Tod durch Nasenspray?«

»Gut möglich, kann einem das Hirn wegblasen.« Dann wandte der Dicke sich an die Witwe: »Frau Kautsch, trank Ihr Mann viel?«

»Ja, Wasser mit Kohlensäure.«

»Oh, da muss man manchmal schlimm von aufstoßen!« Dahl verzog das Gesicht.

»Und dann in Kombination mit dem Nasenspray ...«, nickte Friedrichsberg. »Alkohol?«

»Nein, maximal ein Glas Sekt zum Geburtstag oder an Sylvester.«

»Das ist nicht viel«, sagte Straaten.

»Das ist sogar recht wenig«, sagte Dahl.

»Das ist eigentlich nichts«, sagte Friedrichsberg. »Aber was hier äußerst auffällig ist, ist der Geruch von Rauch.«

Birgit schaute sich um. »Von was?«

»Ist einer von Ihnen ein starker Raucher ... also gewesen?« Friedrichsberg erhob sich schwerfällig und schaute sich im Abteil ein weiteres Mal, diesmal noch genauer um.

Birgit rutschte nervös auf ihrem Bett hin und her. »Ja, das war tatsächlich sein einziges Laster.«

»Aber wenn ich ganz genau hinrieche ...«, schnüffelte sich Friedrichsberg durch die Luft, wurde jedoch durch das Telefonklingeln des Zugbegleiters gestört.

»Entschuldigen Sie bitte, das scheint wichtig zu sein.« Herr Olaf nahm das Gespräch an. »Ja, hallo, hier ist der Zugbegleiter Ihres Vertrauens, was kann ich für Sie tun? ... Jaja, ich bin es persönlich ... Ja, ich höre ... Ja ... ja, ja, ja, ja, nein ... Tja, auf Wiederhören.« Er beendete das Gespräch und schaute in die Runde. »Das gibt es doch gar nicht.«

Die Runde schaute zurück.

»Was gibt es nicht?«, wollte Friedrichsberg wissen.

»Noch ein Toter.«

Alle schauten Herrn Olaf fassungslos an.

Straaten fand als Erster die Worte wieder. »Das wird ein bisschen inflationär jetzt, das Ganze, oder nicht?«

Friedrichsberg kratzte sich am Kopf. »Wer? Wo? Warum?«

»Ein toter Mann.«

»Wieder hier im Zug?«

»Fast.«

»Wie: fast?«

»Es ist eine Leiche gefunden worden, ungefähr 300 km hinter uns, direkt am Streckenverlauf im Gleisbett. Knapp hinter der ungarisch-rumänischen Grenze, aber noch in Ungarn, also fast. Die Polizei hat errechnet, dass die Leiche wohl aus unserem Zug gefallen sein muss und zwar vor schätzungsweise ungefähr vier Stunden. Also so grob über den Daumen gepeilt.«

»Handelt es sich bei der Leiche auch um einen Fahrgast?«, fragte Straaten.

»Um einen ehemaligen jetzt«, nickte Herr Olaf.

»Das wollte ich damit gesagt haben.«

»Er teilte sich ein Abteil mit seiner Frau.«

»Holen Sie die Witwe doch hier her, wir müssen dringend mit ihr sprechen.«

KAPITEL 19

Zur morgendlichen Runde war eine weitere Witwe gekommen.

»Mein herzliches Beileid«, begann Friedrichsberg das Gespräch. »Herr Olaf hat Sie schon unterrichtet?«

Tessa war die Ruhe in Person. »Ja, ich stehe noch unter Schock!«

»Ich vermisse meinen Mann auch sehr!«, vermeldete Birgit ungefragt.

»Wie kann das denn sein, dass Ihr Mann aus dem Zug geplumpst ist?«, wollte Dahl wissen.

»Ich muss gestehen, ich habe keine Ahnung«, sagte Tessa.

Friedrichsberg nickte gelassen. »Wann haben Sie Ihren Mann das letzte Mal gesehen?«

»Hier im Zug.«

»Ach.«

»Er wollte noch einmal auf einen letzten Drink in die Bar.«

»Hoffentlich hat er den noch bekommen. Durstig in den Tod stürzen, grausam ...« Dahl schüttelte den Kopf.

»Und seitdem habe ich nichts mehr von ihm gehört oder gesehen.« Tessa wischte sich eine unsichtbare Träne aus den Augen.

»Und Sorgen gemacht haben Sie sich auch nicht?«

»Er ist doch alt genug ... gewesen.«

Friedrichsberg kniff die Augen zusammen. »Glauben Sie, er hat sich freiwillig aus dem Zug gestürzt? Hat er angedeutet, seinem Leben ein Ende machen zu wollen?«

»Wissen Sie, Herr ... äh ...«

»Friedrichsberg.«

»Wissen Sie, wenn ich es wüsste, wüsste ich es ja.«

»Einleuchtend.« Er nickte. »Sie und Ihr Mann, Frau ...«

»Tessa Langford.«

»Ja. Hatten Sie Zwistigkeiten? Gab es einen Streit?«

»Nein, und ich habe auch ein Alibi.«

»Ach.« Friedrichsberg ließ sich wieder auf das Bett plumpsen. Tessa setzte sich neben ihre Toiletten-Bekanntschaft.

»Ich kann es gar nicht gewesen sein.«

»Was können Sie nicht gewesen sein?«

»Also, ich meine, dass ich ihn aus dem Zug geschubst haben könnte, wenn ihn denn jemand geschubst hätte gekonnt haben sollten. Also hätte. Im Sinne von können. Oder sollen. Also, dass ich das nicht gewesen sein kann, auch wenn ich sollte, also würde. Ja, das wollte ich sagen. Wollen.«

»Sie glauben, er hat die Fahrt nicht freiwillig abgebrochen?«

»Äh ...«

»Sie glauben, es gibt einen Mörder? Oder eine Mörderin?«

»Die Dame hier, die kenne ich übrigens gar nicht.«
Birgit schaute ihre Nebenfrau an. »Mich?«
»Ja. Kenne ich nicht.«
»Nein. Ich kenne Sie auch nicht. Also die.«
»Warum sitzen wir hier überhaupt zusammen?«
Friedrichsberg spielte sein schönstes Lächeln aus.
»Weil Sie sich das Schicksal mit der Dame teilen.«
»Als da wäre?«, wollte Birgit wissen.
»Gattenverlust.« Friedrichsberg lächelte noch breiter.
»Das ist ja ein Zufall«, sagte Tessa.
»Man kann's kaum glauben.« Das Lächeln wurde ein Grinsen.
»Zufall hin oder her«, Tessa schien sich zusammenreißen zu wollen, »ich habe diese Frau noch nie in meinem Leben gesehen.«
»Und ihren Mann?«, wollte Friedrichsberg wissen.
»Warum sollte ich denn ihren Mann sehen, wenn ich sie noch nicht mal kenne?«
»Verraten Sie es mir.«
»Es gibt nichts zu verraten. Wer soll hier denn wen verraten?« Tessas Stimme überschlug sich.
»Also, ich verrate gar nichts«, sagte Birgit.
»Was wollen Sie nicht verraten?«
»Das binde ich Ihnen gerade auf die Nase. Ich kenne hier keinen. Auch nicht deren weggeworfenen Mann. Warum auch? Wer sind Sie überhaupt?«
»Mein Name ist Alfons Friedrichsberg. Ich glaube, der ist aber vorhin schon mal gefallen.«
»Wer ist gefallen?«
»Der Name.«
»Mein Mann auch.« Tessa seufzte laut auf.

»Ja, der ist gefallen.«

»Aus dem Zug.«

»Ich bin Amateurkriminologe.«

»Aha, und das berechtigt Sie dazu, uns beide hier zu nerven?«

Friedrichsberg schürzte die Lippen. »Interessant.«

»Was ist interessant?«, fragten die beiden Damen aus einem Mund.

»Sie sprechen schon von sich als uns beide.«

»Das macht man doch so«, meinte Birgit.

»Stimmt, das macht man so, wenn man ›uns beide‹ im Sinne von sich als ein Ganzes sieht.«

Die beiden Witwen schauten sich an.

»Das hab ich nicht verstanden«, gab Dahl zu.

»Wir können nicht folgen«, sagte auch Birgit.

Dahl fühlte sich bestätigt. »Siehste.«

Friedrichsberg ließ seine Pranken auf seine Oberschenkel fallen. »Wo waren Sie denn, als der Mann Ihrer Freundin aus dem Zug gefallen worden ist?«

Birgit schüttelte den Kopf. »Also erst einmal ist das nicht meine Freundin, und dann, was geht Sie das an, wo ich war, als ein mir völlig unbekannter Mann aus Waggon fünf gestürzt ist?«

Friedrichsberg lachte auf. »Haben Sie es gemerkt?«

»Was will ich gemerkt haben?«

»Woher wissen Sie, dass es Waggon fünf gewesen ist?«

Birgit schaute sich um und bekam hektische Flecken. »Das haben Sie gesagt.«

»Das hab ich nicht gesagt.« Friedrichsberg schüttelte den Kopf. »Ich kann es auch gar nicht gesagt haben, weil ich es bis eben noch nicht gewusst habe.«

»Dann hat es der Zugbegleiter vorhin gesagt«, sprang Tessa ihrer Freundin bei.

Herr Olaf schüttelte den Kopf. »Hab ich nicht. Ich wusste nur etwas von vier Stunden und 300 km, also alles ungefähr. Von Waggon fünf war nicht die Rede.«

Aus Tessas und Birgits Mund kam ein »Upps«.

»Ja, upps«, sagte der Dicke.

»Also, ich habe meinen Mann nicht aus Waggon fünf geschubst«, sagte Tessa.

Und Birgit fügte an: »Und ich habe meinen Mann nicht mit Zigaretten vergiftet.«

»Aha, Sie wissen, dass Ihr Mann mit Zigaretten vergiftet worden ist? Das ist doch schon mal was.«

»Wir haben unsere Männer nicht getötet.« Langsam wurde Tessa hysterisch.

»Wir waren im Spa. Oder woanders.«

»Alles gut möglich. Aber über Kreuz wird ein Schuh draus.« Alfons Friedrichsberg erhob sich und trat an die Abteiltüre.

Wieder aus beiden Witwen-Mündern: »Bitte?!«

»Frau Kautsch, Sie haben Frau Langfords Mann aus dem Waggon geschubst, und Sie, Frau Langford, haben Frau Kautschs Mann die Zigaretten vergiftet.«

Tessa Langfords Stimme überschlug sich beinahe. »Woher wissen Sie, dass ich seine Zigaretten vergiftet habe?«

»Jetzt gerade durch Sie.«

»Sie haben keinerlei Beweise.«

Friedrichsberg streckte seinen gewaltigen Wanst nach vorne. »Ihr Geständnis reicht uns. Die Behörden werden Ihnen für die Belastung der jeweils anderen eine Straferleichterung anbieten, und ich kann Ihnen nur den Tipp geben: Nehmen Sie sie an. Wenn nur eine sich auf den Deal einlässt, brummt die andere doppelt, wenn Sie beide geständig sind, dann jede nur halb.«

Tessa schaute Birgit an, Birgit schaute Tessa an, die eine zeigte auf die andere und umgekehrt, und beide sagten zeitgleich: »Sie hat mich dazu angestiftet!«

»Sehen Sie, geht doch.« Friedrichsberg strahlte übers ganze Gesicht.

Dahl schaute verzweifelt aus der Wäsche und brummte: »Ich hänge immer noch bei ›doppelt‹ und ›halb‹ …«

»Rechnen war nie deine Stärke«, sagte Straaten.

»Danke. Hatte ich vergessen.«

Birgit hatte einen hochroten Kopf. »So ein Mist, wir dachten …«

»… das ist der perfekte Mord«, keifte Tessa.

»Zwei Frauen, die sich absolut nicht kennen.«

»Keine Gemeinsamkeit haben, sich gegenseitig ein Alibi geben und für den anderen jemanden töten, zu dem sie keinen Bezug haben.«

»Das ist doch genial?!«

»Ja«, gab ihnen Straaten recht, »aber nicht im selben Zug zur selben Zeit. Das ist richtig blöd.«

»Es gibt zu Ihrem Thema Literatur«, sagte Friedrichsberg.

»Sogar einen Film«, komplettierte Straaten. »Sie werden in den nächsten Jahren genug Zeit haben, sich mit beidem ausgiebig zu beschäftigen. Da werden dann auch Sie den kleinen Fehler in Ihrem Plan entdecken.«

Herr Olaf war aufgesprungen und den beiden Damen entgegengetreten. »Soll ich die beiden jetzt festnehmen?«

»Verfügen Sie denn von Zugswegen über diese Gewalt?«, wollte Dahl wissen.

»Eigentlich nicht«, sagte der Zugbegleiter und schüttelte den Kopf, »aber solange keiner fragt … Und ich muss sie doch dingfest machen, wer weiß, was für ein Unheil die beiden sonst noch anrichten …«

»Da haben Sie natürlich recht.«

»Im Gepäckwagen haben wir eine Ecke, die noch mal zusätzlich abgesichert ist. Für besonders wertvolle Transporte. Ist klein, nicht besonders sauber, laut und zugig. Aber für die beiden Mördereulen hier sollte es bis zum nächsten Halt reichen.«

Friedrichsberg klopfte dem Zugbegleiter auf die Schulter. »Dann tun Sie Ihr gutes Werk und sperren Sie sie weg. Wir müssen jetzt dringend weitermachen, sonst haben wir hier bald noch eine Leiche.«

KAPITEL 20

Draußen war es mittlerweile hell geworden, und Rumänien zog an den Zugfenstern vorbei. Der Schnee wurde langsam weniger. Herr Olaf verfrachtete die beiden Mörderinnen in den Verschlag, und Alfons Friedrichsberg, Jupp Straaten und Willi Dahl nutzten den Moment, in ihr eigenes Abteil zu flüchten und die Morgenhygiene zu vollziehen, selbstverständlich gefolgt von einem Dresswechsel: Schlafanzug gegen Kombination, Cordhose, Windjacke, Pullover, Jackett. Und festes Schuhwerk.

»Und nun? Endlich Frühstück?«, wollte Dahl wissen.

»Noch nicht. Wir müssen zur Gräfin«, gab Friedrichsberg den Takt vor.

»Zu der alten Schreckschraube?« Straaten verzog das Gesicht. »Muss das sein.«

Der Dicke nickte. »Ich hab da was im Urin.«

Und richtig: Die drei klopften an die Abteiltüre der Gräfin, warteten ein »Herein!« jedoch nicht ab, sondern gingen gleich hinein.

Die Gräfin lag hysterisch leidend auf ihrem Bett, hielt sich den Bauch und wand sich vor Schmerzen, grünlich im Gesicht. »Och, mir geht's gar nicht gut. Och, was geht es mir nicht gut. So gar nicht. Ich muss mich mal dringend was hinlegen, muss die Beine hochlegen. Och, wie ist mir übel ...«

»Habe ich es doch geahnt ...«, knurrte Friedrichsberg.

»Kommen wir zu spät?« Straaten stand wie angewurzelt in der Türe. »Ist sie auch einem Giftanschlag zum Opfer gefallen?«

»Dann könnten wir ja gleich umdrehen und könnten endlich was frühstücken«, versuchte es Dahl.

»Ich glaube, es ist noch nicht zu spät«, meinte der Dicke.

Dahl zuckte mit den Schultern. »Wir könnten ja auch später wiederkommen, dann hätte sich das erledigt.«

Friedrichsberg schüttelte den Kopf. »Verzeihung, Frau Gräfin.«

Aus kleinen Äuglein blinzelte sie den mächtigen Schatten über ihr an. »Ach, Herr äh ...«

»Friedrichsberg.«

»Ja, Herr Friedrichsberg, mir geht es gerade gar nicht gut. Ich bin übel ... nein, unpässlich. Also mir ist übel, und deshalb bin ich gerade unpässlich. So, und Sie stören mich gerade ungemein. Kommen Sie bitte zu einem späteren Zeitpunkt wieder.«

»Ich glaube nicht, dass Sie diesen späteren Zeitpunkt noch erleben werden.«

»Wie reden Sie denn mit mir?« Ein Rest Empörung war noch da.

»Wie mit einer Dahinsiechenden.«

»Na, sagen Sie mal«, der alte Drachen richtete sich ein wenig auf, »ich bin vielleicht nicht dazu gekommen, mir in der Aufregung heute Morgen die Füße zu waschen, und der Lidstrich mag mir auch ein bisschen verrutscht sein, aber das ist kein Grund, gleich ausfällig zu werden.«

»Ich sagte ja auch nicht Dahinriechende, sondern -siechende. Seit wann geht es Ihnen so?«

Die Gräfin sackte auf ihre Bettstatt zurück. »So, wie's mir grad geht, geht es noch nicht sehr lange, aber es geht mir mit jedem Augenblick schlechter.«

»Haben Sie irgendetwas zu sich genommen?«, wollte Friedrichsberg wissen und warf mehrere Blicke auf das Tablett, das neben dem Bett auf dem Boden stand und benutztes Geschirr, Gläser und Tassen beherbergte.

»Na ja, die Eier Benedikt, zwei Buttertoast und ein Glas Multivitaminsaft. Der Muckefuck noch. Eigentlich serviert mir immer Bertram mein Frühstück. Aber der ist ja verschieden. Also verstorben. So was geht ja eigentlich nicht in einem Angestelltenverhältnis. Da werde ich mit ihm noch mal ein ernstes Wörtchen drüber reden müssen. Ich denke, ich werde ihn entlassen.«

»Der Mann ist doch tot«, warf Straaten ein.

»Was es nicht leichter macht«, röchelte die Gräfin.

Dahl schielte aufs Tablett. »Ist von dem Frühstück vielleicht noch was übrig?«

»Eier verträgst du doch nicht!«, erinnerte Straaten.

»Ich hab ja nur mal gefragt.«

Die Gräfin schüttelte sehr langsam den Kopf. »Nein, Lübke hat, nachdem ich fertig war, alles wieder weggebracht. Sonst ist er zu nichts zu gebrauchen, aber diesmal ist er für meinen Butler eingesprungen.«

»Interessant«, nickte Friedrichsberg langsam. »Ist Ihnen bei den Speisen etwas komisch vorgekommen, Frau Gräfin?«

Die dachte kurz nach. »Na ja, der Orangensaft schmeckte bitter, da habe ich nur dran genippt ... Aber die Eggs Benedict, ein Gedicht! Wenn mir jetzt nur nicht so schlecht wäre ...«

»Es könnte sein, dass Ihre feine Zunge Sie gerettet hat ...«

»Wie meinen Sie das?«

»Sie sind vergiftet worden. Aber Sie haben vielleicht nicht genug von dem Gift intus. Und den Rest sollten Sie auch schleunigst wieder loswerden ...«

Die Gräfin richtete sich schlagartig auf. »Gift? Ich bin vergiftet worden? Das ist ja eine bodenlose Unverschämtheit! Der das getan hat, darf sich auf was einstellen ...«

»Dazu müssen Sie den Anschlag erst mal überleben ... Für diese Fälle habe ich immer etwas Brechwurz dabei und ein kleines Fläschchen Rizinusöl ...«

Die alte Dame zog die Stirne kraus. »Und was soll ich damit?«

»Sie zerkauen die Wurzel und spülen den üblen Krauter dann mit einem guten Schluck aus dem Pülleken runter.« Friedrichsberg zog aus der Jacketttasche eine Pflanze und eine Flasche und übergab beides an die Gräfin auf dem Bett.

Die guckte zwar zunächst etwas verwundert, sagte dann aber: »Wenn Sie meinen ...«, und schluckte dann ihre Medizin.

Straaten rieb sich die Hände. »Jetzt sollten Sie aber schleunigst auf Ihre Abteiltoilette verduften, sonst gibt es hier auf dem Flur ein Unglück!«

Die Gräfin sah an sich hinab. »Es grummelt schon ...« Und schon war die Gräfin auf ihrer Toilette verschwunden.

»Beeilung!«, rief Friedrichsberg ihr nach.

»Schließen Sie bitte gut hinter sich ab!«, gab Straaten einen Tipp.

»Und viel Vergnügen und einen guten Rutsch!«, ließ sich auch Dahl nicht bitten.

Straaten schaute zu seinem dicken Freund rüber. »Du hast ihr wahrscheinlich das Leben gerettet.«

Der strich sich über den Schnurrbart. »Ob man darüber frohlocken sollte? Sie wird in zwei Stunden leider wieder ganz die Alte sein.«

»Und jetzt?«, fragte Dahl, ans Frühstücksbüfett denkend.

»Lübke«, brummte Friedrichsberg.

KAPITEL 21

Nickelbrille Lübke saß in ihrem Abteil, schaute die drei Hobbydetektive an und guckte verdutzt aus der Wäsche. »Was sagen Sie, die Gräfin vergiftet?! Aber das ist ja ... schrecklich!«

»Nein«, winkte Friedrichsberg ab, »halb so wild! Sie hat von mir eine ordentliche Dosis Brechwurz und Rizinusöl verabreicht bekommen, da wird jetzt nur einmal das Innerste nach außen gekrempelt.«

Mit weit geöffneten Augen und ebensolchem Mund starrte die Nickelbrille durch ebenjene auf den Koloss Friedrichsberg, der ihr gerade eben diese Mitteilung gemacht hatte. Irgendwann fand sie ihre Worte wieder: »Sie ... Sie wollen damit sagen, dass der alte Drache nicht stirbt, sondern nur etwas flatuliert?!«

Auch Dahl war die Verwunderung aufgefallen. »So, wie Sie das sagen, klingen Sie ja fast enttäuscht ...«

Die Nickelbrille fing sich rasch. »Nein, nein, ich bin ja froh. Ich wollte damit nur sagen: Juche, dann geht es ja weiter, also vielmehr ... Ich meine, nachdem alle anderen gestorben sind ... Äh ... Wer leitet denn jetzt die Firma? Gut, das könnte auch ich übernehmen. Wissen Sie, jahrzehntelang war ich das siebte Rad am Wagen.

Ich würde mich auch freuen, also, ich würde bereitstehen, ja!«

»Herr Lübke«, Friedrichsberg trat einen Schritt auf ihn zu, »ich muss Ihnen zu Ihrem Leidwesen mitteilen, das ich Ihre berufliche Zukunft weniger rosig sehe als Sie.«

»Ach, nee ... Und warum?«

»Weil wir Sie jetzt und hier als Mehrfachmörder dingfest machen müssen.«

Erneutes Starren. »Wieso das denn? Wofür? Warum? Wie kommen Sie auf mich?«

»Na, wofür, das ist einfach«, sagte Straaten, »für den Zwölffachmord in Waggon vier. Und weil Sie sie umgebracht haben.« Straaten schaute zu Friedrichsberg, wie um sich eine Absicherung zu verschaffen.

Der Dicke nickte süffisant. »Und wie ich auf Sie komme? Ganz einfach: Sie haben sich gerade eben verplappert. Und als Einziger neben der Gräfin überlebt und ein gutes Motiv für Ihre Tat.«

Lübke verschränkte trotzig die Arme vor der Brust. »Na, ob Sie damit vor Gericht durchkommen werden ...«

Friedrichsberg zuckte mit den Schultern. »Sicher nicht, aber so doof, wie Sie sich bisher angestellt haben, bin ich sicher, dass wir genug belastendes Material in Ihrem Abteil finden werden.«

»Und wenn nicht?«

»Ganz andere Frage«, lenkte Jupp Straaten das Gespräch in eine andere Richtung, »waren Sie schon mal in Lüdenscheid?«

»Wieso?« Nervös rutschte Lübke auf seinem Stuhl hin und her.

»Ich plane eine Reise. Können Sie ein Hotel da empfehlen?« Straaten setzte sein freundlichstes Lächeln auf.

Lübke musste nicht lange nachdenken. »Das Parkhotel, wieso?«

»Ach. Und ... ich geh so gerne schwimmen. Haben die da einen Pool und ordentliche Bademäntel? Sonst kommt das für mich nicht infrage.«

»Ja, so schöne blassblaue«, sagte Lübke mit Begeisterung. »Und das Witzigste, die haben da P und L draufgestickt. Verstehen Sie?«

»Klar, Parkhotel Lüdenscheid ...«

»Aber eben auch meine Initialen ... Ich heiße mit Vornamen Pankrazius. Pankrazius Lübke ... P und L ... Witzig, nicht?« Die Nickelbrille freute sich.

Friedrichsberg zerstörte diese Freude mit Wonne. »Sie wurden in Waggon vier in ebensolchem Bademantel gesehen, wie Sie durch den Gang entfleuchten! Was hatten Sie da zu suchen?«

»Äh ... Also ... Ja, die Gräfin hatte den Herren und Damen einen Schlummertrunk spendiert, den hatte ich ...«

»Schlummertrunk«, brachte es Dahl auf den Punkt, »im wahrsten Sinne des Wortes.«

»Von Ihrem Schlummertrunk sollten alle nie wieder erwachen!« Friedrichsberg spitzte die Lippen.

»Sie drehen einem ja das Wort im Munde herum!«, beschwerte sich Lübke.

»Und das Getränk haben Sie im Bademantel serviert?«, wollte Straaten wissen.

»Wieso nicht? Hätte ich dafür meinen Trenchcoat anziehen sollen?«

Friedrichsberg winkte müde ab. »Ziehen Sie doch an, was Sie wollen.«

»Mache ich ja auch.«

»Jedenfalls hat nichts von Ihrem Plan geklappt.«

»Na ja, bis auf die Morde.«

»Ha! Das war's! Da haben wir Sie!«

Pankrazius Lübke wechselte die Farbe ins Leichenblasse. »Mist. Jetzt hab ich mich verraten ...«

»Nun, die ganze Zeit schon.«

»Dank unserer ausgefuchsten Verhörtechniken!«, bemerkte Straaten stolz.

»Ich konnte ja auch nicht ahnen, dass so herausragende Detektive wie Sie mit auf die Fahrt gehen.« Die Nickelbrille war nur noch ein Häufchen Elend. »Ich habe schon viel von Ihnen gehört: Das mit dem Leichenpuzzle ... Die Ausrottung der Nachbarschaft ... Ich bin ein richtiggehender Verehrer Ihrer kriminalistischen Abenteuer. Aber das ist ganz schön blöd, dass Sie ausgerechnet jetzt im Wüstenexpress mitreisen und mir so bei meinem Mordplan dazwischenfunken!«

»Ja, das tut uns natürlich leid.« Dennoch zeigte Friedrichsberg wenig Mitgefühl.

Ein Hoffnungsschimmer keimte in PL. »Vielleicht lassen Sie mich einfach trotzdem gehen?« Er schaute zwischen den drei Herren hin und her.

Die drei wie aus einem Mund: »Entschuldigung?!«

»Wer weiß denn schon, dass ich der Mörder bin?«

»Ich und Straaten.« Friedrichsberg zeigte auf sich und seinen Freund.

»Und ich weiß es schließlich auch«, fügte Dahl an.

»Und wenn der das weiß, dann weiß es wirklich jeder!«

Lübke zog ein Stofftaschentuch aus seiner Brusttasche und putzte sich geräuschvoll die Nase. »Ich möchte doch auch einmal Erfolg haben! Ich konnte nie in der Position arbeiten, die ich wollte. Meinen letzten Urlaub an der holländischen Küste habe ich auch absagen müssen, weil der alte Drache plötzlich irgendwo hinkutschiert werden wollte. Ich möchte mal ausprobieren, wie das ist, reich zu sein. Und mächtig. Dann will ich nur noch schöne Frauen fahren. Und Autos auch. Ich will in dieser Firma ganz bis nach oben kommen. Ich und niemand anderes.«

»Und deswegen haben Sie alle umgebracht?« Dahl schaute den Mörder vor sich ungläubig an.

»Ja. Und natürlich auch jeden für sich und am Ende alle zusammen.«

»Sie gehen doch nicht ernsthaft davon aus, dass wir Sie mit dieser Nummer laufen lassen?« Friedrichsberg schüttelte den Kopf.

»Wieso nicht? Da gibt es Beispiele in der Literatur für!«

Womit er ja recht hatte. Deshalb nickte Friedrichsberg auch. »Die Geschichte mit den davongekommenen Mördern kenne ich auch. Das waren aber zwölf Leute, die gemeinsam einen umgebracht haben!«

»Und ist das besser?«, wollte Lübke empört wissen.

»Nein, aber anders!«, sagte Straaten.

»Lassen Sie mich einfach gehen.«

Friedrichsberg schüttelte den Kopf. »Kommt ja gar nicht infrage.«

»Mein Gott, sind Sie kleinlich.«

»Ja, das stimmt.«

»Das ist er wirklich manchmal«, musste Straaten zugeben.

Und Dahl fügte an: »Sie sollten ihn mal erleben, wenn es um das Rechnungsteilen im Restaurant geht. Der berechnet sogar, wie groß sein Anteil an der gemeinsamen Wasserflasche war!«

Der Dicke winkte brüsk ab. »Schscht, ist gut jetzt.«

Jetzt fing die Nickelbrille auch noch an zu weinen. »Ich hatte gehofft, ich komme damit bei Ihnen durch. Schieben Sie es doch einem Zugbegleiter in die Schuhe. Oder jemandem vom Servicepersonal oder irgendeinem anderen Fahrgast. Irgend jemandem, der, wenn ich gleich die Notbremse tätige, vielleicht aus dem angehaltenen Zug flieht …«

»Nö, mache ich nicht. Sie sind's. Schluss, aus, Ende, basta.« Damit drehte sich Friedrichsberg zur Türe um, öffnete sie einen Spaltbreit.

»Friedrichsberg«, kam es von Willi Dahl, der an der Badtüre lehnte und in dem es arbeitete, »diese Geschichte, wo zwölf Leute einen umbringen … das ist doch komplett unrealistisch. Der ist doch schon beim ersten Zustechen tot oder beim nächsten, aber dann ist nur der erste oder der nächste der Mörder, der übernächste hat ihn dann doch nur verletzt oder den schon Toten noch mal getötet, und das geht bekanntlich nicht, das ist dann höchstens Leichenschändung. Aber Mörder kann doch nur einer sein. Und dann kommen die mit der Nummer alle noch davon? Was hat die Autorin denn da geraucht?«

»Sehen Sie!« Lübke sprang vom Stuhl auf. »Und was ich Ihnen heute hier anbiete, das ist doch dagegen sehr realistisch. Ich habe zwölf Leute umgebracht, und Sie lassen mich damit durchkommen. Ich finde, das ist ein fairer Tauschhandel.«

»Das ist kompletter Schwachsinn!« Friedrichsberg hatte die Türe geöffnet und sah sich nach dem Zugbegleiter um.

»Nee, also Ihre Engstirnigkeit macht Sie auch nicht sympathischer!«

»Ja, und jetzt wird es noch unsympathischer: Ich schließe Sie zu zwei schwarzen Witwen ins Gepäcknetz. Und wissen Sie, was Sie da bekommen? Bis zu unserem finalen Halt in Ägypten ausschließlich Rizinusöl. Ich denke, das könnte Sie wieder auf klare Gedanken bringen, so gründlich von innen heraus gereinigt.«

Plötzlich hielt Pankrazius Lübke einen Revolver in der Hand und zielte abwechselnd auf Friedrichsberg, Straaten und Dahl. »Hahaha! Ich lasse mich doch von Ihnen nicht mit Rizinusöl wegsperren!«

Straaten und Dahl standen da wie angewurzelt. »Oh Gott, er hat eine Pistole!«

»Ja, und von der werde ich auch Gebrauch machen, wenn Sie mich jetzt nicht augenblicklich laufen lassen.«

»Das wird nicht geschehen!«, polterte der Dicke.

»Dann muss ich Sie jetzt leider erschießen.«

»Pfff ... Das ist doch nur eine Schreckschusspistole!«

Lübke streckte den Arm in die Luft und drückte ab. Putz rieselte von der Decke.

»Mist, Mist, Mist, die ist echt!« Den dreien stand die Panik ins Gesicht geschrieben.

»Ja, und ich habe Sie die ganze Zeit getäuscht! Ich wollte Sie nur in diese Falle locken! Ich bin der genialste Mörder, der jemals erfunden wurde, hahaha!«

»Was ist denn da dran genial, wenn Sie uns jetzt erschießen?«, wollte Friedrichsberg wissen. »Das könnte jeder dahergelaufene Straßenräuber auch.«

»Stimmt, deshalb werde ich Sie auch nun mit vorgehaltener Waffe zwingen, das Gift hier zu trinken!« Aus der Nachttischschublade kramte er ein kleines braunes Fläschchen hervor, das ein hübscher Totenkopf zierte. »Dann werde ich Sie zu den anderen in eines der Betten legen, und Sie alle sind dann auf rätselhafte Weise verstorben, denn dieses Gift hier lässt sich schon nach wenigen Stunden nicht mehr nachweisen, hahaha! So, und jetzt los! Trinken! Der Dicke da zuerst!«

Dahl bekam einen roten Kopf. »Ich bin nicht dick, ich hab nur schwere Knochen!«

»Los jetzt!«, befahl die Nickelbrille.

In diesem Augenblick wurde die Abteiltüre ganz geöffnet, Sir Lancelot Smith erschien wie aus dem Nichts und sprang auf Lübke zu. »Halt, stopp!«, befahl der Abenteurer. »So weit kommt es noch! Ich nehme das Gift. Hab einen robusten Magen.«

Er entriss der Nickelbrille das Fläschchen, entfernte den Pfropfen und leerte es mit drei Schlucken.

»Wie? Wer? Ah, was machen Sie da? Geben Sie mir das Fläschchen zurück!«

»Sir Lancelot?«, rief Dahl, »Sie dürfen das nicht trinken!«

»Wieso? So rette ich Ihnen das Leben! Ich hab's schon intus!« Sir Lancelot strahlte, stöhnte kurz auf und fiel tot zusammen.

»Ach, du Schreck, Sir Lancelot!« Dahl schaute auf den am Boden liegenden Abenteurer. »Das hat sich erledigt.«

»Den hat's erledigt«, korrigierte Straaten.

»Der ist erledigt«, verbesserte Dahl.

Friedrichsberg fragte: »Gibt's noch eine Variante?«

Dahl schüttelte den Kopf. »Fällt mir gerade keine ein.«

»Mir tut's leid um den alten Haudegen«, seufzte Straaten.

»Und wie.«

»Haaaaaalllooo«, Pankrazius Lübke trat wütend mit dem Fuß auf, »ich bin auch noch da, und ich halte immer noch eine Waffe auf Sie gerichtet!«

»Und jetzt?«, fragte Friedrichsberg.

»Jetzt bringe ich Sie halt doch ganz profan mit einer Kugel um!« Er zielte wieder mit dem Revolver auf die drei.

»Das wollen wir doch erst mal sehen!« Mit diesem unscheinbaren Satz polterte die Gräfin ins Abteil, stieg über den toten Abenteurer und bretterte dem Mehrfachmörder Pankrazius Lübke ihre Notfall-Bettpfanne über den Kabänes.

Der so Getroffene drehte sich irritiert zu seiner Angreiferin um. »He, was?«

»Lübke, Sie sind eine einzige, schwachsinnige Enttäuschung«, stellte die Gräfin fest.

»Das hat meine Mutter auch immer zu mir gesagt.«

»Dann bestellen Sie der klugen Frau mal schöne Grüße«, grinste der Dicke.

»Geht nicht mehr, die ist tot.«

»Eben. Und Sie jetzt auch!«

Und mit dieser – zugegeben – nicht besonders originellen Pointe schlug die Gräfin ein weiteres Mal zu. Stocksteif brach die Nickelbrille zusammen.

»Ich würde sagen, der Treffer war tödlich«, stellte Friedrichsberg anerkennend fest.

Gräfin Sophie von Scharmützel schaute auf ihren ehemaligen Mitarbeiter. »Ich war jahrelang an erster Stelle bei den Alten Damen im Tennis. Sie sollten mal meine Rückhand sehen.«

»Geht das auch nach dem Frühstück?!«, fragte Dahl.

»Sie haben recht! Ich habe jetzt auch ein regelrechtes Loch im Bauch!«

Und während unsere drei Freunde und die etwas müffelnde Gräfin sich auf den Weg in den Speisewagen machten, wurde Sir Lancelot Smith erneut vom emsigen Bahnpersonal in den Küchenwaggon getragen, wo er bis zum Halt in Ägypten neben ein paar Schweinehälften, seltenem Meeresgetier und exotischen Eisvariationen ins Tiefkühlfach geräumt wurde. Es folgte eine Schweigeminute zu Ehren des Toten, die allerdings nach zweiundzwanzig Sekunden abgebrochen wurde. Zu laut knurrte Dahls Magen.

KAPITEL 22

Der neue Tag war da und der Schnee weg. Kalt war es dafür immer noch. Und feucht. Aber es wurde immer wärmer ... Die Wüste streckte schon vorsichtig ihre Fühler aus. Langsam ratterte der sagenumwobene Wüstenexpress über alte Schienen. Durchkommen. Die Bahn in ihrem Lauf halten weder Ochs noch Esel auf.

Der Speisewagen war mittlerweile voll besetzt mit frühstückswilligen Zugreisenden.

Ein Tablett mit Oberkellner dran kam an den Tisch unserer drei Freunde – die vor lauter Schmacht schon fast in die Tischplatte gebissen hätten – scharwenzelt. »So, einmal das große englische für zwei?«

Dahl zeigte begeistert auf. »Ja, das ist mein's. Endlich!«

»Bei uns wird alles à la minute zubereitet, das braucht dann immer auch etwas Zeit!«, sagte der Oberkellner mit leicht arrogantem Einschlag.

»Ich habe so einen Hunger, da hätte ich die Würstchen auch roh genommen!«

Friedrichsberg zum Oberkellner: »Wir konnten ihn nur mit Mühe und Not davon abhalten, hier die Blumendekoration zu verspeisen.«

»Warum nicht, mit Essig und Öl?« Dahl schaute unschuldig aus der Wäsche und hielt seinen Vorschlag für eine gar nicht so schlechte Idee.

Der Oberkellner lächelte maliziös: »Na, jetzt werden der Herr aber sicher satt, unser großes englisches Frühstück schafft eigentlich nie jemand ganz.«

»Oh, da machen Sie sich mal keine Sorgen!« Neidisch lugte Friedrichsberg auf den großen Teller vor Dahls Nase.

»Dann habe ich hier ein halbes Quarkbrötchen und einen entkoffeinierten Tee?«

»Das ist bei mir«, verlangte Straaten.

»Und ein großes kontinentales Frühstück und einen doppelten Espresso.«

»Der Espresso ist bei mir«, sagte der Dicke, »das Frühstück ebenfalls bei dem Herrn dort.« Damit zeigte er auf den halb verhungerten Dahl.

Der Oberkellner schaute irritiert. »Zu dem großen englischen dazu?«

»Nee, zum kleinen, dicken Deutschen da«, grinste Friedrichsberg.

»So groß ist das doch gar nicht«, rechtfertigte sich Dahl. »Und bringen Sie mir doch auch noch ein Kännchen Kaffee, oder haben Sie auch Kannen?«

»Und mir«, der Dicke nestelte an seinem Hemdkragen, »die zwölfteilige Croissantauswahl mit Marmeladen- und Konfitüren-Auslese aus aller Herren Länder.«

»Sehr wohl, der Herr!« Damit ging der Oberkellner ab.

Dahl machte sich direkt über sein Frühstück her und schmatzte mit vollem Mund. »Ach, nach diesen ganzen haarsträubenden Verwicklungen brauche ich dringend ein Frühstück.«

»Du meinst, zwei Frühstücke.«

»Straaten, du bist ein Erbsenzähler!«

»Eigentlich sind's drei.«

»Jaaa ...«

Wieder tablettierte der Oberkellner an ihren Tisch, diesmal mit einem ausladenden Teller für Friedrichsberg.

Straaten starrte auf die Croissants und Marmeladen. »Mehr nicht?«

Friedrichsberg tunkte ein Croissant ins Pflaumenmus und stopfte sich das halbe Stück in den Mund. »Na ja, gleich gibt's ja schon Mittagessen, da reicht mir das hier!«

»Das ist eine sehr gute Idee«, nickte Dahl, »Mittagessen können wir gerne gleich im Anschluss. Es soll heute fangfrische Kutterscholle geben!«

»Im Wüstenexpress?!«, staunte Straaten. »Kannst du mir verraten, wie sie hier an den fangfrischen Fisch kommen wollen?«

»Ja, gewundert habe ich mich auch. Aber es gibt Dinge, gerade im Kulinarischen, da frag ich lieber nicht nach. Da genieße ich einfach still.«

Plötzlich hörten die drei hinter sich eine ihnen vertraute Stimme. »Mittagessen? Da komme ich ja gerade recht!«

Die drei drehten sich um und staunten nicht schlecht. »Sir Lancelot?!«

»Was?!«

»Sir Lancelot!«

»Ja«, sagte der, »immer noch derselbe. Ich würde mich Ihnen bei der Kutterscholle anschließen. Wann kriegt man so was schon mal? Fangfrisch? Im Zug?«

Straaten staunte. »Wir dachten, Sie sind tot.«

»Sie wurden doch eben erst wieder vergiftet in die Kühltruhe gepackt«, sagte auch Dahl.

»Hm? Ja, direkt neben die Schollen. Haben uns gleich angefreundet. Das mit mir in der Tiefkühltruhe, das lassen wir jetzt aber lieber mal bleiben, sonst hole ich mir da vielleicht noch den Tod.«

»Aber das haben Sie doch schon, Sie sind vor unseren Augen vergiftet worden.« Straaten verstand die Welt nicht mehr.

»Quatsch. Das hat bei mir doch nur ein kurzes Magengrummeln verursacht!«

»Sie waren tot!«

»Ach nein, da hätten Sie mich mal 1964 in Haiti sehen sollen.«

»Wieso, was war denn da?«

Sir Lancelot winkte ab. »Andere Geschichte. Jetzt nehme ich auch erst mal das englische Frühstück, Herr Ober! Und einen schwarzen Tee mit Milch.«

Sir Lancelot hatte das so laut gesagt, dass der Oberkellner aus der Ferne nur nickte.

Während der Abenteurer auf sein Frühstück wartete, speisten die drei weiter.

»Ach, ist das schön, nach der ganzen Aufregung ein ruhiges Frühstück genießen zu können!«, sagte Straaten.

»So ruhig«, Friedrichsberg strich sich einen Löffel Blaubeerkonfitüre aufs Croissant, »dass der einzelne Herr dort hinten in der Ecke gleich komplett zu entschlafen scheint.« Mit zwei seiner Doppelkinne zeigte er in eine Ecke des Speisewagens, in der ein schwarz gekleideter Herr saß.

Dahl zuckte mit den Schultern. »Der macht wahrscheinlich nur ein Verdauungsschläfchen, und das werde ich auch nach der Kutterscholle machen!«

»Du kannst nach 'ner Kanne Kaffee schlafen?«

»Zur Scholle genehmige ich mir ein großes Konterbier und ein, zwei Schnäpse, die verleihen mir dann schon die nötige Bettschwere!«

Friedrichsberg hob den Kopf, kniff die Augen zusammen und linste auf den Teller, der vor dem Herrn stand. »Na ja, groß gefrühstückt hat der da hinten aber nicht. Das Brötchen vor ihm hat er nicht mal ganz aufgegessen, und der Rest sieht auch noch ziemlich unberührt aus.«

»Warum räumt das denn keiner ab?«, fragte sich Sir Lancelot. »Der Service hier war auch schon mal besser!«

»Also mir kommt das jetzt auch etwas komisch vor«, gab Straaten zu.

»Vielleicht hat er ja nach seinem Nickerchen wieder Appetit. Sonst packe ich mir die Reste gerne ein ...« Dahl rieb sich die Hände.

»Dann gehen wir doch mal hin und fragen ihn, ob er sein Frühstück noch möchte«, schlug der Dicke vor, steckte sich noch ein Croissant mit Himbeerkonfitüre in den Mund und wuchtete sich auf.

Gleich taten es ihm die anderen drei und gingen zu dem Tisch mit dem einzelnen Herrn in Schwarz.

Straaten beugte sich zu ihm vor und senkte die Stimme. »Entschuldigen Sie, der Herr, ist alles in Ordnung bei Ihnen?«

»Hätten Sie etwas dagegen, wenn ich mir die beiden Buttercroissants ausleihe?«, wollte Dahl wissen.

Friedrichsberg rümpfte die Nase. »Der rührt sich nicht ...« Er schaute noch etwas genauer hin. »Aber den kennen wir doch.«

»Woher denn?«

»Aus dem Zug, Dahl.«

»Alle hier kennen nur Leute aus dem Zug, weil alle in diesem Zug sitzen und fahren.«

»Vom Anfang. Als wir eingestiegen sind. Der suchte sein Abteil.

»Ich kann mich nicht erinnern«, erinnerte sich Straaten nicht.

»Du warst doch gar nicht dabei!«, erinnerte sich Dahl.

»Daran kann's liegen. Stups den doch mal an.«

»Im Leben nicht.«

Der Oberkellner trat von der Seite an sie heran. »Entschuldigen Sie, dass ich mich einmische, ich kenne diesen Gast, der macht gerne mal ein kleines Ruhepäuschen.«

Friedrichsberg schüttelte energisch den Kopf. »Nein, der ruht sich hier gerade nicht nur aus ...«

Der Oberkellner nickte. »Keine Sorge, der springt gleich wieder auf.«

»Heute nicht.«

»Ganz sicher.«

Friedrichsberg schlug mit der flachen Hand auf den Tisch des schwarz gekleideten Herrn; spätestens jetzt hätte der aufschrecken müssen. »Quatschen Sie mir mal den Toten nicht lebendig. Der ist so tiefenentspannt, der wacht nicht mehr auf.«

»Echt jetzt?!« Der Oberkellner schreckte etwas zurück und zog die Augenbrauen hoch. »Nicht, dass er tot ist.«

»Sag ich doch die ganze Zeit.«

Dahl streckte einen Finger in die Luft, wie für eine Wortmeldung. »Darf ich auch mal was sagen?«

»Wenn's sein muss.« Friedrichsberg verdrehte die Augen.

»Ich würde die Reise jetzt gerne abbrechen.«

»Und was wird aus deiner fangfrischen Kutterscholle?«, wandte Straaten ein.

»Mist, dann bleibe ich eben noch. Aber danach ...«

Friedrichsberg drückte den Oberkellner beiseite und trat neben den toten Herrn an den Tisch.

Kerzengerade saß er da, die Hände auf der Tischplatte, das Kinn auf seiner Brust ruhend.

Der Dicke schaute ihn sich ganz genau an. »Das Pech unseres unlebendigen Mitreisenden hier ist, dass er einen schwarzen Rollkragenpullover trägt.«

»Wieso ist das sein Pech?«, fragte Straaten.

Friedrichsberg kratzte sich am Hinterkopf. »Ich fange anders an. In aller Kürze: Bei dem wurde nicht mit Gift gearbeitet. Sein Mörder – oder seine Mörderin – ist in einem unbeobachteten Moment zu ihm an den Tisch gekommen und hat ihm mit einem ungemein scharfen Gegenstand blitzschnell die Kehle durchtrennt. So schnell kann man gar nicht nachdenken, wie man da tot ist. Der ist ohne einen Mucks in sich zusammengesackt und hat still seinen schwarzen Rolli vollgeblutet.«

»Aber wer ist dieser Mann?«

Sir Lancelot stellte sich neben den deduktierenden Friedrichsberg. »Ich habe bei einem Gespräch zufällig aufgeschnappt, dass er irgendwas mit den Pyramiden zu schaffen hat.«

»Die würde ich mir auch gerne anschauen!«

»Keine Sorge, Dahl«, sagte Friedrichsberg, »das wirst du!«

»Leider nur von unten, wenn wir uns mit deinem Archäologen drunter durchgraben!«

»Genau«, rief Sir Lancelot aus, »der Mann ist Archäologe!«

»Wer jetzt?«, fragte Friedrichsberg.

»Also war ... der Tote ...«

»Interessant. Und jemand wollte, dass er die Pyramiden nicht mehr erreicht.« Friedrichsberg beugte sich noch näher an den Toten, er inspizierte mit Blicken seine Kleidung. »Da in der Innentasche seines Sakkos beult seine Brieftasche, wenn Sie so freundlich wären, Sir Lancelot?«

»Wieso ich?«

»Sie sind hier der Abenteurer.«

»Das stimmt.« Sir Lancelot schaute etwas angewidert. »Aber das ganze Blut ...«

»Denken Sie an Haiti 1964.«

»Sie haben recht, seither kann mich nichts mehr schrecken!«

Friedrichsberg machte Sir Lancelot Platz, der rieb sich die Hände und fasste in die Innentasche des Toten. »Warten Sie, gleich ... gleich habe ich es. Oh, das ... das ist aber blutig ... und klebrig ... Iiihhh ... Das ist aber ... Jetzt steck ich fest!«

»Wo? Im toten Mann?« Straaten trat einen Schritt zurück.

»So gut wie. In und an seinem Blut. Wenn Sie mir mal ... Also wenn Sie mich mal ...« Sir Lancelot kam nicht weiter; weder vor noch zurück.

»Kräftig ziehen?«

»So was in der Art.«

Dahl packte einen Arm des Abenteurers, Straaten den anderen. Friedrichsberg umklammerte den Oberkörper von hinten.

Die Leute an den umliegenden Tischen schauten etwas irritiert. Noch hatten sie nicht mitbekommen, dass ihr Sitznachbar das Zeitliche gesegnet hatte.

Aber diese Aktion jetzt befremdete sie schon.

»Hau ruck! Hau ruck! Hau ...«

Und mit einem Mal hatten sie Sir Lancelot Smith befreit und der das Portemonnaie des Toten in seiner Hand. »So, da wäre es.« Er klappte es sofort auf und schaute rein. »Hier sind auch seine Papiere. Es handelt sich um einen gewissen Professor Doktor Abraham Ambrosius von der Universität Berlin. Er war wohl dort am archäologischen Institut.«

Friedrichsberg nickte. »Dann haben Sie sich eben recht erinnert, Sir Lancelot.«

»Ich kann mich leider nicht mehr darauf verlassen, ob ich mich erinnere, und wenn, dass ich mich erinnere, aber wenn ich mich erinnere, dann kann ich mich darauf verlassen. Auf was jetzt eigentlich?«

Der Oberkellner meldete sich wieder zu Wort: »Äh, die Herrschaften, vielleicht könnten Sie die Leiche jetzt verschwinden lassen?«

»Wie bitte? Haben Sie etwas zu verbergen?«

»Wo denken Sie hin, Herr ...?«

»Friedrichsberg!«

»Ich bin Kellner hier, da hab ich gar keine Zeit für Heimlichkeiten!«

»Ach was!«

»Ich meine nur«, der Oberkellner wand sich wie ein Aal, »es wäre schon gut, bevor die anderen Gäste zum Mittagessen kommen ... So was verdirbt den meisten den Appetit, und das schlägt sich bei mir dann gleich aufs Trinkgeld durch ...«

»Aber wohin mit dem?«, fragte sich Sir Lancelot.

»Nun, Ihr Liegeplatz in der Kühltruhe ist ja wieder frei«, schlug der Dicke vor. »Oder wir packen ihn zu den anderen zwölf Leichen. Die haben wenigstens alle einen eigenen Waggon.«

»Ich wäre für die Tiefkühltruhe«, insistierte der Abenteurer. »Also dann, packen wir es an.«

»Wie?« Entsetzt schaute Straaten auf den Toten. »Wir sollen jetzt die Leiche anfassen?!«

»Also nö, das mache ich nicht. So knapp vor der fangfrischen Kutterscholle«, verweigerte sich auch Dahl.

Sir Lancelot winkte ab. »Also ich oben und Sie beide unten.«

»Kommt gar nicht infrage«, sagte Dahl.

»Von mir aus, tauschen wir. Wir zwei oben, Sie unten.«

»Wer jetzt?«

»Na, er und du oben und er unten!«, sagte Friedrichsberg.

Straaten stutze. »Welcher er?«

»Er!«

»Ich?«, fragte Sir Lancelot.

»Nein, nicht Sie!«, sagte Friedrichsberg. »Du!«
»Ich?«, fragte Straaten.
»Nein, er!«
»Wer jetzt?«, wollte Dahl wissen.

Auch Sir Lancelot fragte nach: »Ich und Sie und er oben?«

»Ich dachte unten?«, sagte der Dicke.

»Gut«, nickte Sir Lancelot, »Sie unten. Wir beide oben.«

»Was jetzt: oben mit Ihnen oder unten allein?«

Sir Lancelot schaute Friedrichsberg an. »Egal!«

Alle vier standen recht verloren um den Toten herum.

»Also ich bin jetzt raus!«, sagte Dahl.

»Im Gegenteil«, brummte Friedrichsberg, »es geht um dich!«

»Dann muss ich ja nicht!«, sagte Straaten.

»Doch, oben mit mir«, korrigierte Sir Lancelot.

»Und er?«

Sir Lancelot Smith schüttelte den Kopf. »Okay, ich nehm den jetzt alleine!« Sprach's, packte den schwarzgekleideten Toten unter den Armen und warf ihn sich über die Schultern.

Die wenigen Umsitzenden staunten zwar ein wenig, waren aber mittlerweile so desinteressiert, dass sie nicht weiter auf diese befremdliche Situation eingingen.

Mit eilenden Schritten kam der Zugbegleiter Herr Olaf auf sie zu. »Was ist denn hier los?«

Friedrichsberg drückte ihn zur Seite. »Erkläre ich Ihnen gleich. Wir müssen den verschwinden lassen, der stört sonst die Gäste.«

»Verstehe. Ich weise Ihnen den Weg zum Tiefkühlfach.«

In einer Art Polonaise gingen sie auf die Waggontüre zu: Sir Lancelot mit dem Toten huckepack, dann Friedrichsberg, dann der Zugbegleiter, dann Straaten, als Letztes Dahl, der sich den Toten von hinten und unten besah.

»Uppsala! Der Tote hat wohl einen Schuh verloren!«

Die Karawane blieb stehen und schaute zu Dahl.

»Braucht ihn ja auch nicht mehr zum Laufen!«, meinte Straaten.

»Aber komisch, dass der hier so barfuß rumsitzt. Also teilweise.«

Herr Olaf schaute jetzt auch auf den Toten. »Was heißt denn teilweise?«

»Links trägt er Schuh, rechts nicht.«

Jetzt sahen es alle anderen und auch Herr Olaf. »Das ist ja verblüffend, fehlt dem doch glatt ein Schuh.«

»Und nicht nur das«, bemerkte Friedrichsberg und warf einen prüfenden Blick auf den nackten Fuß. »Auch noch der dicke Zeh.«

Mitleidig sah sich Herr Olaf das an. »Der arme Mann, damit ist man ziemlich wackelig zu Fuß.«

»Gut, das Problem hat er jetzt nicht mehr«, meinte Dahl.

»Hatte er nie«, sagte der Dicke.

»Wieso?«

Friedrichsberg ging bis auf einen Zentimeter an den Fuß heran; nahm sogar seine Brille ab, um besser sehen zu können. »Der Herr Professor hier ist noch nicht lange unbezeht.«

»Nicht?!«

»Nein, der dicke Zeh ist dem frisch entfernt worden. Wahrscheinlich kurz nachdem man ihm die Kehle durchgeschnitten hat.«

»Und der andere Fuß ist noch komplett?« Herr Olaf fand das alles äußerst unangenehm.

Straaten zeigte auf den noch vorhandenen Schuh. »Wissen wir noch nicht, da ist er ja noch besockt und beschuht ...«

Friedrichsberg kratzte sich die Nase. »Dann sollten wir schnell mal nachschauen. Dahl?«

»Ich soll dem Toten den Schuh ausziehen?«

»Warum denn nicht? Es wird ihn nicht stören.«

»Ihr habt sie doch nicht mehr alle.« Er zeigte der Runde einen Vogel. Weil aber keine Reaktion daraufhin kam, gab Dahl auf. »Bitte, in Gottes Namen.« Dahl beugte sich hinunter, zog an den Schnürsenkeln und am Lederschuh. Er hielt ihn in der Hand und schaute auf Fuß in Socke. »Uiuiui, das riecht ... die Socken hätte er ruhig mal öfters wechseln können.«

»Und?«, fragte Sir Lancelot. »Im Übrigen: Beeilen Sie sich gerne. Der junge Mann auf meinem Rücken hat Gewicht.«

»Wird gemacht«, sagte Herr Olaf.

Dahl hatte den Fuß untersucht. »Der Fuß scheint komplett zu sein.«

»Was heißt ›scheint‹?!«, wollte Friedrichsberg wissen. »Sind fünf Zehen dran oder nicht?«

»Sind.«

Friedrichsberg dachte nach und strich sich über den Schnurrbart. »Also geht es nur um den dicken Zeh des rechten Fußes ... Höchst merkwürdig, aber auch höchst interessant.« Er schnaufte. »Also, lasst ihn uns wegschaffen.«

Die Karawane wollte gerade weiterziehen, als Straaten sie unterbrach; er hatte noch mal auf den Platz des

Toten geschaut und etwas entdeckt. »Moment mal, was ist das denn hier?«

»Was?«, fragte Herr Olaf.

»Die kenne ich doch.«

»Wen?«, fragte Dahl.

»Nicht wen, was?« Straaten ging zurück zum Sitzplatz. In der Ecke zum Fenster hing aufrecht etwas. Straaten nahm den Gegenstand in die Hand. »Diese Schallplatte.«

»Zeig mal her.« Friedrichsberg streckte die Hand aus.

»Die hatte ich doch auch im Auto!«

Alle schauten auf das Cover der Schallplatte.

Dort stand in geschwungenem Rot: *Schatz, ich grüß Dich aus der Ferne.*

Von Sir Lancelot kam ein: »Ach was...«

Und Herr Olaf sagte: »Kenne ich nicht.«

»Die Platte hatte ich auch im Auto, verdammt noch mal.« Straaten verstand nicht, wieso die Platte plötzlich im Zug auftauchte.

»Dieselbe oder die gleiche?«, fragte Dahl.

»Die gleiche, dieselbe kann es nicht sein, meine liegt noch im Auto.«

»Also war es doch deine Schallplatte.«

»Nein, war es nicht. Die hat mir irgendeiner ins Auto gelegt.«

Friedrichsberg nickte langsam. »Hm. Genauso wie irgendjemand diese Schallplatte hier bei dem Toten platziert hat.«

»Vielleicht hat er sie selbst mitgebracht?«, meinte Straaten.

»Unwahrscheinlich.« Der Dicke schüttelte den Kopf.

»Oder siehst du hier irgendwo einen Schallplattenspieler?« Er machte eine ausladende Bewegung.

»Das nicht, aber ich habe ja auch in meinem Auto keinen ... nicht mal einen Kassettenrecorder.«

»Der war ja auch noch nicht erfunden, als du dir dein Auto zugelegt hast!«

»Dann wurden also beide Schallplatten jeweils von jemand platziert ...«, kombinierte Dahl.

»Aber warum bei dem hier und bei mir?«, ereiferte sich Straaten. »Heißt das, dass ich auch sterben werde?!«

»Früher oder später sterben wir alle einmal«, stellte Sir Lancelot fest.

»Aber doch nicht jetzt!«, wurde Straaten laut.

»Irgendwann ist jeder mal dran. Das liegt in der Natur der Dinge.«

»Das müssen Sie gerade sagen, Sie sind ja nicht totzukriegen!«

»Aber Haiti 1964 hätte es mich fast erwischt, fragen Sie nicht, wie!«

»Ich frag ja gar nicht! Solange ich das hier überlebe, ist mir alles egal!«

Friedrichsberg drehte und wendete die Schallplatte prüfend. »Egal sollte uns das auf keinen Fall sein. Mit dieser Schallplatte haben wir jetzt einen richtigen Fall.«

»Und die anderen Toten?«, meinte Dahl.

»Alle im Handumdrehen gelöst. Aber mit dem Toten und seinem Zeh und der Platte gibt uns einer 'ne harte Nuss zu knacken!«

»Na, hoffentlich lösen wir den, bevor der harte Fall meine Nuss knacken kann!«, sagte Straaten wenig begeistert.

»Mit Nüssen kenne ich mich aus, die sind reich an Folsäure«, sagte Dahl.

Irritiert schaute ihn Herr Olaf an. »Und was tut das gerade zur Sache?«

»Nichts, aber ich habe lange nichts mehr gesagt, und da dachte ich …«

Der Zugbegleiter unterbrach ihn: »Ein großer, weiser Mann hat mal sagt: Wer nichts zu sagen hat, kann auch mal schweigen!«

»War das der Staatsratsvorsitzende?«, wollte Straaten wissen.

»Nein, Konfuzius.«

»Dass Sie den kennen …«

»Jeder hat den Staatsratsvorsitzenden gekannt!«

Friedrichsberg klemmte sich die Schallplatte unter den Arm, drehte sich auf dem Absatz um und marschierte Richtung Waggontüre. »Eins kann ich auf jeden Fall schon mal sagen: Dieser Tote hat weder etwas mit den zwölf Leichen in Waggon vier zu tun noch mit dem toten Raucher auf dem Klo oder dem Mann, der aus dem Zug gefallen worden ist. Und selbstredend nichts mit dem Toten im anderen Zug. Das hier ist eine ganz andere Baustelle, und die hat direkt mit uns zu tun. Und jetzt ab mit ihm ins Kühlfach.«

KAPITEL 23

Der Herr war verstaut, und Alfons Friedrichsberg, Jupp Straaten und Willi Dahl nahmen sich vor, sich unter den Mitreisenden umzuhören, ob irgendeinem irgendetwas Auffälliges im Zusammenhang mit dem toten Herrn im Speisewagen untergekommen war. Das Ergebnis war ernüchternd. Keiner wollte etwas gesehen oder gehört haben. Da saß den ganzen Morgen über ein Toter am Speisetisch, und keinem fiel irgendwas auf.

Die drei saßen ratlos in ihrem Abteil, als es an der Türe klopfte. Im selben Augenblick wurde sie geöffnet, und ein eleganter Mann im Smoking mit Menjou-Bärtchen stand davor: Hamilton Focus.

»Entschuldigung, mir ist etwas aufgefallen ...«

»Mr. Focus, Sie sind unsere Rettung!«, freute sich Friedrichsberg und bedeutete ihm, Platz zu nehmen.

»Heute Morgen auf dem Weg in den Speisewagen ist mir eine komische Gestalt begegnet.«

»Was für eine komische Gestalt?«

»Schwer zu beschreiben.« Focus suchte nach Worten. »Nun, am ehesten hat mich diese Gestalt an eine Mumie erinnert.«

»Eine Mumie?«, kam es von Straaten und Dahl.

Focus nickte. »Ja, als hätte sich jemand von oben bis unten mit Klopapier eingewickelt.«

»Das ist doch unhygienisch«, bemerkte der Dicke.

»Na ja, nicht, wenn es vorm Einwickeln unbenutzt ist.«

»Ganz eingewickelt ... Das ist ja auch eine ziemliche Papierverschwendung.«

»Und das gerade hier«, überlegte Dahl, »wo Papier an Bord auch rasch knapp werden kann. Kann man ja nicht mal eben zum Supermarkt rüber.«

»Und dann hat der vielleicht grad keins«, dachte Straaten weiter.

Focus setzte einen spöttischen Gesichtsausdruck auf. »Unwahrscheinlich, Klopapier gibt es immer.«

»Stimmt.« Friedrichsberg spitzte die Lippen. »Nicht auszudenken, wenn wir irgendwann mal erleben müssten, dass Klopapier knapp würde.«

»Und sich Menschen dann vielleicht drum prügeln ...«, fügte Straaten an.

»Jetzt malt mal bitte nicht den Teufel an die Wand«, sagte Dahl.

Friedrichsberg guckte Löcher in die Decke. »Es wäre eine schreckliche Dystopie.«

»Nein«, Dahl wiegelte das ab, »so grausam kann die Zukunft nicht sein. Aber zur Sicherheit könnte man ein paar Rollen horten, man weiß ja nie.«

»Stimmt«, sagte Hamilton Focus, »wenn noch mehr auf den Gedanken kommen, sich als Mumie einzuwickeln.«

Dahl schaute Focus an. »Sie sind noch mal ...«

»Mein Name ist Focus, Hamilton Focus.«

»Engländer?«

»Schwede mit niederländischen Wurzeln, ein bisschen England ist aber auch noch irgendwo dabei. Glaub, 700 Gramm bei meiner Urgroßmutter väterlicherseits.«

Friedrichsberg wechselte schnell das Thema. »Und Sie reisen bis …«

»Ägypten. Wie alle hier an Bord, oder?«

Erst jetzt war Alfons Friedrichsberg an Hamilton Focus etwas aufgefallen, das ihn durchaus irritierte. »Äh … darf ich Sie fragen, was Sie da unter Ihrem Arm tragen?«

»Das? Keine Ahnung! Eben hatte ich da noch nichts klemmen. Das muss mir einer beim Vorübergehen untergeschoben haben.«

»Zeigen Sie mal her …«

Focus griff sich den Gegenstand und reichte ihn dem Dicken.

Rechteckig mit roter Schrift.

»Wieder diese Langspielplatte …«

»*Schatz, ich grüß Dich aus der Ferne*. Wie kommt die denn unter meinen Arm?«

»Das wollte ich Sie auch fragen.« Friedrichsberg musterte ihren Gast streng.

»Ich hab doch nicht mal einen Plattenspieler!«, stellte Focus fest.

»Keiner von uns!«, sagte Straaten. »Aber irgendjemand verteilt hier munter Platten …«

»Platten?«

»Vinyl.«

»Das habe ich im Bad auf dem Fußboden.« Focus stand auf. »Sie entschuldigen mich jetzt bitte, ich würde gerne noch zum Mittagessen. Es gibt heute fangfrische Kutterscholle, die will ich auf keinen Fall verpassen, wann kriegt man das schon mal auf dem Weg in die Wüste?« Damit war Hamilton Focus aus der Tür verschwunden.

Sehnsüchtig schaute Dahl ihm nach. »Ja, die hätte ich auch gern … In der Aufregung eben hab ich noch nicht mal fertig gefrühstückt …«

Friedrichsberg ging gar nicht darauf ein, sondern kratzte sich am Kinn und grübelte nach. »Wieso nur hatte der Tote diese Platte bei sich?«

»Und ich sie im Auto?«, überlegte Straaten.

»Und dieser Hamilton Focus unterm Arm?«, fragte Dahl.

»Ich weiß es nicht«, grübelte der Dicke. »Noch nicht. Hm … Alles höchst seltsam.«

»Ob das auch etwas mit dem Piraten und der Mumie im Auto zu tun hat?«, grübelte Straaten mit.

»Stimmt! Aber der Pirat ist doch mit dem Auto gegen die Wand gekracht!«, gab Dahl zu bedenken.

»Und die Mumie hat Sir Lancelot aus dem Zug gekickt.«

»Vielleicht sind die nicht totzukriegen?«

»Du meinst, wie Zombies?!«

Friedrichsberg unterbrach die Denkspiele seiner beiden Freunde. »Wie dem auch sei, ich glaube weder an wiederauferstehende Piraten noch an untote Mumien, die metzelnd durch die Lande ziehen. Bisher haben wir alle seltsamen Todesfälle in diesem Zug geklärt.«

»Bis auf den toten Professor im Speisewagen«, stellte Straaten fest.

»Mir schwant da nichts Gutes!« Dahl rutschte nervös hin und her. »Da kommt noch etwas ganz Übles auf uns zu …«

»Ach, was!«, meinte der Dicke. »Ich freue mich erst mal auf unseren Zwischenstopp in Griechenland. Wir lassen den Mord einfach mal Mord sein, und wenn wir unser endgültiges Ziel Ägypten erreicht haben, haben wir den Mord auch schon vergessen ... Und falls nicht, spätestens wenn wir meinem alten Freund Dr. Robertson Davies tatkräftig unter die Arme greifen, denken wir im Schweiße unseres Angesichts überhaupt nicht mehr daran.«

»Damit hat sich das für dich erledigt?«, wollte Straaten wissen.

Es wurde genickt. »Erfolgreiche Prokrastination. Das meiste erledigt sich von selbst.«

»Wie ich dich kenne, lehnst du dich bei den Ausgrabungen zurück, und greifen und schwitzen müssen wir anderen.«

Friedrichsberg hob unschuldig die Hände in die Luft. »Einer muss aufpassen, dass ihr alles richtig ausführt. Ich freue mich jedenfalls darauf. Was für eine herrliche Odyssee bis hierhin! Lehnen wir uns zurück und genießen die Fahrt in einem der schönsten Züge dieser Welt, im Wüstenexpress.«

Straaten schaute seinen Freund streng an. »Verstehe ich das richtig: Du kriminalisierst nicht weiter?«

»Was ist mit der Leiche?«, fragte Dahl.

»Und der Platte?«

»Du gibst schon auf?«

Der Dicke haute auf ein kleines Tischchen neben sich. »Ruhe jetzt.«

»Der große, allwissende Friedrichsberg am Ende mit seinem Latein?« Straaten mochte es nicht glauben.

»Ars longa, vita brevis.«

Auch Dahl schüttelte den Kopf angesichts des Langmutes seines Freundes. »Und was ist mit dem abgeschnittenen Zeh des toten Professors? Wo ist der und was wird aus ihm?«

Friedrichsberg seufzte auf. »Wenn wir Pech haben, findet er Verwendung im Beef Tatar. Und jetzt will ich nichts mehr hören! Nichts von dem Toten im Speisewagen und nichts von seinem abgeschnittenen Zeh. Jetzt ist Urlaub. Punkt.«

KAPITEL 24

Und so wurden die nächsten Etappen der Fahrt tatsächlich ohne größere Störungen genommen. Nur die fangfrische Kutterscholle lag einigen schwer im Magen. Draußen sauste Landschaft vorbei – Seen, Berge, kleine Dörfer, größere Städte, winzige Metropolen –, drinnen wurde gelesen, getrunken, gespeist, Konversation betrieben, die Toten gerieten in Vergessenheit, und es gab keine weiteren nennenswerten Ärgernisse.

Nur einmal kam Zugbegleiter Herr Olaf aufgelöst auf Alfons Friedrichsberg zu. »Herr Friedrichsberg, Herr Friedrichsberg, es ist etwas Absonderliches passiert.«

Der Dicke schaute unschuldig auf. »So? Was denn?«

»Ich habe doch die zwölf Leichen beiseitegeschafft …«

»Ja, und?«

»Alle waren körperlich unversehrt, nur bei einer der Leichen hatte sich rund um seinen rechten Fuß eine kleine Blutlache gebildet. Das hab ich durch den Schuh gesehen.«

»Konnten Sie denn sehen, von welcher Verletzung das Blut stammte?«

»Der Mann trägt noch seinen Schuh, da wollte ich jetzt nicht selbst …«

»Na gut, dann lassen Sie uns mal zusammen nachschauen.«

Die beiden betraten gemessenen Schrittes den Verschlag, in dem die zwölf aufgebahrt waren. Der Zugbegleiter wies Friedrichsberg die Richtung, in der die betreffende Leiche lag.

Langsam näherte sich der Hobbydetektiv, und vorsichtig löste er den Blutschuh und die klebrige Socke von besagtem Fuß.

Friedrichsberg staunte nicht schlecht. »Unfassbar. Auch hier fehlt der dicke Onkel.«

»Steht das in irgendeinem Zusammenhang mit dem anderen fehlenden Zeh?«

»Zum akademischen? Das müssen wir wohl annehmen. Zwei fehlende dicke Zehen können ja kaum ein Zufall sein …«

»Glauben Sie, da sammelt jemand Zehen?!« Ungläubig starrte Herr Olaf den Dicken an.

»Das wär noch die harmloseste Möglichkeit.«

»Wie schrecklich! Aber was verbindet den Mann hier und den Toten im Speisewagen?«

»Ich weiß es nicht.« Friedrichsberg atmete laut auf. »Der eine war Archäologe und dieser eine Heuschrecke aus dem Imperium der Gräfin.«

Herr Olaf senkte, obwohl sie alleine in dem Wagon waren, die Stimme und beugte sich zu Friedrichsberg hinüber. »Meinen Sie, es könnte jetzt jeden hier treffen?«

»Das will ich nicht hoffen, schließlich wollen wir doch alle eine entspannte Reise im Wüstenexpress verbringen – ohne Einbüßung unserer dicken Onkel.«

»Das heißt, Sie wollen nichts unternehmen?«

»Doch: diese Zehensache hier sofort vergessen!«
»Aber ...«

Friedrichsberg machte auf dem Absatz kehrt und entfernte sich Richtung Waggontüre. »Das sollten Sie auch tun. Was haben wir auch mit Zehen zu tun, wir sind ja keine Podologen?!«

TEIL ZWEI

KAPITEL 1

Der Rest der Reise verlief friedlich. Sie bretterten durch Bulgarien (hier gab's zehn UNESO-Weltkulturerbestätten; die Balkanplatte gehörte da leider nicht zu), der Zug ratterte und ratterte und ratterte, und bis auf die Tatsache, dass bald die letzte Flasche Eierlikör geleert war, gab es für die Reisenden keine unangenehmen Überraschungen mehr.

Jedenfalls bis zum Zwischenstopp in Griechenland. Zwei Tage Aufenthalt waren fest eingeplant. Der Zug brauchte eine Pause, der Getränke- und Speisevorrat musste aufgefüllt und all die Leichen entsorgt und die Mörder und Verbrecher in dunkle Zellen verbracht werden, ein Teil des Personals ging von Bord und wurde von neuen, frischen Kräften ergänzt, dazu unterzog man den ganzen Zug der üblichen Grundwartung.

In der Zeit bot sich den Reisenden die Chance, sich einmal durch die Wiege unserer Kultur schaukeln zu lassen. Auf dem Rücken von Eseln wackelte man von der Akropolis zum großen Amphitheater, dem Odeon des Herodes Atticus, weiter zum Panathinaiko-Stadion, begoss alles am Ende mit Metaxa-Sauce – und dazu gab's selbstverständlich Ouzo aufs Haus.

Abends machte die Gruppe einen romantischen Spaziergang im Sonnenuntergang den Lykabettus hoch, um den wunderschönen Ausblick über die Stadt zu genießen.

Hamilton Focus, wie gehabt im perfekt sitzenden Smoking, schlug um sich. »Nur diese dämlichen Mücken, die nerven!«

»Da haben Sie recht, Mr. Focus«, bestätigte Eugen Eigen, nicht minder mit Abwehrbewegungen beschäftigt. »Aber auch die Grillen.«

»Wer grillt?«, wollte Gräfin Sophie von Scharmützel wissen, die neben den beiden Herren stand und ihren Blick schweifen ließ.

»Hätte nichts gegen ein Nürnberger Rostbratwürstchen«, meinte Focus.

Eigen lief schon das Wasser im Munde zusammen. »Oder einen Grillkäse.«

»Das sind Zikaden«, kam die Gräfin noch mal auf die Grillen zurück.

»Ja, die grillen einen.«

»Herr Eigen, es ist entsetzlich.« Die Gräfin schnappte nach Luft. »Ich hab die letzte Nacht so schlecht geschlafen, dieses ewige Rumgegrille und Rumzikaden ... Schrecklich. Das Bett war auch eine einzige Katastrophe! Hier mag zwar die Wiege der Kultur stehen, aber von ordentlichen Betten verstehen die gar nichts.«

»Sie sehen das alles viel zu negativ, Frau Gräfin.«

»Dann verraten Sie mir mal, Herr Eigen, was ich hier positiv sehen könnte.«

»Die Aussicht zum Beispiel!«

»Von hier können wir das ganze attische Becken übersehen, dort ist die Akropolis, da das Pan-athenische Stadion und dort der Zeus-Tempel«, erklärte Hamilton Focus das Offensichtliche.

»Göttlich!«, schmolz Eigen dahin.

Die Gräfin holte sie auf den Boden der Tatsachen zurück. »Erbärmlich! Im Fernsehen wirkt das viel schöner.«

»Das können Sie doch gar nicht vergleichen.«

»Kann ich wohl, Mr. Focus. Ich hab HD. Und ich hab's in Slow Motion gesehen.«

Alfons Friedrichsberg, Jupp Straaten und Willi Dahl gesellten sich zu dem Trio.

Der Dicke steckte eine seiner Zigarren in Brand. Genüsslich paffte er stattliche Rauchkringel in die Luft. »So langsam, wie Sie hier den Berg hochklettern, slower geht Motion doch gar nicht.«

Abschätzig betrachtete sie den Dicken. »Sie sind eine einzige wandelnde Beleidigung: optisch wie inhaltlich.«

»Was hat Sie denn nur?«, fragte Dahl.

»Einen Knick in der Optik und 'ne starke Meinung.«

Eugen Eigen war immer noch voller Begeisterung. »Schauen Sie sich doch bitte mal um: Das ist Ästhetik, Geist, Verstand und …«

In dem Moment, mitten im Satz, krachte ein Felsblock aus einiger Höhe herunter und schlug zwischen Friedrichsberg und der Gräfin auf. Beide machten einen Satz zur Seite, die Gräfin verlor dabei das Gleichgewicht und landete auf dem staubigen Boden.

Um ein Haar hätte es erneut Tote zu beklagen gegeben.

»... Friedfertigkeit«, brachte Friedrichsberg den angefangenen Satz noch zu Ende.

Allgemeines Entsetzen machte sich breit.

Hamilton Focus und Eugen Eigen halfen der Gräfin wieder auf die Beine.

Man schaute auf den Felsblock vor sich, man schaute in die Höhe, aus der der Fels heruntergestürzt war, aber nichts und niemand war zu sehen.

»Friedfertigkeit?«, stieß Straaten hervor. »Der Felsblock hätte euch gerade beinahe unter sich begraben.«

»Ja«, nickte Dahl, »das war knapp.«

Die kreidebleiche Gräfin wischte sich über ihr schweißnasses Gesicht. »Noch viel schlimmer: Er galt mir.«

»Woher wollen Sie denn wissen, dass er ausgerechnet Ihnen galt? Ich stand doch gleich neben Ihnen«, bemerkte Friedrichsberg an seiner Zigarre vorbei.

Abschätzig schaute die Gräfin ihren Nachbarn an. »Wer sollte denn einen Grund haben, Sie umzubringen? Sie kennt doch keiner, und selbst mir, der Sie mir in einem fort auf die Nerven gehen, sind Sie eigentlich herzlich egal ... Also ich sehe da keinen Grund.«

Friedrichsberg schaute sich den Fels etwas genauer an. Aber auch hier konnte er nichts entdecken. Er rümpfte die Nase. »Über was haben Sie sich denn eben so angeregt mit Herrn Eigen und Mr. Focus unterhalten?«

»Ich wüsste nicht, was Sie das ...«

»Werte Frau Gräfin, mich geht das gar nichts an. Aber es könnte vielleicht ein Grund gewesen sein, Sie mit Steinen zu beschmeißen, falls Sie das geplante Ziel gewesen sein sollten.«

»Ach so, ja ... nein ... also ...«, haspelte die Gräfin.

Die beiden Herren übernahmen. »Wir haben gar nichts Wichtiges besprochen. Wir haben uns nur einfach so unterhalten.«

»Über Zikaden.«

»Und Mücken.«

»Und dass wir Appetit haben.«

»Auf Grillen.«

»Und die angeblich so tolle Aussicht hier!«, mischte sich die Gräfin wieder ein. »Und dann hat es uns beinahe erwischt.«

Friedrichsberg stand da, streckte seinen Wanst in die Antike und qualmte vor sich hin, ähnlich einem Räucherorakel. »Alter Grieche!«, pafftte es aus ihm heraus.

»Ja«, nickte Hamilton Focus, »ich kann es selbst noch kaum fassen!«

»Nein, der Attentäter!«

»Was?«

Friedrichsberg drehte sich Focus, Eigen und der Gräfin zu. »Offensichtlich ein alter Grieche ohne Höhenangst.«

»Wie kommen Sie denn darauf?«

»Sonst würde er sich kaum so gut hier auskennen und hätte nicht von da oben so einfach verschwinden können, ohne dass wir ihn gesehen hätten, Fräulein von und zu Scharmützel.«

»Gräfin reicht.«

»Könnte Ihnen so passen.«

»Könnte was dran sein«, bemerkte Straaten.

Friedrichsberg wischte sich mit einem Stofftaschentuch den Schweiß von der Stirn. »Sie haben Pech, Frau Gräfin.«

»Ich würde ja eher sagen: Glück! So knapp wie ich diesem heimtückischen Anschlag entkommen bin!«

»Wenn das Attentat tatsächlich Ihnen galt, dann haben Sie Pech, denn es wird nicht der letzte Versuch gewesen sein.«

Die Gräfin dachte über das gerade Gehörte nach, wechselte kurz die Farbe und fasste sich ans Kinn. »Sie haben recht, lassen Sie uns lieber schnell von hier verschwinden.«

»Und wohin?« Eugen Eigen schaute sich um, wie um eine Fluchtmöglichkeit zu entdecken. »Zurück ins Hotel.«

Friedrichsberg drehte sich ebenfalls um und schüttelte den Kopf. »Ich befürchte, der Weg ist uns abgeschnitten …«

»Wieso?«

Der Dicke nahm seinen Zigarrenstumpen aus dem Mund und deutete ganz ungefähr in eine Richtung. »Wenn mich nicht alles täuscht, kommt da eine Mumie den Pfad zu uns herauf!«

Jetzt drehten sich alle in die Richtung, in die der Stumpen zeigte.

Und was sahen sie?

Eine Mumie, die mit ausgebreiteten Armen und seltsame Laute ausstoßend auf sie zuwankte.

»Wegen der Mumien wollte ich nach Ägypten, was will die denn schon hier?«, fragte sich die Gräfin.

»Wenn wir stehen bleiben, können Sie sie gleich selber fragen!«, meinte der Dicke.

Straaten nickte. »Sie ist ja auch sehr entgegenkommend.«

Dahl schaute seine beiden Freunde an. »Aber ... die will doch was von uns.«

»Hm?«

»Die kommt doch nicht in friedlicher Absicht.«

»Sieht jedenfalls nicht so aus.«

»Aber, Straaten, ich dachte, die Mumie hätten sie aus dem Zug geschmissen. Was macht die jetzt wieder hier? Quicklebendig.«

»Nun ja...«, grummelte Friedrichsberg, »soweit man bei Mumien von quicklebendig sprechen kann ... Vielleicht ist es auch eine zweite, also neue.«

»Da gibt's mehr von?!«

»Aus dem VEB Einbalsamierungskombinat in Schkeuditz Ost.«

»Das gibt's echt?!« Dahl war kurz davor, die Fassung zu verlieren.

»Ich hoffe nicht. Möchte es aber auch nicht ausschließen.«

»Aber ... aber ... aber dann ... gibt's ja wirklich Untote.«

»Das war doch klar. Wirf einen Blick in den Bundestag. Da sitzen genug rum. Die bezahlen wir sogar.«

»Es ist alles ganz, ganz schlimm ...«

Die mörderische Mumie kam weiter auf sie zugerannt und röchelte gruselig.

Hamilton Focus schien begeistert. »Vielleicht ist das nur ein Spaß, um uns Touristen zu unterhalten?«

»Immerhin kommt sie mit ausgebreiteten Armen auf uns zu«, sagte auch Eugen Eigen, »das ist doch eigentlich eine freundliche Geste?«

»Wiedersehensfreude?!«

Friedrichsberg drehte sich zu dem Menjou-Bärtchen-Träger. »Oh. Sie kennen sich?«

Der schien irritiert. »Nein.«

»Dann würde ich eher nicht darauf tippen. Eher hat die Mumie die Arme schon erhoben, um ihr nächstes Opfer zu erwürgen.«

Und genau das tat sie dann auch. Die Mumie war mittlerweile so nah an unsere Reisegruppe herangekommen – die weiterhin starr vor Schreck unbeweglich in der Gegend rumstand –, dass es ihr ein Leichtes war, an allen vorbeizugehen und über die Gräfin herzufallen, sie zu Boden zu reißen, sich auf sie zu schmeißen und ihr den Hals zuzudrücken.

»Sie … sie … hatten ausnahmsweise mal recht!«, brachte die Gräfin mit Müh und Not heraus. »So … so helfen … Sie mir … doch!«

Dahl stand daneben und schüttelte den Kopf. »Warum sind Sie denn nicht weggerannt? Stehen da wie angewurzelt.«

»Ich … bin von Adel … und renne … renne nicht vor aufgetürmtem, mobilem Klopapier davon. Und jetzt ersticke ich!« Mit leisem, dünnem Stimmchen brachte sie die letzten Töne heraus. Viel Luft war da nicht mehr drin.

Das musste auch Alfons Friedrichsberg erkennen, der das Kommando übernahm.

»Dahl, spring du der Mumie auf den Rücken! Straaten, du ziehst ihr gleichzeitig von hinten an den Beinen.«

»Der Gräfin?«, hakte der nach.

»Der Mumie.«

»Was fast aufs selbe rauskommt«, sagte Dahl. »Und was machst du?«

»Ich schaue zu, was passiert. Einer muss das ja tun.«

»Das hättest du wohl gerne! Alle drei auf einmal auf die Mumie drauf! Und zwar dalli, sonst wird's eng für Durchlaucht.«

Und genau so, wie Straaten es gesagt hatte, geschah es: Friedrichsberg, Straaten und Dahl warfen sich blindlings auf diese ominöse, in Leinentüchern gewickelte Gestalt und versuchten den Würgegriff der Mumie um den Hals der Gräfin zu lösen. Der eine haute, der andere schlug, der Nächste zog und trat, es war ein undurchschaubares Tohuwabohu und Geächze und Gezeter, und bald hatten sie die erstaunlich leichte Gestalt von der Gräfin gelöst, Hamilton Focus und Eugen Eigen kümmerten sich sofort um die derangierte Dame im Sand und leisteten erste Hilfe, und unsere drei Helden standen neben dem Geschehen und hielten das Leinenbündel fest.

»Jetzt haben wir ihn!«, triumphierte Dahl.

Doch dann verbreitete die Mumie eine seltsame, unangenehme Staubwolke, die entsetzlich stank. Es war, als hätte sie unter ihren Bandagen einen Mechanismus, der diesen Gestank nach außen transportierte und nicht nur alles in einem undurchdringlichen Nebel verschwinden ließ, sondern auch allgemeines Husten verursachte.

Dahl fand als Erster die Sprache wieder. »Was ist das??«

»Verdammt noch mal, wo kommt das her?« Straaten versuchte sich umzusehen, sah aber nichts.

»Aus der Mumie befürchte ich!«, schlussfolgerte Friedrichsberg.

Die seltsame Nebelwolke breitete sich weiter aus, und alles hustete und sah nichts mehr.

Die Gräfin japste: »Ich kriege keine Luft.«

»Na, immerhin reicht's aus, um zu sprechen. Und Sie leben. Was wollen Sie noch?«

»Dass Sie Ihre kesse Zunge zügeln, Friedrichsberg.«

»Tja, da kommen wir wohl nicht ins Geschäft. Ist es gestattet?« Er reichte seine Hand und half ihr aufzustehen. »Aber langsam ...«, er hustete kurz aus, »langsam geht's doch wieder mit der Puste, oder?«

»Geht so. Mir brennen noch die Augen.« Die Gräfin fuhr sich mit der Hand durchs Gesicht.

»Und ich muss noch husten«, hustete Eugen Eigen.

»Also, bei mir ist jetzt alles wieder in Ordnung, nur ...« Jupp Straaten schaute sich um.

»Nur was?« Dahl schaute ihn fragend an.

»Wo ist die Mumie?«

Alle schauten sich jetzt um. »Weg!!«

Friedrichsberg wurde hektisch: »Das kann doch wohl nicht wahr sein.«

»Wo ist sie hin?« Das Menjou-Bärtchen von Hamilton Focus zitterte leicht.

Auch die Gräfin, wieder zur alten Kraft zurückgekehrt, schaute sich nach allen Seiten um. »Ich sehe sie nicht.«

»Ich auch nicht.« Man muss der Wahrheit die Ehre geben: Dahl schaute sich auch nicht richtig um.

Der Rest jedoch schaute. Und zwar richtig.

Und mit einem Mal rief Friedrichsberg: »Doch! Da hinten!« Er zeigte auf einen abschüssigen, sandigen Weg, der etwas weiter rechts hinabführte. »Da rennt sie!«

»Da geht es zum Parkplatz«, wusste Straaten zu sagen.

Friedrichsberg stutze. »Die Mumie hat eine Fahrerlaubnis? In Oer-Erkenschwick saß sie doch noch brav auf dem Beifahrersitz!«

Jetzt hatte Dahl sie auch entdeckt. »Der Pirat hatte ja wenigstens noch ein Auge!« Er nickte. »Der Mumie hingegen ist eben die Binde über die Augen gerutscht!«

Der Dicke winkte ab. »Also, nichts wie hinterher, bevor die noch jemanden überfährt, wo sie doch nichts sieht!«

So rannten Friedrichsberg, Straaten und Dahl Richtung Parkplatz, um die killende Mumie zu stoppen. Der Weg war so abschüssig, dass Dahl sich immer wieder verstolperte und insgeheim die ganze Reise und die damit verbundenen Aktionen erneut verfluchte.

Plötzlich rief eine vertraute Stimme von hinten: »Ich bitte Sie, meine Herren, nehmen Sie mich auch mit!«

Friedrichsberg schaute, schwer schnaufend, über die Schulter. »Sir Lancelot, wo kommen Sie denn auf einmal her?«

Der alte Abenteurer war für sein Alter noch erstaunlich flott auf den Beinen. »Bin Ihnen nachgegangen, konnte aber nicht so schnell bergauf. Wenn Sie mich unterhaken, geht es jetzt bergab, aber flotter!«

Friedrichsberg und Straaten positionierten sich links und rechts von ihm und hakten ihn unter. »So, dann nehmen wir alle mal die Füße in die Hand.«

»Immer müssen wir rennen und die Füße in die Hände nehmen ...«, jammerte Dahl lauthals. »Ich hab's doch nicht so mit Bewegung. Und die Füße lege ich am liebsten hoch!«

So schnell sie auch waren, sie konnten den Abstand zur Mumie nicht verringern.

Bald hatten sie den Parkplatz erreicht, nur weit und breit keine Spur von der Mumie. Einige wenige Autos standen herum, noch weniger Menschen um diese wenigen Autos. Und mit einem Mal sahen die vier Helden nichts mehr, hörten mehrfach lautes Scheppern, und dann sahen sie eine gewaltige Staubwolke, aus der mit einem Mal etwas Großes auf sie zuschoss.

Friedrichsberg konnte als Erster reagieren und schubste Straaten und Sir Lancelot zur Seite. »Vorsicht! Der Geländewagen da!«

»Was ist mit dem?«, wollte Dahl wissen.

»Der hat gerade beim Ausparken drei Autos gerammt und es auf uns abgesehen.«

»Na ja, hier wird halt etwas rustikaler gefahren.«

»Oder da fährt jemand, der nichts sieht.« Straaten und Sir Lancelot hatten sich wieder aufgerappelt und schlugen den Staub aus ihrer Kleidung.

»Die Mumie!«

Der Geländewagen hatte gewendet, dabei zwei weitere Fahrzeuge touchiert und sauste auf die Helden zu.

Sir Lancelot rückte seinen französischen Tropenhelm zurecht und warf sich in die Brust. »Ich stelle mich dem Fahrzeug in den Weg.«

»Nein, Sir, lassen Sie das besser.« Straaten versuchte, ihn aus der Bahn zu ziehen.

Dahl zeigte panisch auf die heranrasende Mumie. »So verschmiert, wie dessen Scheibe ist, kann der auch ohne Augenbinde nichts sehen!«

»Mich hat noch niemand übersehen!«, lachte der Abenteurer auf.

Der Geländewagen raste auf Sir Lancelot zu, der rührte sich keinen Millimeter und nahm ihn auf die Motorhaube. Der Abenteurer wirbelte durch die Luft und knallte hinter dem Wagen auf den Boden.

»Dann war das jetzt das erste Mal«, kommentierte Friedrichsberg trocken.

Straaten starrte auf den Mann am Boden. »Um Himmels willen!«

»Oh nein! Der Sir!«

Straaten packte der Zorn. Er ging hinter dem Wagen her. »Hey! Hey! Halt!«

Augenblicklich bremste er.

Friedrichsberg stutzte. »Der hält tatsächlich an, Straaten!«

Aber wohl nur, um den Rückwärtsgang einzulegen und Gas zu geben.

»Ui«, staunte Dahl, »der kann rückwärts genauso schnell!«

»Vorsicht! Nicht!!«, brüllte der Dicke.

Das Auto setzte zurück, überfuhr nochmals Sir Lancelot und hielt neben unseren drei Freunden.

Dann wurde das Fahrerfenster runtergelassen.

Ein alter Grieche mit schwarzem Schnurrbart schaute freundlich heraus.

»Sie habbe mich gerufe?«

»Jetzt ist er noch mal drüber!«, jammerte Dahl.

»Drübbere was?«

»Über den Sir drüber!« Friedrichsberg stellte sich ans Fahrerfenster.

»Wasse isse denne?!«, wollte der Grieche wissen.

»Sie haben den älteren Herren überfahren!« Unter dem Auto sah man zwei bewegungslose Beine liegen.

»Iche nixe sehe! Tschüsse!«

Und mit diesen knappen Worten fuhr das Fenster wieder hoch, der Grieche gab Gas, der Motor heulte auf, und der Geländewagen bretterte abermals über Sir Lancelot Smith.

»Und noch mal drüber!« Erneutes Jammern von Dahl.

Friedrichsberg schaute wenig hoffnungsfroh auf die Reste des Abenteurers vor sich. »Na, ob das der Sir diesmal so leicht wegsteckt?«

»Sieht jedenfalls sehr platt aus.«

»Wir müssen sofort die Polizei verständigen.« Straaten suchte nach seinem Mobiltelefon.

»Aber bitte erst vom Hotel aus. Meine Füße dampfen, und ich hab von dem ganzen Gerenne einen Riesenkohldampf!«

»Dann hast du hoffentlich dein Gyros-Konto nicht überzogen, Dahl!« Der Dicke grinste.

Dahl guckte irritiert. »Ich dachte, das wäre hier so Ouzo?!«

KAPITEL 2

Nun ging es also auf Ouzo und Gyros.
Oder umgekehrt.

Für diesen speziellen Zwischenstopp in Griechenland wurden alle im High-End-First-Class-Souvlaki-International-Hotel untergebracht, Prunkstück der Moussaka-Gruppe. Eine klassische Tempelarchitektur nebst Ringhalle als Umbau und dorischen, ionischen und korinthischen Säulenordnungen.

Die Möbel aus einem amerikanischen Designeroutlet mit stark asiatischem Einschlag. Dicke Möblage, dunkles Leder, orientalische Teppiche, Laura Ashley an den Wänden, Kronleuchter an den Decken, kurz: Für jeden Nichtgeschmack war etwas dabei.

Klar, dass ein abschätziger Kommentar von der Gräfin kam: »Wenn dass das Prunkstück sein soll, dann möchte ich die anderen Hotels von denen lieber nicht sehen!«

Hamilton Focus gefiel es. »Herrlich! Allein die Aussicht!«, schwärmte er.

»Ich kann mir was Schöneres vorstellen, als die ganze Zeit auf eine Bauruine zu glotzen!«

Bei besagter Bauruine handelte es sich um die bereits erwähnte Akropolis. Aber es ging gerade auch mal nicht um die Aussicht. Oder vielleicht doch, allerdings dann eher um die Aussicht auf das bevorstehende Essen.

Es wurde ein exklusives Candle-Light-Dinner im großen Festsaal des Hotels gegeben, und alle wichtigen Mitreisenden waren versammelt: Gräfin Sophie von Scharmützel, Hamilton Focus, Eugen Eigen, die Dame in Rot, Bill und Bob – oder Bob und Bill –, Alfons Friedrichsberg, Jupp Straaten und Willi Dahl und jede Menge mehr, die zum einen aufgrund von Dezimierung oder Verhaftung nicht mehr im Spiel waren oder die wir bis hierhin nicht weiter kennenlernen durften und die auch für den weiteren Verlauf der Geschichte keine Rolle spielten.

Sie saßen in besagtem Festsaal an einer langen Tafel und warteten gierig auf die kommenden Speisen, als die doppelflügelige Tür aufflog und Sir Lancelot Smith vor ihnen stand. Äußerlich leicht ramponiert, aber ansonsten quicklebendig.

»Sir Lancelot?!«, kam es von allen wie aus einem Mund.

Der lachte kurz auf. »Oh, hab ich schon was verpasst? Ich war ein paar Stündchen wie weggetreten... Hab wohl ein Nickerchen auf einem Parkplatz gemacht, jedenfalls fühle ich mich wie gerädert!«

Er schlug sich jetzt Staub, Dreck und Sand vom Abenteureroutfit und suchte sich ein Plätzchen zwischen den Anwesenden.

Sofort brach ein lebendiges Gespräch los, wie das denn sein könne, wie er sich von der mehrfachen Überfahrung erholt haben könne und wie er es ohne medizinische Versorgung wieder zurück ins Hotel geschafft habe.

Sir Lancelot winkte bei alldem nur unbeeindruckt ab.

Ein griechischer Oberkellner mit schwarzem Schnurrbart, der eine gewisse Ähnlichkeit mit dem Geländewagenfahrer hatte, kam mit weit ausgebreiteten Armen in den Saal. »Susamme hallo! Gutte, sinde jetze alle da! Dann könne wirre anfange! Sirtaki! Gibbete erste malle Ouzo auffe Hause.« Damit verschwand er wieder. Wohl um endlich die Getränke zu holen. Hoffentlich.

Bärbeißig guckte die Gräfin aus der Wäsche. »Na, von mir aus, lässt sich hier alles sowieso nur im Suff ertragen.«

Hamilton Focus' Menjou-Bärtchen neigte sich zu ihr, und in freundlichem Tonfall wollte er wissen: »Bei Ihrer ganzen Meckerei: Warum sind Sie eigentlich hier?«

»Wenn ich das selbst noch wüsste …«

»Und Sie, Herr Friedrichsberg?«

Der Dicke verschränkte die Arme vor der Brust und grunzte auf. »Grundsätzlich, generell oder im Speziellen, Mr. Focus?«

»Ich meine, warum reisen Sie mit dem Wüstenexpress?«

»Wir besuchen einen alten Freund, dem wir etwas unter die Arme greifen sollen.

Straaten knallte mit der flachen Hand auf den Tisch. »Ich will dem unter überhaupt nichts greifen, geschweige denn ist das mein Freund. Ich kenne den noch nicht mal.«

»Dafür bekommen wir die Reise aber geschenkt«, sagte Dahl nicht ohne Freude.

Friedrichsberg wirkte überrascht. »Ach ja?! Davon wusste ich noch nichts.«

»Dann weißt du's jetzt«, sagten seine beiden Freunde mit Nachdruck.

Gräfin Sophie von Scharmützel hob warnend den Zeigefinger. »Vorsicht mit Geschenken! Ich zum Beispiel habe diese Reise zwölf meiner Mitarbeiter geschenkt. Und wie bedanken die sich dafür? Sie lassen sich alle einfach umbringen! Undankbares Volk.«

»Na ja, Sie haben ja immer noch Ihren treu ergebenen Lübke.« Friedrichsberg nahm schon mal die Gabel in die Hand, um seinem unermesslichen Hunger Nachdruck zu verleihen.

»Na, ob der jetzt so ein Gewinn ist … Außerdem ist er ein überführter Mörder. Und wurde eben der griechischen Polizei übergeben.«

»Ja, zusammen mit den beiden schwarzen Witwen.«

Dahl schaute hungrig zur Türe, »wann kriegen wir denn unsere Henkersmahlzeit?«

»Kannst du einmal an etwas anderes denken als ans Essen!?«

»Ja, Straaten, ans Schlafen. Denn nach dem Essen werde ich bestimmt wieder sehr schläfrig, und wenn ich jetzt so dran denke, dann könnte ich mich glatt bis zum ersten Gang noch ein wenig hier auf den Teller legen …«

Eugen Eigen schaute sich mit großer Begeisterung um und ließ die Eindrücke auf sich wirken. »Dieser historische Speisesaal ist doch sehr prächtig.«

»Wenigstens die Menükarten können sie einem aber doch schon bringen!«, meinte Straaten.

»Wir essen nicht à la carte, der Küchenchef des Hauses hat uns ein spezielles Überraschungsmenü zusammengestellt.«

»Ich werde sehr ungern überrascht«, schnappte die Gräfin.

»Na ja«, kommentierte Hamilton Focus lässig, »so groß wird die Überraschung nicht sein, es wird was Griechisches geben!«

»Griechisch? Wir müssen griechisch essen?! Woher wissen Sie das, wenn es doch ein Überraschungsmenü geben soll?«

»Also beim Chinesen gibt's selten einen Ouzo aufs Haus!«

»Ich geh ja schon zu Hause nicht zum Griechen, also warum sollte ich dann ausgerechnet auf meiner Reise …«

Eigen mischte sich ein: »Vielleicht weil Sie gerade in Griechenland sind?«

Focus nickte. »Sie müssen der Küche auch mal eine Chance …«

»Ich muss gar nichts. Vor allen Dingen nicht griechisch essen.«

»Vielleicht haben die hier auch Schnitzel?« Dahls Augen leuchteten vor Begeisterung, und ihm lief das Wasser im Munde zusammen. »Im Onassis bei mir um die Ecke, da schmeißen der Vito und die Bärbel die Küche, da machen die ein hervorragendes Schnitzel Hawaii mit Metaxasauce und Puffreis, das kann ich nur empfehlen!«

Die Gräfin verzog angewidert das Gesicht. »Zum Glück sind wir jetzt nicht bei Ihrem Onassis um die Ecke, dann besteht zumindest noch die hypothetische Chance, dass es hier irgendwas Genießbares gibt!«

»Nicht vergessen«, Alfons Friedrichsberg erhob gewichtig die Stimme, »alles nimmt seinen Anfang beim Griechen, alles endet beim Griechen.«

»Weise gesprochen, Häuptling Friedrichsberg. Und nach dem Ende ...«

»... gibt es immer einen Ouzo aufs Haus.«

»Ich hab gar kein Haus.«

»Dann kriegste zwei.«

Gräfin Sophie dachte kurz nach und schien zu rechnen. »Ich hab ein Schlösschen und Penthäuser auf vier Kontinenten!«

Friedrichsberg zuckte mit den Schultern. »Das müssen Sie dann individuell mit dem Kellner regeln ... Ouzo gibt's ja auch in Flaschen.«

Eugen Eigen mischte sich wieder ein. »Ich habe eben erfahren, dass es als Erstes eine Suppe gibt ...«

»Jetzt verderben Sie uns doch nicht die Überraschung!«

»Verehrte Gräfin, ich sage das nur, weil man mir als Vorspeise etwas anderes bringen wird. Wenn also noch einer lieber keine Suppe ...«

»Was haben Sie denn gegen Suppen, Herr Eigen?«, wollte Hamilton Focus wissen.

»Flüssig ... also, äh, überflüssig finde ich die! Ich habe als Kind praktisch immer Suppe essen müssen, deshalb habe ich mir geschworen, wenn ich einmal erwachsen bin, werde ich nie mehr ...«

»Und sind Sie es?«

»Was, Frau Gräfin?«

»Erwachsen geworden? Oder warum benehmen Sie sich so kindisch?«

»Also, Moment mal! Stattdessen bekomme ich Tintenfisch in einer speziellen Zubereitung.«

»Das klingt toll.« Willi Dahl leckte sich die Lippen.

Die Gräfin schaute Dahl genervt an. »Jetzt sagen Sie doch nicht immer: ›Das klingt toll.‹«

»Klingt aber toll.«

»Schmecken muss es! Ich will meinem Essen ja nicht zuhören!«

Hamilton Focus schaute mit einem Mal begeistert Richtung Türe. »Da kommt er ja schon.«

»Wer? Ein Überraschungsgast?«, fragte die Gräfin.

»Der erste Gang!«

Es war wieder der schnauzbebartete Oberkellner mit mehreren Tabletts. »Ja, hiere binne iche. Hiere isse der Annefange vonne Abendeesse, gibbete lecker Suppe mitte Zitrone un die Hühnchen un de Reis unne für Sie Fische vonne Tinte. Dazu eine Ouzo auffe Hause.«

»Zitronen-Suppe oder Tintenfisch … Not gegen Elend.« Die Gräfin zog einen Flunsch.

Der Dicke linste kritisch auf die dünne Brühe in dem tiefen Teller vor sich, zog die Serviette über seinen Schoß und sagte halblaut: »Na, dann lassen wir es uns mal munden.«

Was die Gruppe dann auch wohl tat. Mehr oder weniger hörbar ließen sich alle die griechischen Spezialitäten munden.

»Das schmeckt aber.«

»Wer hätte das gedacht?«

»Köstlich!«

»Die Griechen können schon kochen.«

»Wie ist denn die Zitronensuppe?«, fragte Eigen in die Runde, selber mit seinem Tintenfisch beschäftigt.

»Hervorragend«, strahlte Straaten.

Und auch der Dicke war voll des Lobes: »Schmeckt frisch und gar nicht wirklich sauer …«

»... und mit dem Hühnchen und dem Reis sehr gehaltvoll«, meinte auch Focus. »Könnte auch ein leichter Eintopf sein.«

Friedrichsberg schlürfte einen großen Löffel weg, schielte in Richtung Eugen Eigen und fragte: »Und Ihr Tintenfisch?«

Eugen Eigen saß kerzengerade vor seinem Teller.

Focus schaute zu Eigen neben sich. »Herr Eigen, Ihr Tintenfisch?«

Eigen, immer noch kerzengerade, fasste sich an die Brust, dann mit beiden Händen an den Hals, weitete seinen Hemdkragen. »Oh, der ... also der ist ... der Tintenfisch ist sehr frisch ... zu frisch, geradezu lebendig... Ich ... ich hätte ihn wohl ein bisschen besser zerkauen müssen ... Jetzt krabbelt er mir gerade wieder die Speiseröhre rauf ... Ich ... ich... krieg keine Luft mehr ...«

Hamilton Focus sprang von seinem Sitz hoch. »Herr Eigen?! Herr Eigen?! Machen Sie doch bitte keinen Quatsch.«

Aber es war zum einen zu spät und zum anderen kein Quatsch: Eugen Eigen brach tot über dem Tintenfischteller zusammen.

Alle Gäste ließen ihr Besteck fallen, einige sprangen auf, manche schrien, es breitete sich Unruhe aus.

Alfons Friedrichsberg erhob sich schwerfällig, ging zum auf dem Teller liegenden Eugen Eigen, berührte seinen Hals, schaute ihn sich näher an und schüttelte den Kopf. »Zu spät! Er war wohl zu gierig und hat alles einfach runtergeschlungen... Hätte er mal auf seine Mutter gehört und immer dreißig Mal gekaut, dann hätte er jetzt zwar schwarze Zähne von der Tinte, aber der Fisch würde ihm nicht die Kehle zuschnüren ...«

»Also mir hätte der Tentakelfisch nichts anhaben können!«, sagte Sir Lancelot nicht ohne Stolz.

Bedient legte die Gräfin ihre Serviette zusammen und atmete laut aus. »Hört das denn gar nicht mehr auf?«

»Was meinen Sie?« Friedrichsberg schaute sie mit großen Augen an.

Sophie von Scharmützel breitete die Arme aus. »Das ständige Sterben um uns herum!«

»Sie haben recht! Hatte noch irgendeiner Tintenfisch?«, fragte Friedrichsberg in die Runde.

Allgemeines Kopfschütteln.

»Nein, alle anderen hatten Suppen«, stellte auch Straaten fest.

Friedrichsberg nickte bedächtig, ließ ein paar Überlegungen im Kopf kreisen und spitzte die Lippen; dann rief er aus: »Servitoros! Können Sie mal bitte kommen?!«

Sofort kam der Oberkellner um die Ecke geschossen. »Wasse du wolle? Äh?? Wieso liegte alte Manne inne unsere leckere Tintenfischeringe?«

»Herr Eigen ist tot«, sagte die Gräfin mit Nachdruck.

»Hola! Danne er kanne keine Ouzo mehr auffe Hause trinke!«

»Den könnten wir anderen dafür jetzt ganz gut gebrauchen«, sagte Dahl.

Der Oberkellner strahlte. Das war sein Stichwort. »Richtige! Kriege alle Ouzo auffe Hausse, weile alte Manne inne Tintefischeringe liegt. Iche trage jetzte alte Manne rause unde rufe Polizei.«

Friedrichsberg strich sich über den Schnurrbart. »Ja, das wird das Beste sein.«

»Können wir vielleicht in der Zwischenzeit schon mal den Hauptgang ...?!«, schlug Dahl vor.

Der Oberkellner buckelte eilfertig. »Iche miche kümmere. Komme wiedere. Ouzo auffe Hause?«

Und wie aus einem Mund, die ganze Tischgesellschaft: »Ja!«

Der griechische Oberkellner packte Eugen Eigen von hinten unter den Armen, zog ihn vom Stuhl und durch den Festsaal hinaus.

Die Tischgesellschaft verfolgte den Abtransport mit großen Augen und etwas Unverständnis, fanden einige den Umgang mit dem frisch Verblichenen doch arg pietätlos.

Jedoch: Bevor jemand Protest einlegen konnte, kamen zwei andere Kellner mit Tabletts und Ouzo bis zum Abwinken.

Die Gemüter waren beruhigt.

Die Türen schlugen zu, und die Gräfin fand als Erste ihre Worte wieder: »Also, ich bin jetzt drauf und dran, diese verrückte Reise endgültig abzubrechen.«

»Wieso denn das, so kurz vor dem Ziel?« Hamilton Focus nahm beruhigend die Hand der Gräfin. »Sie wollen doch auch nach Ägypten.«

»Das schon, aber doch nicht um jeden Preis. Wenn die Perspektive ist, dass ich im weiteren Verlauf noch ums Leben komme, breche ich das Ganze doch besser vorher ab.«

Hamilton Focus wandte sich an Friedrichsberg: »Aber wieso wird diese kleine, illustre Reisegruppe denn so hartnäckig vom Tod verfolgt?«

»Tja«, machte der, »verfolgt ist vielleicht nicht ganz das richtige Wort. Er hat uns längst eingeholt, der Tod reist bei uns mit.«

»Aber hat's denn nicht schon genug dahingerafft?«, fragte Straaten. »Wir haben bisher nicht die geringste Ahnung, nach welchem Prinzip hier einer nach dem anderen abgemurkst wird.«

»Nun«, der Dicke kratzte sich die Nase, »bei den beiden Witwen, klar: Die waren ihre Männer leid. Bei Ihrer Belegschaft, Frau Gräfin, ist es auch klar. Aber warum werden Straaten, Dahl und ich verfolgt? Wieso der antike Steinsturz? Wieso der tote Professor im Speisesaal? Wieso jetzt hier Herr Eigen?«

»Ich will das gar nicht wissen.«

»Ich auch nicht«, mischte sich Dahl ein. »Ich möchte einfach nur überleben und endlich mein Hauptgericht!«

Friedrichsberg grübelte halblaut nach. »Ich frage mich, was die heimliche Verbindung der Opfer ist, dass jemand sie umbringt. Ist es überhaupt nur ein Täter oder sind es mehrere? Oder ist es nur der pure Zufall, dass ausgerechnet auf dieser Reise mehrere Täter gleichzeitig ihre Opfer aus dem Weg räumen wollen?«

Das hatten genug Leute am Tisch gehört, dass allgemeines Gemurmel aufkam.

»Ich lehne jede Verbindung mit Ihnen hier ab!« Die Gräfin schaute den Tisch hoch und wieder runter. »Ich bin Individualreisende!«

»Ja, jetzt vielleicht! Nachdem Ihr zwölfköpfiger Hofstaat schon erledigt worden ist!«

Jetzt meldete sich die Dame in Rot zu Wort: »Ich habe keine Verbindungen, also wenigstens nicht hier!«

»Schauen Sie mal, ich kenne Sie auch alle nicht«, sagte Friedrichsberg, jetzt etwas lauter, dass alle am Tisch ihn hören konnten. »Sie sind mir vor Antritt dieser Reise noch nie begegnet. Es besteht also kein Zusammenhang zwischen Ihnen und mir. Trotzdem muss es den irgendwo geben ... Haben Sie schon einmal eine Reise gemeinsam unternommen? Oder sind Sie zusammen zur Schule gegangen? Gemeinsame Bekannte? Ex-Beziehungen? Irgendwo muss es doch eine Gemeinsamkeit geben. Oder will der oder die Täter*in nur verhindern, dass die gesamte Reisegruppe ihr Ziel erreicht? Dann könnte es natürlich eng werden für uns alle.«

»Was wollen Sie denn damit sagen?« Die Dame in Rot schaute ihn herausfordernd an.

»Dass sich Morde nicht einfach aus heiterem Himmel ereignen.«

Als hätte Friedrichsberg das passende Stichwort gegeben, stürzte genau in diesem Moment ein Kronleuchter von der Decke und krachte auf die Dame in Rot. Die Nebensitzenden wurden von Blut gesprenkelt. Die Dame in Rot, tödlich von der hauseigenen Illumination getroffen, sackte leblos auf ihrem Stuhl zusammen.

Die Tischgesellschaft schrie auf, einige sprangen von ihren Stühlen, eilten ans Fenster, nahmen auf jeden Fall Abstand zur Toten.

Auch Friedrichsberg war aufgesprungen. »Bitte! Bitte bleiben wir alle ruhig und gelassen und freuen wir uns letztlich über dieses Ereignis.«

Schlagartig war es mucksmäuschenstill. Einige im Raum waren empört.

Die Gräfin zeigte dem Dicken einen Vogel. »Wieso das denn? Die Dame ist tot!«

»Das stimmt, aber wenn es hier so weitergeht, kann nur noch der Mörder übrig bleiben. Spätestens dann wissen wir, wer es ist.«

Straaten nickte. »Wer auch immer von uns diese Erkenntnis dann noch erleben darf.«

»Ja, das ist die Voraussetzung.«

Dahl schaute zwischen seinen beiden Freunden hin und her. »Wie meint ihr das?«

»Na ja«, erklärte Straaten, »wenn nur noch du und jemand anderer übrig sind, dann weißt du ja, wer es ist.«

Durch zustimmendes Wackeln mit dem Kopf gab Friedrichsberg seinem Freund recht.

Dahl dachte nach. »Aber ich könnte dann doch auch noch der Mörder sein?!«

»Wenn man so will, ja.«

Sir Lancelot Smith meldete sich zu Wort. »Ich bin vermutlich der Einzige, der auch tot den Mörder noch überleben könnte.«

»Sir Lancelot, Sie haben recht.«

»Pst!«, zischte Friedrichsberg laut durch den Saal. »Seid mal alle still.«

Die Gesellschaft verstummte und schaute in Richtung des Dicken.

»Da ist noch etwas Leben in der Dame.«

Und in der Tat: Die Dame in Rot brachte noch ein paar Satz- oder Wortfetzen hervor, sehr unverständlich flüsterte sie: »Alles ist … ein gro… großer Zusammenhang …«

Straaten beugte sich flüsternd zu Friedrichsberg. »Ich glaube, die Dame will dir noch etwas sagen.«

Der Dicke beugte sich zur Flüsternden hinunter und hielt sein Ohr ganz dicht an ihren Mund. »Was ... äh ... Was gibt's denn? Kann ich was für Sie tun?«

Es war beinahe nicht mehr wahrzunehmen, nur noch Bruchstücke brachte sie hervor: »Jahrtausende alt ... alles zusammen ... Reicht ... um ... Reichtum ... Schätz... Schätze ... Zehn ... Tod ...«

Und mit dem letzten Wort hauchte sie auch das letzte bisschen Leben aus sich hinaus.

»Und?«, fragte Straaten.

Friedrichsberg verschränkte die Arme hinter dem Rücken und streckte seinen Wanst vor. »Interessant.«

»Ja, was denn?«

»Langsam wird ein Schuh draus. Grad, wenn die Zehn beisammen ist. Oder vielmehr sind. Würde ich sagen.«

»Ich verstehe kein Wort.«

»Halb so schlimm. Hauptsache, ich weiß Bescheid.« Und ein schelmisches Grinsen legte sich auf sein feistes Gesicht.

KAPITEL 3

Nachdem sich die Reisegruppe etwas von dem Schrecken tintenfischerstickter und kronleuchtererschlagener Mitreisender erholt hatte – es gab auch eine erneute Runde Ouzo aufs Haus –, bahnte sich gleich die nächste dramatische Entwicklung an. Hamilton Focus machte nämlich eine seltsame Entdeckung. Er ging in dem Festsaal etwas auf und ab und näherte sich einer Kommode, die links neben der Doppeltüre stand. Er warf einen flüchtigen Blick auf die Kommode, ging weiter, hielt dann kurz inne und ging noch mal zurück.

»Tsetse, das ist ja interessant ...«, sagte er mehr zu sich selbst.

Dahl schaute auf. »Was denn?«

»Hier auf der Kommode liegt eine Langspielplatte.«

Friedrichsberg, der gedankenversunken am Fenster gestanden und seinen Blick über das griechische Land hatte schweifen lassen, drehte sich schlagartig um. »Eine Langspielplatte?!«

»Hab ich doch gerade gesagt.« Hamilton Focus nahm die Platte in die Hand und schaute drauf. »Den Titel kenne ich allerdings nicht.«

»Welchen denn?«

Focus hielt jetzt die Platte in die Luft, für alle sichtbar, und zitierte den Titel: »*Schatz, ich grüß Dich aus der Ferne ...*«

Die Gräfin schaute auf. »Schatz, ich grüß Dich aus der Ferne?«

Der Dicke nickte. »Ja, ein Schlager.«

»Das ist nicht einfach nur ein Schlager!«, sagte Sir Lancelot mit Nachdruck. »Das ist ein Hammer! Erinnere mich noch sehr gut an das Erscheinungsjahr. Muss um 1924 rum gewesen sein. Ich war Mitte 30. Was haben wir zu dem Lied geschwooft ... Die Langspielplatte mit diesem Schlager war eine äußerste Seltenheit. Ich kenne Leute, die hätten dafür gemordet.«

»Ach. Ein Schlager also ...«, bemerkte die Gräfin etwas abschätzig.

»Auf einer Langspielplatte«, fügte Hamilton Focus an.

»Einer Langspielplatte?« Die Gräfin wunderte sich.

»Einer Langspielplatte«, sagte Friedrichsberg.

»Hm ...«

»Was denn?«

»Hm, Langspielplatte ...«

»Ja, Langspielplatte. Wie wir bereits erwähnten.«

»Was erwähnten Sie bereits?«

»Die Langspielplatte«, sagte Friedrichsberg.

Focus korrigierte: »Entschuldigung, ich hab zuerst Langspielplatte gesagt.«

»Hm?«, machte die Gräfin.

»Danach habe ich Langspielplatte gesagt«, sagte Friedrichsberg.

»Das sagten Sie bereits.«

»Wir beide«, sagte Focus.

»Und?«, wollte Friedrichsberg wissen.
»Langspielplatte«, sagte die Gräfin.
»Ja, was ist mit der Langspielplatte?«
»In meinem Hotelzimmer lag auch so eine Langspielplatte.«
»Wann?«
»Als wir von unserer Sightseeingtour zurückgekehrt waren.«
»Diese Langspielplatte?«
»Ja, diese Langspielplatte.«
»Und jetzt liegt sie hier!«, unterbrach Focus Friedrichsberg und die Gräfin.
»Und nicht nur das«, stellte der Dicke fest. »Die hatte mein Freund hier im Auto. Und wir haben sie danach bei allen Toten gefunden.«
»Die Langspielplatte?«, fragte die Gräfin.
»Die Langspielplatte«, nickte Friedrichsberg.
»Ach. Aber Ihr Freund da lebt ja zum Glück noch, obwohl er die …«
»… Langspielplatte …«, half Straaten aus.
»Ja, das erwähnten Sie bereits.«
»Die Langspielplatte, ich?«, fragte Straaten.
»Nein«, sagte die Gräfin, »er!«, und zeigte dabei auf den Dicken.
»Und ich!«, stellte Focus klar.
»Ja, Langspielplatte. Hat sie denn schon einer angehört?« Die Gräfin schaute in die Runde.
»Die Langspielplatte?«, fragte Friedrichsberg.
»Die Langspielplatte. Was ist denn drauf?«
»Musik?«
»Welche?«

»Ich würde tippen, Tanzmusik.«

»Tanzmusik?«

»Tanzmusik.«

»Entschuldigung?«

»Ich wiederholte nur: Tanzmusik«, wiederholte Friedrichsberg.

»Für uns? Jetzt? Uns zwei?«

»Nein, allgemein Tanzmusik.«

»Was ist mit Tanzmusik?«

»Auf der Langspielplatte.«

»Ja«, die Gräfin nickte.

Hamilton Focus sagte jetzt auch: »Tanzmusik.«

Die Gräfin murmelte: »Langspielplatte.«

Straaten schlug mit feuerrotem Kopf auf den Tisch und brüllte: »Wenn ich noch einmal Langspielplatte oder Tanzmusik höre, dann eskaliere ich!«

Hamilton Focus legte die Platte wieder auf ihren alten Platz. »Ich glaube, einige Gemüter sind hier doch recht erhitzt ...«

»Ja, es ist sehr stickig hier.« Die Gräfin warf einen sehnsuchtsvollen Blick auf die Fenster, von denen eines auch geöffnet wurde.

»Ich schlage vor«, schlug Hamilton Focus vor, »wir lassen uns erst einmal etwas Starkes aus der Bar kommen.«

»Auf den Schrecken?«

»Auf den Schrecken.«

Gräfin Sophie von Scharmützel erhob die Stimme: »Kellner, bringen Sie uns bitte eine Flasche Whisky und eine Flasche Cognac!«

Sofort kam der schnurrbärtige Oberkellner angerannt. »Warumme dasse? Ouzo gehte doche auffe Hausse.«

Die Gräfin seufzt auf. »Dann nehmen wir zwei Flaschen Ouzo.«

Hamilton Focus näherte sich der weiblichen Leiche. »Und bei der Toten unterm Kronleuchter kann man wirklich nichts mehr tun?«

Friedrichsberg zog einen Flunsch. »Ich kann gerne noch mal drüberschauen, aber ich glaube nicht.«

Straaten gab Dahl einen Stubs. »Dahl, komm, wir schauen uns das noch mal genauer an.«

Die beiden näherten sich vorsichtig der Dame in Rot, die zusammengesackt auf ihrem Stuhl saß, und schauten sie sich konzentriert an.

»Also obenrum kann ich nichts erkennen«, stellte Dahl fest.

»Wie auch? Da liegt ja der Kronleuchter drauf!«

»Puls fühle ich keinen mehr.«

»Sonst irgendwelche Auffälligkeiten?«

»Außer dass sie tot ist …?«

»Guckt doch mal bitte unter dem Tisch nach«, schlug Friedrichsberg vor.

»Wieso das denn?«

»Bauchgefühl, mein lieber Dahl.«

»Er nu wieder …«, grummelte Straaten, tat aber wie ihm befohlen, hob die Tischdecke ein wenig an und kroch mit Dahl unter den Tisch.

»Und?«, wollte Friedrichsberg wissen.

»Der fehlt ein Pumps«, sagte Dahl

»Wieso?«

»Das musst du sie fragen, und das kannst du dir deshalb gleich sparen, denn antworten wird sie nicht mehr.«

»Aber wenn ich genauer hingucke«, sagte Straaten und besah sich den schuhlosen Fuß etwas genauer, »der fehlt nicht nur der Schuh, der fehlt auch der dicke Zeh.«

Friedrichsberg lachte auf. »Rechter Fuß?«

»Selbstverständlich.«

Dahl krabbelte unter dem Tisch hervor. »Das gibt es doch alles nicht.«

Auch Straaten tauchte wieder auf und reckte sich. »Was soll das mit dem Fuß? Und den Zehen?«

»Tja«, machte der Dicke und pfiff sich eins.

Inzwischen saß im Festsaal niemand mehr an seinem Platz; es hatten sich Grüppchen gebildet, man stand zusammen, trank etwas und diskutierte über das, was vor sich gegangen war. Zwei Tote innerhalb einer halben Stunde. Das war auch für Freunde der Kriminalliteratur etwas zu viel des Guten. Für Wüstenreisende erst recht.

Ein Typ im Holzfällerhemd polterte etwas zu laut los: »Ich brauche jetzt mal dringend frische Luft bei all den Toten hier!« Es war einer der unangenehmen Typen aus der Bar im Wüstenexpress.

Friedrichsberg runzelte die Stirne. »Wer waren Sie noch mal? Bill oder Bob?«

»Ich weiß es schon selbst nicht mehr!«, polterte das Holzfällerhemd. »Wenn ich jetzt nicht ein bisschen frische Luft krieg, du olles Heupferd, dann falle ich vielleicht auch noch um – und dafür braucht es nicht mal einen Mörder!«

Hamilton Focus hob tadelnd eine Augenbraue. »Sie wollen uns verlassen?! Wo der Mörder gerade wahllos um sich schlägt?«

»Woher wollen Sie denn wissen, dass das wahllos ist?«

»Das hat doch hier längst alles keinen Zusammenhang mehr.«

»Ich möchte Sie auch nicht verlassen. Ich bin Bill, und ich möchte Luft.«

Die Gräfin seufzte. »Richtig, die Eiscreme …«

»Ich möchte lediglich mal das Fenster aufmachen.«

»Keine schlechte Idee. Frische Luft wird uns allen guttun.« Die Gräfin trat an Bill heran.

Der öffnete eines der großen Fenster, und sofort kam ein Schwall kühlere Abendluft herein, gepaart mit dem typisch griechischen Verkehrslärm.

Von Bill kam ein erleichtertes: »Ahhh…«

»Ja, das tut gut«, musste die Gräfin ihm beipflichten.

»Morgen fliege ich nach Hause und nehme Bob mit. Oder, Bob?« Bill schaute hinter sich, wo sein Kumpel Bob stand.

Bob war Bills Meinung. »Klar, Mann.«

»Mir ist das hier zu blöd und zu gefährlich. Das macht doch keinen Spaß. Ich kenne Sie alle überhaupt nicht. Ich habe Sie noch nie gesehen, und wenn ich ehrlich sein darf, ich will Sie auch nie wiedersehen. Und bevor ich auch noch ermordet werde …«

Den Satz konnte Bill nicht mehr zu Ende bringen, weil er selber zu Ende gebracht wurde: In der Ferne fiel ein Schuss, und Bill brach am Fenster tot zusammen.

Nicht für alle war frische Luft erholsam.

Die verständliche Reaktion der Gruppe auf diese Aktion: Schreie, Erschrecken und Entsetzen.

Allein der dicke Friedrichsberg stand verhältnismäßig ungerührt im Raum, schaute auf die Tür, aus der der tote Eugen Eigen gezogen worden war, dann auf die zerkronleuchterte Dame in Rot und das niedergestreckte Holzfällerhemd; er schnalzte mit der Zunge und brummte: »Es gibt ein Geheimnis, und dem komme ich noch auf die Schliche.« Dann erhob er seine Stimme und sagte in die Runde: »Aber fürs Erste, bevor wir alle noch heute Abend hier im Festsaal das Zeitliche segnen, verziehen wir uns jetzt besser. Parole: alle auf die Zimmer. Also jeder auf seins ... Und nicht vergessen: gut abschließen!«

KAPITEL 4

Die Festsaalgemeine folgte brav der Anweisung und verteilte sich rasch auf die Zimmer. Auch unsere drei Helden hatten sich auf ihre Suite zurückgezogen und so schnell wie möglich die Türe hinter sich zugemacht.

»Gut abschließen, Dahl«, gemahnte Friedrichsberg, »*mors ante portas.*«

»Was macht wer?«

»Der Tod ist vor der Tür.«

»Nee, oder?!« Ängstlich schaute Dahl durch den Türspion.

»Das war umgangssprachlich.« Friedrichsberg setzte sich auf sein Bett und streckte die Beine von sich.

»Ach so. Ja.« Dahl war erleichtert und nahm auf seinem Bett Platz. »Oder er lauert schon unterm Bett.«

»In dem Zusammenhang«, sagte Straaten, der gerade dabei war, seinen Koffer zu öffnen und nach seinem Schlafanzug zu suchen. »Warum müssen wir uns eigentlich wieder ein Zimmer teilen?«

»Ich hab's gern familiär …«, fing Friedrichsberg an.

»Wir sind doch keine Familie«, war Straatens Einwand.

»... und günstig«, brachte der Dicke seinen Satz zu Ende.

»Ah!« Das leuchtete Straaten ein. So kannte er seinen alten Freund.

Dahl streckte sich auf seinem Bett aus. »Mir ist das ganz recht, alleine würde ich mich doch ziemlich fürchten!«

»Na!«, machte Friedrichsberg, im Sinne eines »Also!« oder »Siehste!«.

Man schlug sich in die Nachtgewänder, ging sich über die Zähne und kuschelte sich unter die Bettdecken. Die Gesamtsituation deutete auf einen beschaulichen Familienabend Marke Waltons hin.

Dahl machte den Anfang: »Nacht, Jupp.«

»Nacht, Willi. Nacht, Alfons.«

»Nacht, Jupp«, sagte der Friedrichsberg.

»Nacht, Alfons«, sagte Straaten.

»Ja, Nacht, Jupp.«

»Nacht, Jupp«, sagte Dahl.

»Nacht, Willi«, sagte Straaten.

»Nacht, Willi«, sagte auch Friedrichsberg.

»Nacht, Alfons. Nacht, Jupp«, sagte Dahl.

»Nacht, Willi«, sagte Straaten.

»Ja, Nacht.« Dahl machte eine kurze Pause. »Du, Jupp?«

»Ja, Willi?«

»Nacht, Jupp.«

»Nacht, Willi.«

»Nacht.«

»Ja, Nacht.«

»Nacht.« Dahl machte eine winzige Pause. »Du, Jupp?«

»Ja?«

»Schläfst du schon?«

»Nein.«

»Dann Nacht.«

Friedrichsberg, der durch seinen Wanst einen erstaunlichen Berg auf sein Bett gezaubert hatte, brüllte auf: »Ja! Nacht jetzt!«

Das Alter brachte es mit sich: Lag man und wollte gerade seine wohlverdiente Nachtruhe finden, zwickte gerne mal die Blase. Also schwang sich Friedrichsberg auf die Bettkante, und wie er da so in seiner Feinrippunterhose auf dem Sprung ins Bad war, entdeckte er eine Nachricht auf seinem Nachttisch. Ein leicht vergilbter Zettel. Blaue Tinte. Krakelige Schrift.

Gekrakelt stand da: »*Wir erwarten Sie um 0:00 Uhr im Amphitheater. Ihre mythischen Freunde.*«

Friedrichsberg las die Nachricht direkt laut vor.

Die drei stutzten.

Straaten saß mit einem Ruck aufrecht im Bett.

Dahl zog die Decke über beide Ohren.

Friedrichsberg kramte aus der Brusttasche seines Jacketts einen angenuckelten Zigarrenstumpen hervor, riss ein Streichholz an und setzte ihn in Brand.

So ging eben jeder anders mit Stresssituationen um.

Friedrichsberg las noch einmal vor: »*Wir erwarten Sie um 0:00 Uhr im Amphitheater. Ihre mythischen Freunde.*«

»Wer will denn mit dir befreundet sein?«, fragte Straaten.

»Du hast doch noch nicht mal richtig Familie«, meinte Dahl und lünkerte unter den Daunen hervor.

»Und was sind überhaupt mythische Freunde?«

»Also wir sind's nicht.«

»Wer sind die denn dann?«

Friedrichsberg paffte dicke Rauchkringel und ließ den Fetzen Papier nicht aus den Augen. »Das wüsste ich auch gerne.«

»Ich wüsste es nicht gerne.« Dahl zog die Bettdecke wieder bis über beide Ohren. »Was auch immer du vorhast, ich bleibe im Hotel!«

»Eben nicht. Gerade weil ich nicht weiß, wer meine mythischen Freunde sind, trudeln wir gleich mal zum Amphitheater.«

Straaten schwang die Beine aus dem Bett, deutlich mehr Aktionismus an den Tag legend als Freund Dahl. »Was denn überhaupt für ein Amphitheater?«

»Ja, DAS AMPHITHEATER.« Friedrichsberg schaute ihn aus großen Augen an.

»Wie: das Amphitheater?! Ganz Griechenland ist quasi ein einziges Amphitheater. Welches Amphitheater denn nun genau?«

Friedrichsberg strich sich über den Schnurrbart. »Hier vor Ort kann nur das Odeon des Herodes Atticus gemeint sein, das ist das Amphitheater hier … Um null Uhr.«

»Das ist in zwei Stunden«, sagte Straaten.

»Da ist Geisterstunde«, brachte Dahl mühsam hervor.

»Und genau das macht es so spannend.«

Und es wurde tatsächlich spannend. Sogar höchst dramatisch. Und einer von den dreien hätte es beinahe nicht überlebt.

KAPITEL 5

In der Mitte des steinernen Theaterrunds brannte eine enorme Ölfunzel und zeigte unseren drei tapferen Streitern, dass sich Friedrichsberg offensichtlich mit dem Odeon des Herodes Atticus nicht vertan hatte. Doch als sie selbst in die Mitte traten und von dort alle Rücken an Rücken ins antike Rund schauten, da sahen sie nur eins: Dunkelheit.

Und in genau die starrten sie nun. Jeder in seine Richtung.

»Siehst du was?«, wollte Straaten nach einer ganzen Weile wissen.

»Wer?«, fragte Friedrichsberg.

»Du!«

»Ich?«, fragte Dahl.

Straaten verdrehte die Augen. »Beide!«

Friedrichsberg fragte nach: »Was denn?«

»Ihr?«

»Ihr wie ich im Pluralis Majestatis?«

»Ob du was siehst.« Straaten war genervt. Zum einen die irgendwie brenzlige Situation, obwohl gerade nichts war und auch nichts passierte, zum anderen die – zum Teil – begriffsstutzigen Kollegen.

»Wen meint er jetzt?«, wollte Dahl von Friedrichsberg wissen.

»Uns im Sinne von ihr«, gab der zur Antwort.

»Hm?«

»Dich.«

»Ja, mein ich doch.«

»Und mich.« Friedrichsberg tippte sich an die Heldenbrust.

»Also uns.«

»Nee, euch.« Straaten wurde etwas lauter.

Friedrichsberg seufzte und sagte zu Dahl. »Er will wissen, ob du was siehst!«

»Warum fragt er mich das nicht selbst?«

»Hat er ja.«

»Ich dachte, der meint dich.«

Friedrichsberg wandte sich an Straaten: »Ja, wen denn jetzt?«

Der schüttelte nur den Kopf. »Egal.«

»Ich versteh ihn nicht«, musste Dahl zugeben.

»Er versteht dich nicht!«, gab Friedrichsberg an Straaten weiter.

»Versteh ich nicht. Ist doch eine ganz einfache Frage«, sagte Straaten.

»Was?«, fragte Dahl.

»Ob du was siehst!«

Dahl guckte in die Dunkelheit vor sich. »Nee.«

»Und du, Friedrichsberg?«

Friedrichsberg guckte ins Dunkel, sagte aber: »Guck doch selber.«

»Also ich seh nichts.«

»Siehste«, grunzte der Dicke.

Und dann geschah es: Im Bruchteil einer Sekunde erschien wie aus dem Nichts im Halbdunkel vor ihnen eine Sphinx. Eine fast drei Meter hohe, ungesunde Mischung aus Katze, Adler – oder etwas anderem Vogelähnlichem – und Mensch. Und als wäre das nicht schon furchteinflößend genug: hinten dran ein Schlangenschwanz.

Unsere drei Helden schrien vor Schreck laut auf!

»Der Dämon der Zerstörung!«, stellte Friedrichsberg mit offenem Mund fest.

»Woher weißt du das?«, fragte flüsternd Straaten.

»Hatte Griechisch in der Schule!«

Dahl zuckte mit der Schulter. »Ich nur auf'm Teller!«

Dann rumorte es in dem mythischen Wesen, es grummelte und rumorte und schnurrte und fauchte, und dann gab die Sphinx den dreien in einem seltsamen Singsang ein Rätsel auf: »Es ist nicht rund, aber auch nicht eckig, aber eckiger als rund, es ist viel tiefer als hoch, aber auch nicht höher als tief, es ist uralt und gar nicht jung, verbirgt sich und zeigt seine wahre Entfaltung doch erst in der fernen Zukunft.«

»Was?!«

Die drei guckten etwas ratlos in der Gegend rum.

Dann fing Dahl an zu meckern. »Das ist doch eine Textaufgabe! Ich hasse Textaufgaben! Schon in der Schule! Und jetzt bin ich so alt, und dann kommt diese Figur daher in dieser eh schon saublöden Situation, wo es viel zu heiß ist für die Uhrzeit und weit weg von zu Hause, und stellt mir eine Textaufgabe! Hat sie doch nicht mehr alle! Müssen wir das jetzt lösen? Hat die uns um null Uhr hierhin bestellt, um uns 'ne Textaufgabe zu geben? Ich glaub, mein Schwein pfeift. Nee, die kann mich mal. Ohne mich!«

Dahl trampelte mit den Füßen auf dem Boden rum und machte Anstalten zu gehen. Doch er hatte noch keinen Schritt gemacht, das Rätsel war nicht im Ansatz angedacht, als etwas Gespenstisches geschah: Es trat ein Nebel auf, wie aus dem Nichts kommend, und innerhalb weniger Sekunden konnte man seine Hand vor Augen fast nicht mehr erkennen. Als wäre das nicht schon unheimlich genug, sahen sich unsere drei tapferen Helden fast im selben Augenblick von allen Seiten umstellt.

Es kam wie ein Fluch über sie, die reine Eschatologie, das Endschicksal, die Gesamtheit der letzten Dinge, schlimmer noch als ein verkaufsoffener Sonntag bei Primark.

Hier, an diesem antiken Ort, mitten in der Wiege der Kultur, hier, wo alles Große seinen Anfang hatte, hier im Odeon des Herodes Atticus sahen sich unsere drei tapferen Recken plötzlich inmitten mythischer Urgewalten.

Wie aus dem Nichts – wo wohl schon die gruselige Sphinx hergekommen war – tauchten mit einem Paukenschlag plötzlich die angekündigten mythischen Freunde auf.

Sie sahen sich um.

Sie waren umzingelt.

Aus diesem antik-mythologischen Zoo würden die drei nicht lebend herauskommen.

Hinter ihnen fauchte die Hydra, das neunköpfige Seeungeheuer.

Der nemeische Löwe mit seinem undurchdringlichen Fell – was ihn also folgerichtig unverwundbar sein ließ – fletschte direkt vor Friedrichsberg seine unfassbar großen Zähne, was dem Dicken den Angstschweiß ins Gesicht trieb.

Aber unser dicker Held war eben nicht nur gefräßig, wortgewaltig und hochintelligent, nein, er war auch äußerst mutig. So auch in dieser Nacht, unter dem griechischen Sternenhimmel, aus dem der vor ihm zähnefletschende Löwe gefallen zu sein schien. Und als Friedrichsberg sich gerade schon auf ihn stürzen wollte, um ihn, ganz getreu der Sage, mit seinen bloßen Händen zu erwürgen, trabten über die Sitztribünen die Rosse des Diomedes heran, menschenfressende Hunde, gefolgt vom teumessischen Fuchs.

Dahl wimmerte und fing an zu weinen. »Und das alles bei meiner Tierhaarallergie …«

Auch der Fuchs, selbstredend, ebenfalls menschenfressend. Eine schöne Tradition.

Die drei Freunde, eng Rücken an Rücken stehend, schauten sich um.

Alles starrte sie aus glühenden, schrecklichen Augen an, alles fletschte riesige Zähne, alles raunte, schrie, keuchte, zischte.

Es war ausweglos.

»Mir … mir …«, stotterte Dahl, »mir sind das deutlich zu viele Gäste hier, bei denen wir ganz oben auf der Speisekarte stehen!«

Straaten hörte etwas Seltsames, was von Weitem immer näher kam, versuchte über die Wesenschar hinwegzublinzeln und seinen Blick nach oben zu richten. »Sind das da Zentauren?«

Und in der Tat, jetzt trabten die Zentauren, halb Mensch, halb Pferd, mit gewaltigem Tempo ins Theaterrund.

»Achtung!«, rief Friedrichsberg. »Lasst euch nicht tottrampeln!«

Eine Schneise bildete sich vor ihnen, die Wesen rückten beiseite, und auch die drei Freunde sprangen auseinander.

Das war zwar knapp, aber die Menschpferde hatten sie nicht erwischt.

»Erst zu Mus zermanscht und dann von Ross und Fuchs verspeist! Schöne Aussichten!« Dahl lag auf dem Rücken und sah dem zähnefletschenden, teumessischen Fuchs auf die Schnauze.

»Das nenn ich mal einen umgekehrten Mettigel«, keuchte Straaten, der wieder auf die Beine gekommen war und nach dem Fuchs trat, der ein wenig von Dahl abrückte.

Mit einem Mal hoben in der nächtlichen Stille schrille, ohrenbetäubende Gesänge an.

»Das ist so schlimm, mir schlägt das auf die Augen«, jammerte Dahl.

»Das klingt ja wie eine kaputte Sirene!«, brüllte Straaten über die Gesänge hinweg.

»Sirenen!«, rief Friedrichsberg. »Um Himmels willen! Die können mit ihrem Gesang töten! Reißt eure Hemden kaputt und stopft sie euch in die Ohren!«

»Wieso denn?!«, wollte Dahl wissen. »Ich finde, die klingen besser als die Amigos und die Flippers zusammen!«

»Mach es, wenn du nicht sterben willst!« Friedrichsberg war schon dabei, sein Oberhemd aus dem Hosenbund zu nesteln und es in Stücke zu reißen.

Dahl war verzweifelt, tat es aber seinem dicken Freund nach. »Wenn das meine Mutter sieht.«

»Du hast gar keine Mutter mehr«, erinnerte ihn Straaten, bereits rupfend und reißend.

»Jaja, aber wenn sie es sehen könnte ...«

»Mach jetzt hin!«, brüllten Friedrichsberg und Straaten gleichzeitig.

»Schon gut!«

Sie stopften sich allesamt Hemdfetzen in ihre Ohren und hörten ... fast nichts mehr. Vor den schauderhaften Sirenengesängen schienen sie nun gewappnet zu sein. Mussten aber selber viel lauter schreien, damit sie sich selber untereinander hören konnten.

Dann zischte etwas durch die Luft.

»Ha!« Straaten duckte sich. »Was kommt denn da angeflogen?!«

Reflexartig gingen alle in die Knie.

»Das muss«, Friedrichsberg schaute dem himmlischen Angreifer nach, »bei all der Mythologie Aithon sein.«

»Nie gehört. Wer ist das?«

»Ein Adler, der einen mit seinem großen Schnabel aufpickt. Da müsst ihr aufpassen, der Junge steht auf Innereien.«

Immer wieder hatte sich Friedrichsberg gegen einen der Köpfer der Hydra zu wehren. Das tat er mal mit Schlägen, mal mit Tritten.

Straaten kämpfte seinerseits mit einem der Rosse des Diomedes.

Dahl kniff einfach nur die Augen zu.

Auch eine Art.

Doch plötzlich hielt Friedrichsberg in der Schlagbewegung inne. »Aber ... was kommt da?! Oh. Mein. Gott!«

Nun, ein Gott war es nicht, stattdessen Argos, ein Ungeheuer mit Hunderten Augen am ganzen Körper.

Dazu gesellte sich Chimära, ein feuerspeiendes Mischwesen mit drei Köpfen – Löwe, Ziege und Schlange. Eigentlich eher ein Drache, denn die Feuerstöße aus ihren Mäulern heizten unseren Freunden jetzt ordentlich ein.

Als Nächstes umzingelten sie zahlreiche Gorgonen: Schreckgestalten mit Schlangenhaaren, die jeden, der sie anblickte, zu Stein erstarren ließen.

»Auf keinen Fall hinschauen!«, brüllte der Dicke.

»Was?!«

Nun ja, die Ohrstöpsel ...

»Nicht hinschauen!«, brüllte der Dicke noch viel lauter.

»Was machen wir jetzt nur?«

»Die wollen uns alle töten!«

Straaten und Dahl schauten sich verzweifelt um.

Von der Verzweiflung zur Aufgabe war es nur ein äußerst kurzer Weg.

Friedrichsberg grübelte kurz nach. »Bis jetzt haben sie uns noch nicht mal angegriffen.«

»Na ja,«, rief Straaten, »die Feuerstöße gerade haben mir schon ein bisschen die Augenbrauen versenkt!«

»Ach, deshalb riecht es hier nach gegrilltem Hähnchen!« Dahl leckte sich die Lippen. »Aber wie sollen wir denn dieser Übermacht lebendig entkommen?«

Da standen die drei also: inmitten eines tödlichen Strudels mordshungriger, griechischer Sagengestalten. Sollte das ihr Ende sein?

»Moooment!«, rief Friedrichsberg plötzlich.

»Was?«, fragten die beiden Freunde unisono.

»Ich hab eine Idee: einfach ab durch die Mitte!«

»Einfach ... ähm ...« Straaten schaute sich um. Sie waren umzingelt. Und das, wie bei einer Umzingelung üblich, von allen Seiten. »Welche Mitte denn?«

»Geradeaus, alle zusammen!«, brüllte Friedrichsberg und zeigte kraftvoll nach vorne. In sein Nachvorne.

Dahl schaute sich um. »Aber da sind doch überall ...« Er kam nicht weiter.

Friedrichsberg zählte an: »Auf drei. Augen zu und durch!«

»Ja, aber wie denn auf drei?«, fragte Straaten. »Eins, zwei und dann bei drei los, oder eins, zwei, drei und dann los oder ...«

»Jetzt!«, brüllte der Dicke und wetzte los, ab durch besagte Mitte.

Unsere drei Helden hielten die Arme vors Gesicht verschränkt, rannten los und brachen durch die tödliche Mauer aus – bei aller Unübersichtlichkeit auf jeden Fall menschenfressenden – Schlangen, Halbwesen, Füchsen, Rössern und was auch immer.

Fast wie beim Kölner Karneval.

Unsere unerschrockenen Helden gaben tüchtig Fersengeld und brachen durch diesen tosenden Ring.

Nur Dahl beschwerte sich wieder: »Immer dieses doofe Rennen!«

»Was sollen wir denn deiner Meinung nach machen?!«

»Na ja, Straaten, wenn ich die Wahl habe, dann würde ich gerne noch mal auf die Textaufgabe zurückkommen.«

»Lauf jetzt!!!«

»Jaaaa!!!«

Sie rempelten die Schreckensgestalten aus dem Weg, keuchten durch den fast undurchdringlichen Nebel, der alles nur noch unwirklicher sein ließ, fühlten sich von Angreifern aus der Luft oder den bösen Blicken nicht weiter verfolgt.

Hastig, atemlos, schwitzend und keuchend.

Als ginge es um ihr Leben.

So rannten sie die Stufen des Odeons hoch, am Heiligtum des Pandion vorbei, ließen den Parthenon links liegen, ebenso die Chalkotheke, rüber zum Heiligtum der Artemis Brauronia, Eleusinion.

Sie drehten sich kurz um. Und hatten sich geirrt: Sie wurden immer noch dicht verfolgt von der versammelten griechischen Mythologie, aber sie hatten einen immensen Vorsprung.

Mit der mutigen Flucht hatten die Sagengestalten anscheinend nicht gerechnet.

Sie waren kurz überrumpelt, was sich als Vorteil für Friedrichsberg, Straaten und Dahl auswirkte.

So rannten die drei mit einigem Vorsprung weiter bis hin zum Propyläen, wo sie in einer Art dunkler Sackgasse landeten.

Straaten schaute atemlos vor Wände. »Hier kommen wir nicht weiter.«

»Ich kann eh nicht mehr!« Dahl sackte auf dem sandigen Boden zusammen.

Rechts und links war der Weg von einer Mauer eingefasst und am Ende dieses Weges: noch eine Mauer.

Sie saßen in der Falle!

Die drei sahen sich um und pfriemelten ihre notdürftigen Stöpsel aus den Ohren.

Friedrichsberg ließ seinen Blick schweifen. Und seufzte. »Es endet sowieso alles mit dem Tod. Warum also nicht heute hier in Griechenland? Könnte doch in einer schlimmeren Kulisse geschehen.«

»Wo denn?«, fragte Straaten. »In einer Pension Garni im Harz?! Nee, nee, wir haben eine Familiengruft zu Hause, die ist für 25 Jahre gebucht, ich hab das letztens erst verlängert und bezahlt, das würde ich schon gerne noch wahrnehmen.«

Friedrichsberg fasste sich an den Kopf. »Das ist ja mal wieder typisch deutsch. Wenn du erst mal final liegst, kann es dir doch egal sein, wo. Merkst du dann sowieso nicht mehr.«

»Weiß man's?«

»Nee.« Friedrichsberg war ein paar Meter weitergegangen und blieb mit einem Mal abrupt stehen. »Huch …«

»Was denn?«, fragte Dahl automatisch nach. Wissen wollte er es eigentlich nicht.

»Hier geht's wirklich nicht mehr weiter, weil: Beinahe hätte es mich hinabgerafft. Hier ist ein sehr großes und tiefes Loch im Boden, hätte ich beinahe nicht gesehen, so dunkel ist es hier …« Er schaute hinab, bückte sich, nahm einen kleinen Stein auf, warf ihn hinab in das Loch und wartete ab. Es dauerte. »Ha! Da kommt mir eine Idee … Los, hoch auf die Mauer!« Friedrichsberg zeigte nach rechts, direkt neben sich.

»Und wie sollen wir da raufkommen?« Für Dahl war das zu hoch.

Friedrichsberg drehte sich zu seinem Freund um. »Straaten, mach mal Räuberleiter!«

»Und dann?«

»Dann klettere ich da rauf.«

Straaten schüttelte den Kopf. »Das kannst du nicht.«

»Klar kann ich.«

Auch Dahl mischte sich jetzt ein. »Du bist zu dick und zu schwer und überhaupt. Und das darfst du auch nicht, da ist ein Schild dran. Das ist antik!«

»Wollt ihr zerfleischt, gefressen, zersungen und was weiß ich nicht alles werden?«

»Nein«, sagten die beiden.

»Aber ein Knöllchen wegen unerlaubten Betretens wollen wir auch nicht«, stellte Dahl klar.

»Macht schon«, befahl Friedrichsberg.

Straaten und Dahl mussten also dran glauben. Und es musste schnell gehen. Straaten ging etwas in die Hocke und beugte sich vor. Friedrichsberg stieg mit einem Knie auf den Rücken seines Freundes, wippte (»Oh, bist aber schwerer, als ich dachte.« »Aber so geht's. Jetzt streck dich mal, ich muss auf deine Schultern … ja, so …«), Dahl drückte von hinten und schob seinen dicken Freund auf den Rücken von Straaten.

Dann stand Friedrichsberg auf, streckte sich, bekam den oberen Teil der Mauer zu fassen (»Ich zieh mich an dieser Säule hoch und dann hole ich euch hier rauf.«), zog sich hoch und suchte immer wieder Halt mit seinen Füßen in Mauervor- oder -rücksprüngen, um so langsam, aber sicher hochzuklettern.

»Und wenn dabei was kaputtgeht?«, fragte Dahl.

»Na und? Das hier ist eine Ruine, da fällt eine kaputte Säule mehr oder weniger nicht weiter auf.«

»Das ist Vandalismus«, bemerkte Straaten.

»Nein, das ist eine lebenserhaltende Maßnahme an antikem Gestein. Und jetzt kommt.«

»Aha«, Straaten guckte hoch zu seinem Freund. »Der Koloss von R hat gefinisht.«

»Jetzt lass mich mal schnell«, sagte Dahl, sprang auf den Rücken von Straaten, dann auf dessen Schultern, dann streckte er sich … »Ich … ich kann das nicht. Das ist zu anstrengend. Ich würde jetzt wirklich diese Textaufgabe …« Doch mit einem Mal, die Hand von Friedrichsberg, die dieser ihm entgegenhielt, dankbar annehmend: »Ach, ich bin ja schon oben.«

»Vorsicht, Dahl!«, rief der Dicke. »Nicht an die Säule lehnen!«

»Huch!« Und schon stürzte die Säule polternd in das tiefe Loch unter ihnen. »Jetzt wäre ich beinahe mit ihr runtergestürzt …«

Straaten schaute wenige Meter neben sich ins tiefe Nichts. »Puh, das Loch hier scheint ziemlich tief zu sein. Gut, dass du das noch bemerkt hast. Wenn wir da reingefallen wären, wären die Monster noch das geringste Übel gewesen …«

»Und genau das ist unsere Chance!«, rief Friedrichsberg von oben runter.

»Du redest wie immer in Rätseln!« Dahl verstand wieder mal nichts.

»Still jetzt«, befahl der Dicke. »Die Ungeheuer müssen jeden Augenblick um die Ecke biegen. Ich glaub, ich höre sie auch schon. Also, hilf mir, Straaten hier raufzuziehen!«

Die beiden beugten sich zu ihrem Freund hinunter, ließen die Arme baumeln, Straaten, seinerseits sehr wendig und behände, griff in die grobe Steinmauer, zog sich selber hoch, trat mit den Füßen in Wandlöcher und drückte sich so selber nach oben, bis er eine Hand von Friedrichsberg erwischte. Der packte zu, Dahl packte nach, die beiden hielten ihren Freund fest, »zu-gleich, zu-gleich ...«, und schon hatten sie ihn hochgezogen.

Im letzten Augenblick, denn die Meute kam genau in dem Moment herangetrabt, ächzend, schnaubend, schreiend.

»Kommt weiter!«, rief Friedrichsberg. »Wenn sie uns hinten am Ende auf der Mauer sehen, dann traben die doch da vorne glatt in das Loch hinein!«

»Ich bin nicht schwindelfrei!«, jammerte Dahl.

»Siehst doch eh nichts in der Dunkelheit, stell dir einfach vor, du gehst auf der Mittellinie einer Straße entlang!«

»Feine Idee! Meinst du, ich will mich überfahren lassen?!«

»Kommt endlich!«, befahl der Dicke und rannte voran.

Die heranrasenden und tobenden Sagengestalten erzeugten einen unfassbaren Lärm, der weiter anschwoll, doch dann, von einer Sekunde auf die andere: ein ohrenbetäubend lauter Knall. Dann: eine Zehntelsekunde Stille, danach Schreie. Die Ungeheuer stürzten alle in das unfassbar tiefe und große Loch und waren wie vom Erdboden verschluckt.

Schlagartig kehrte Ruhe ein.

Unsere drei Helden bogen sich vor Lachen, umarmten sich, schlugen sich anerkennend auf die Schultern und freuten sich des Lebens.

»Es hat geklappt!«, rief Straaten begeistert.

»Die Falle hat zugeschnappt!«

»Ja, Dahl! Die sind alle hineingefallen!«

»Und schauen jetzt doof aus der Sagenunterwäsche«, versuchte sich Dahl an einer flapsigen Bemerkung.

»Sehr gut!«, lobte Friedrichsberg. »Man könnte auch sagen: Mythologieschlüpfer.«

»Wir haben sie erledigt«, sagte Straaten, nicht ohne Stolz.

Und Dahl meinte: »Das haben wir gut gemacht.«

Friedrichsberg schaute seine beiden Freunde streng an und hob das Haupt. »Seien wir mal ehrlich: ICH hab sie erledigt. ICH hab das gut gemacht.«

Straaten winkte nur ab. »Dann bin ich beruhigt. Sollten wir den Zorn der Götter auf uns ziehen, dann kriegst du es auch in der Hauptsache ab!«

»Wer glaubt denn an so einen Spuk?«

»Och«, säuselte Dahl, »auch wenn ich nicht an sie glaube, so möchte ich mich doch nicht mit ihnen anlegen. Man weiß ja nie!«

»Wie dem auch sei, jedenfalls sollten wir mal zusehen, hier schleunigst wegzukommen!«

»Warum, Straaten? Fürchtest du schon die Rache der Götter?«

»Das nicht«, Straaten schaute sich um und zeigte in ein paar Ecken, »aber hier sind ja überall Überwachungskameras. Die haben uns gerade erfasst, und gleich kommt bestimmt ganz viel Security.«

»Die können sich ja um die Schlangenkreaturen und Augenmenschen und so weiter kümmern.« Dahl lünkerte in das Loch hinab, konnte aber aufgrund der Tiefe und der Schwärze nichts erkennen.

»Ja. Aber dann haben wir viel zu erklären. Die verstehen sicher keinen Spaß. Und bestimmt nicht, dass wir deren ganzes Sagenvolk in den Orkus gestürzt haben!«

Friedrichsberg nickte. »Du hast recht! Nichts wie weg hier!«

Die drei stapften durch die Nacht, froh, diesen Ort – besser: das, was von ihm übrig war – hinter sich zu lassen.

»Sagt mal«, wollte Dahl wissen, »hattet ihr auch als Nachtisch diesen griechischen Joghurt mit Honig und Nüssen?«

Straaten schüttelte den Kopf. »Also, ich hatte Mousse au Chocolat.«

»Ach, ich wusste gar nicht, dass das auch griechisch ist.«

»Merk dir eins«, Friedrichsberg streckte den Finger in die Luft, »der Grieche hat alles erfunden.«

»Phänomenal.«

»Wieso fragst du nach unserem Nachtisch?«, wollte Straaten wissen.

»Das, was wir hier gerade erlebt haben, das war doch nicht real. Da hat uns doch jemand was unter den Nachtisch gehoben.«

Friedrichsberg fingerte den Rest einer Zigarre aus seiner Hosentasche und zündete sie an. »Ich bin mir da auch nicht sicher. Von einigen dieser Monster ging ein ziemlicher Ouzo-, Grill- und Tsatsiki-Geruch aus. Würde mich nicht wundern, wenn die ganze Bagage aus dem Loch tagsüber in den umliegenden Restaurants arbeitet …«

»Echt jetzt?! Und ist die Charakterisierung nicht ein wenig übergriffig?«

»Das hoff ich doch. Sonst würde es doch keinen Spaß machen«, feixte Friedrichsberg. »Wenn ihr mich fragt, so im Nachhinein, war das eine recht mittelprächtige, griechische Laienspielschar, die uns einen Schrecken einjagen wollte.«

»Ist ihr ja auch gelungen«, musste Straaten zugeben.

Dahl schüttelte den Kopf. »Nö. Bei mir hat es nicht funktioniert.«

»Ach, auf einmal.«

»Nee, nee, schon die ganze Zeit nicht. Ich glaube ja an so 'nen Spuk nicht!«

Genau in diesem Moment erleuchtete ein Blitz den Nachthimmel, und ein unfassbar lauter Donner ertönte. Unsere drei Helden erschraken fürchterlich.

Dann sahen und hörten sie eine Regenfront sich nähern, die sich über die historische Stätte und sie selbst ergoss.

»Zeus, der Gott des Donners«, grummelte Friedrichsberg donnergleich.

Die drei wollten gerade ihren Schritt beschleunigen, als Dahl sich mit beiden Händen an den Kopf griff und mit großen Augen rausbrachte: »Also, ich glaube, mich hat's gerade erwischt.«

Straaten drehte sich nach seinem Freund um und musste grinsen. »Jedenfalls hast du jetzt 'ne lustige Frisur.«

»Wie bitte?«

Friedrichsberg grunzte auf. »Du hast Locken wie ein Engelchen!«

Wie bereits erwähnt: Einer von den dreien hätte es beinahe nicht überlebt. Aber außer seinem lustigen Kopfputz sollte Willi Dahl keine größeren Blessuren zurückbehalten. Die kognitiven Beeinträchtigungen hatte er bereits vorher gehabt.

Straaten pustete laut aus. »Ich würde vorschlagen, wir gehen jetzt mal in die Heia.«

»Nach dem Ausflug werde ich sicher Alpträume haben.«

»Kannst ja mit Straaten Löffelchen liegen, Dahl«, schlug Friedrichsberg süffig vor.

»Von mir aus gerne.«

»Da hab ich aber auch noch ein Wörtchen mitzureden.« Straaten zeigte sich von dem Vorschlag wenig begeistert.

»Du musst nur aufpassen, dass du dir beim Schlafen deine hübsche neue Frisur nicht gleich wieder ruinierst!«

»Haha! Sei froh, Friedrichsberg, dass du nicht vom Blitz getroffen wurdest!«

»Was mich äußerst wundert. Hätte ich doch für einen Einschlag den meisten Platz geboten.« Er schnaufte. »Nun ja, aber für so was haben wir dich immer dabei! Als Blitzableiter!«

»So, jetzt aber ab ins Hotel, Freunde!«, lenkte Straaten ein. »Sonst fällt uns hier noch der Himmel auf den Kopf.«

Sie liefen stramm – also rannten nicht besoffen, sondern gingen zügig – von diesem Ort fort.

Eine halbe Stunde später kamen sie im Hotel an, nass bis auf die Knochen. Sie sahen eilig zu, dass sie aus ihren triefenden Klamotten kamen, und wollten jetzt jeder nur noch einen dreifachen Whisky trinken, woraus leider nur ein vierfacher Ouzo wurde, aber der ging immerhin aufs Haus.

Dann huschten alle drei zum Aufwärmen in die Sauna.

Der Donnergott hatte erbarmungslos zugeschlagen, aber zum Glück waren sie alle mit einem blauen Auge – und einer kessen Frisur – davongekommen.

KAPITEL 6

»Bin mal gespannt auf griechisches Rührei.« Dahl rieb sich am nächsten Morgen voller Vorfreude die Hände. Ein morgendliches Wannenbad, eine Haarwaschung und die Fixierung mit zwei Tuben Brisk hatten den gestrigen Blitzeinschlag fast vergessen gemacht.

»Griechisches Rührei …« Straaten rümpfte die Nase. »Was soll denn da anders sein als bei uns?«

»Kommt doch aufs Ei an. Und wie man's schlägt.«

»Aber du verträgst doch gar kein Ei.«

»Griechisches vielleicht schon.«

Friedrichsberg beteiligte sich nicht an dem Geplänkel; zu sehr war er mit Kakao, Cappuccino und vier Portionen French Toast beschäftigt.

»Guten Morgen zusammen!«, ertönte es plötzlich neben ihnen.

Die drei guckten hoch und vor ihnen stand: Sir Lancelot Smith.

»Sir Lancelot?!«, entfuhr es ihnen.

Der Abenteurer strahlte übers ganze Gesicht. »Ist das nicht ein herrlicher Tag? Ich habe geschlafen wie ein Murmeltier. War schon 15 Kilometer joggen.«

»Sir Lancelot!« Friedrichsberg wischte sich mit einer Stoffserviette Kakaoreste aus den Mundwinkeln. »Offensichtlich bekommt Ihnen Überfahrenwerden!«

»Haha, ja, die einfachste Art, Profil zu gewinnen!«

»Sie sind immerhin dreimal von einem Auto überfahren worden«, wunderte sich Straaten.

»Und nicht mal ein Kratzer! Gibt's noch was von dem englischen Frühstück? Das können die Griechen am besten.«

Alle vier mussten laut lachen, Sir Lancelot nahm neben seinen neuen Freunden Platz, bestellte sich ein Englisches, und man plauderte angeregt miteinander. Dabei wurde ausgiebig gefrühstückt und dann hasenartig das Hotel verlassen. Die Reisegruppe sah zu, dass sie eiligst wieder zurück in den Wüstenexpress kam. Dort waren alle Waggons zwischenzeitlich wieder auf Vordermann gebracht, die Speise- und Getränkevorräte aufgefüllt, das Personal ausgetauscht und einmal feucht durchgefeudelt worden.

Es konnte weitergehen Richtung Ende.

Was der griechischen Polizei wiederum etwas missfiel. Schließlich ging es ja um die mörderischen Zwischenfälle beim Abendessen. In Gestalt von Kommissar Trotto Papadopoulos wurden sie erst mal alle in den Speisewagen eingeladen und großen Anschuldigungen ausgesetzt.

Papadopoulos, weißhaarig, bärtig, in Dienstuniform gehüllt, schaute alle Fahrgäste der Reihe nach verdächtig an.

»Werre vonne Ihnen isse Mörder? Hm? Nixe? Wiederholle ich: Werre vonne Ihnen isse Mörder?!«

Alle schauten unbeteiligt aus der Wäsche. Sagen wollte keiner was; es wollte sich keiner mit der griechischen Exekutive auseinandersetzen. Geschweige denn anlegen.

Nur einer muckte auf: selbstverständlich Alfons Friedrichsberg, der seinen dicken Wanst von sich streckte und die Arme vor der Brust verschränkte. »Äh, Herr Kommissar Papadopoulos, so berechtigt die Frage auch ist, aber erwarten Sie allen Ernstes eine Antwort darauf?«

Der Grieche zuckte mit den Schultern. »Manchemale klappe.«

»Ah so. Ja, dann ... Machen Sie bitte weiter.«

»Womit?«

»Mit der Befragung aller Verdächtigen.

»Äh, nee, nixe.« Papadopoulos schüttelte vehement den Kopf. »Iche frage niche, iche verhafte. Sperre alle inne Gefängnisse. Habbe hiere sehr schlimme Gefängnisse. Dunkelle Loche. Nix Klos. Nix Waschen. Essen schlechte.«

»Hm. Klingt nach deutscher Jugendherberge in den 70ern.«

»Schlimmerre! Iche sperre Sie da alle eine. Ende, ausse, nixe, Schlusse.«

Gräfin Sophie von Scharmützel zeigte jetzt auch Empörung. »Das können Sie nicht machen!«

»Pah! Kanne iche. Glaube mire! Binne mächtigere Manne. Irgendwanne redet Mördere. Wenne Sie niche alle vorhere jämmerliche einegegangene sinde.«

Sir Lancelot Smith winkte müde ab. »Mir wird das nichts ausmachen.«

»Da haben Sie recht, Sir Lancelot«, nickte Friedrichsberg.

Hamilton Focus, wie immer elegant im Smoking, glättete sein Menjou-Bärtchen. »In Griechenland im Knast. Es wird immer mehr ein Abenteuerurlaub.«

»Sie haben recht, Mr. Focus. Das ist doch mal eine Perspektive.«

»Wenigstens wären wir da sicher vor dem Mörder, Frau Gräfin.«

Der Zugbegleiter Herr Olaf erhob sich von seinem Platz und sagte mit Stolz: »Also in meinem Zug ist es auch sicher.«

»Vom Gegenteil durften wir uns ja schon auf der Hinfahrt überzeugen«, sagte Dahl.

»Ja, da mussten wir Abstriche machen.«

»Aber im Gefängnis sind wir sicher«, bestätigte die Gräfin.

Friedrichsberg kratzte sich den Kopf. »Nicht vorm Tod. Aber vorm Mörder.«

Trotto Papadopoulos wurde es zu bunt. Er wendete sich an seine uniformierten Mitarbeiter, klatschte in die Hände und brüllte: »Allesoe, alle abbeführe.«

Alfons Friedrichsberg nahm im Sitzen Anlauf und wuchtete sich hoch. Stehend überragte er den griechischen Kommissar um einiges. »Moment bitte, Herr Kommissar. So einfach lasse ich Sie nicht walten.«

Überrumpelt wirkte Papadopoulos etwas eingeschüchtert. »Wasse? Werre sinde Sie überrehaupte?« Der Kleine versuchte, die Oberhand zurückzugewinnen.

»Meine Name ist Alfons Friedrichsberg. Universalgelehrter und überdies Hobbydetektiv.«

»Sagge mirre alle nixe.«

»Das war klar. Also, da Sie vor unlösbaren Aufgaben stehen, möchte ich Ihnen hier und jetzt bei der Überführung des Mörders behilflich sein.«

»Ache.«

»Ja.«

»Wie?!«

»So: Allerdings wird Ihnen die Identität des Mörders nicht gefallen. Denn meinem Bauchgefühl nach zu urteilen, ist keiner der hier anwesenden Mitreisenden ein Mörder. Wohl aber einer, der in diese Reisegruppe nicht gehört. Und das sind Sie.«

»Wasse?! Wasse erlaube ...«

»Unterbrechen Sie mich nicht.« Friedrichsberg gab dem griechischen Kommissar einen Deu an die Brust, sodass er in einen der Sessel hinter sich plumpste. Dann machte der Dicke weiter: »Ich habe Sie gesehen und mit einem Blick gelesen. Auf Ihrer Dienstkrawatte sind zwei rote Flecken. Der eine unverkennbar Tomatenketchup. Der andere ...?! Ihr Oberhemd tragen Sie den dritten Tag. Ihre Uniformjacke hat frische Sitzfalten hinten, Ihre Hose sitzt schlecht, das linke Beinkleid ist länger als das rechte, obwohl Sie Maßuniformen tragen, der Absatz Ihres rechten Schuhs ist gerade frisch vom Schuster gemacht worden, und die Armbanduhr ist nicht Ihre.«

Verwirrung pur. »Wasse wolle Sie damitte sagge?«

Auch Straaten musterte seinen Freund neugierig. »Ja, Friedrichsberg, was willst du damit sagen?«

»Dass unser Herr Kommissar Papadopoulos gestern nicht nur seine Frau, sondern auch seinen Schwager, seine Tante dritten Grades und die Besitzerin einer Änderungswäscherei auf bestialische Weise getötet hat.«

Von den übrigen Fahrgästen kam: »Ach.«

»Nee ...«

»Gibt's nicht ...«

»Dass ich das noch erleben darf. Und wie? Und warum?«

Friedrichsberg beugte sich zum schwitzenden Kommissar hinunter. »Herr Papadopoulos, ist es nicht so?!«

»Iche … musse … Ihne gestehe, binne iche soe verblüffte, dasse iche niche andere kanne als alle Taten zuzugebe. Abbere umme die Himmels von die Willen, verratte mirre bitte, wie sinde Sie drauffe gekomme, Sie genialere Koppe.«

Friedrichsberg lächelte müde. »Nichts leichter als das. Es hat, wie gesagt, alles mit Ihrer Kleidung zu tun. Sprich: Ihr Dress hat Sie verraten. Und ich muss zu Ihrer Verteidigung sagen, dass Sie eigentlich nur Ihren Schwager umbringen wollten, der Rest ist hinfälliges Beiwerk. Sie schulden ihrem Schwager 250.000 Euro.«

»Woherre …?!«

»Nanana, nicht unterbrechen! Das weiß ich, weil Sie Ihr Oberhemd schon den dritten Tag tragen. Und Sie haben mit einem sehr weichen Bleistift auf Ihre Manschette eine 2, eine 5, eine 0 und ein T und ein S geschrieben. Zweifelsohne steht das für den Betrag von 250.000 Euro. Ihr Schwager arbeitet bei der Stadt. Sie haben um ein Gespräch mit ihm gebeten, und er ließ Sie mehrere Stunden im Vorzimmer seines Büros warten. Das erklärt die Sitzfalten. Dann hat er Sie vorgelassen. Sie streiten sich, erschlagen Ihren Schwager mit dem Aschenbecher auf seinem Schreibtisch – das erklärt die Aschepartikel auf dem unteren Teil des Ärmels Ihrer Uniformjacke und die roten Flecken auf Ihrer Krawatte. Blut. Leicht lässt sich da ein DNA-Test machen, der das Vorgehen bestätigt. Bei dieser Tat ist Ihre Armbanduhr kaputtgegangen. Sie haben sie mit der Ihres Schwagers ausgetauscht. Auf dem Ziffernblatt dieser Uhr steht: *Vielen Dank für Ihr Engagement für die Gemeinde.* Das ließ mich auf Ihren Schwager schließen. Sie haben die Leiche unter dem Schreibtisch versteckt. Dabei hat Sie Ihre Tante dritten Grades erwischt, die ins Büro geplatzt ist, weil sie eine Fasolada gebracht hat. Im Affekt haben Sie sie mit Ihrem Schuh erschlagen. Also die Tante. Die Suppe haben Sie danach gegessen. Das mit dem Schuh: eine überaus anstrengende, weil zeitraubende Mordmethode. Stunden später also sind Sie mit Ihrem Auto zu einer Änderungswäscherei gefahren, um Ihre Uniform nebst Hemd und Krawatte wieder auf Vordermann zu bringen. Dabei haben Sie aus Versehen Ihre Frau überfahren, es hat ja gestern nach dem einsetzenden Gewitter unfassbar stark geregnet, also ein Missgeschick, nun ja, und weil die Besitzerin der Änderungswäscherei seltsame Fragen gestellt hat, haben Sie sie mit Lauge umgebracht.«

Allgemeines erstauntes Gemurmel brandete auf.

Dem griechischen Kommissar stand der Mund ganz weit auf.

»Iche binne perplexe, genaue soe warre dasse.«

Nun klatschte Friedrichsberg einmal ordentlich in die Hände. »Tja, die Mausefalle ist zugeschnappt. Und drin sitzt 'ne fette Ratte. Lieber Kommissar Trotto Papadopoulos, dann danke ich Ihnen für Ihre Aufmerksamkeit. Ich begrüße es, dass Sie uns ziehen lassen, und bitte Ihre Gefolgsleute, Sie in Gewahrsam zu nehmen. Wir empfehlen uns.«

TEIL DREI

KAPITEL 1

Die Weiterfahrt, die Weiterfahrt, die Weiterfahrt ... Das Ziel war fast zum Greifen nahe. Ein letztes Aufbäumen des Wüstenexpress. Ein letztes Zusammenreißen der Reisegesellschaft. Hatte es doch eigentlich eine romantische und entspannte Reise sein sollen, so war es eine überaus strapaziöse Geschichte geworden. Die Anhäufung von unterschiedlichen Taten und Mördern und Aufklärungen war selbst für unsere drei Krimispezialisten neu.

»Bisschen Urlaub täte jetzt ganz gut«, war Straatens Meinung.

»Im Meer schnorcheln«, fantasierte Dahl. »Und nach Abendessen suchen.«

Friedrichsberg brachte es auf den Punkt: »Einfach nur liegen.«

Sie hatten Glück: Auch wenn sich die Möglichkeiten, in Zügen zu schnorcheln, in überschaubaren Grenzen hielten – außer der Toilettenwagen war generalverstopft –, war doch bis zum nächsten Halt Ruhe angesagt. Kurzum: gute Bücher, Gespräche, köstliche Speisen und korrespondierende Getränke.

Alles hätte fürs Erste so schön sein können, wenn, ja wenn nicht die Schiffsfahrt dazwischengekommen wäre.

Der Koroni Hafen war bezaubernd klein und lag an der südlichsten Spitze Griechenlands, eingerahmt von hübschen, kleinen, weißen Häusern, die alle rot gedeckt waren, und an der Uferpromenade erstreckte sich die kulinarische Vielfalt Griechenlands unter einladenden, weißen Sonnenschirmen. Bis zu diesem wunderhübschen, kleinen Städtchen juckelte in voller Pracht der sagenumwobene Wüstenexpress mit seinen Passagieren an Bord. Einheimische standen freudestrahlend entlang der Gleise und winkten dem Zug jubelnd zu. Viele der Fahrgäste wiederum standen an den Abteilfenstern und schauten auf die einnehmende Landschaft.

Auch unsere drei Helden schauten aus ihrem Abteilfenster und winkten zurück.

»Jetzt kommt der interessanteste Teil der Reise«, sagte der Dicke genüsslich.

»Ach«, machte Dahl. »Geht's nach Hause?«

»Nein, übers Meer.«

»Nee, ne?!« Ungläubig musterte Dahl seinen dicken Freund.

»Was denkst du, wie wir von Griechenland nach Ägypten kommen?«, wollte Straaten von Dahl wissen.

»Wie die ganze Zeit: mit dem Zug?!«

»Und das Meer?«

»Das ist ein Argument.«

»Machst du's wie weiland der Heiland?«

»Per Pedes?«, hakte jetzt Friedrichsberg nach. »Es geht aufs Bötchen.«

»Aber doch wohl kein Paddelboot«, haspelte Dahl ängstlich.

»Er hat's doch so im Rücken«, erklärte Straaten.

»Tretboot wäre fein. Aber das geht auch schnell in die Beine.«

»Du und alle anderen im Tretboot ... und der Zug hintendrauf?«

Friedrichsberg schüttelte den Kopf. »Die Route Griechenland-Ägypten wird traditionell mit der Galeere gemacht.«

»Also doch Paddelboot.«

»Weit weniger romantisch.«

»Und du an der großen Trommel?!«, fragte Straaten.

Friedrichsberg spitzte die Lippen. »Ich gebe stets den Ton an.«

Das griechische Fährunternehmen Nautilus GR bot extra für die Übersetzung des Wüstenexpresses von Griechenland nach Ägypten ein Sonderschiff an: die Triiris, der Volksmund nannte sie auch liebevoll den »Wüstendampfer«, ein ausschließlich für solch spezielle Überfahrten gebautes Schiff. Ganz langsam und sachte fuhr der Wüstenexpress auf das große Schiff, und die letzte Etappe hin zum Ziel Ägypten konnte genommen werden.

Da ließ es sich Zugbegleiter Herr Olaf natürlich nicht nehmen, eine Durchsage an alle zu machen: »Moin, moin, meine Leichtmatrosen und Badenixen, und herzlich willkommen auf der MS Ententeich, hier spricht euer Herr Olaf, besser bekannt als Käpt'n Nemo. Steuerbord gibt's Meer, backbord gibt's Meer, am Bug Meer, am Heck Meer, unter uns Meer und ansonsten gar nichts mehr. Die Überfahrt dauert, Seegang haben wir auch. Doof für mich, ich kann nicht schwimmen. Und wie immer gilt: Frauen und Kinder zuerst. Dann die Tiere. Dann die Schwiegermütter. Dann Essen und Trinken. Dann kommt lange nix und dann der ganze männliche Rest. Letzte Verlautbarung: Kotzen bitte Steuerbord, sonst habt ihr euch selbst 'ne Gesichtsmaske verpasst und ihr fehlt beim Käpt'ns Dinner. Wohl bekomm's und alle Mann an Bord!«

Dann legte das Schiff ab und fuhr durch das Mittelmeer, vorbei an der Insel Kriti nach Ägypten mit dem Ziel Port Said, einer ägyptischen Hafenstadt im östlichen Nildelta am Sueskanal gelegen.

Aber noch genossen unsere drei Freunde – jedenfalls in Teilen und da auch nur in Ansätzen – die Überfahrt an Deck in Liegestühlen.

»Zauberhaft.« Straaten nippte an seinem Martini.

»Einfach betörend«, paffte Friedrichsberg whiskeybenetzte Zigarrenrauchkringel in die Luft.

»Also mir wird schlecht ...«, hielt sich Dahl den Bauch.

»Dann nutz die Reling«, blaffte der Dicke. »Und denk immer daran: Alles, was aus dir rauskommt und an Bord bleibt, wird in der Küche Labskaus.«

»Und achte auf Gegenwind, sonst wird's unschön«, fügte Straaten an.

»Gute Ratschläge habt ihr. Aber Hilfen seid ihr nicht.«

Eine attraktive Dame mittleren Alters kam an ihnen vorbei und zog die ganze Aufmerksamkeit auf sich.

»Entschuldigen Sie bitte«, sagte sie mit einer äußerst angenehmen Stimme, »ist der Liegestuhl neben Ihnen noch frei?«

Es war der neben Friedrichsberg und die Frage auch durchaus an ihn gerichtet.

Friedrichsberg sah ihr in ihre braunen Augen. Einen Augenblick zu lang. »Bisher durchaus.«

Sie lächelte ihn an. »Ist es genehm?«

Friedrichsberg richtete sich auf. Er versuchte es zumindest. Die Zigarre legte er sofort in einen Ascher und reichte diesen an Freund Straaten weiter; der übergab an Dahl.

»Es wäre mir eine Freude. Sind Sie auch mit dem Wüstenexpress unterwegs? Und warum haben wir uns dann noch nicht getroffen?«

Die Dame nahm äußerst elegant in dem Liegestuhl Platz. Was für eine Erscheinung: langes, brünettes Haar, ein strahlendes Lächeln, intelligente Augen, und das alles steckte in einem hellen Hosenanzug. »Nein, ich bin nicht mit dem Zug gekommen. Ich bin bis Griechenland geflogen und fahre jetzt mit diesem Schiff nach Ägypten. Alle fünf Jahre mache ich diese Reise. Für mich ist das Ankommen auf dem Schiffsweg immer etwas ganz Besonderes.«

»Was machen Sie in Ägypten?«, mischte sich Straaten ein und erntete gleich einen Seitenhieb von seinem dicken Freund.

»Urlaub. Ich liebe dieses Land. Die Kultur, die Menschen, die Küche und diese wundervollen Eindrücke. Ich war oft beruflich hier.«

»Was machen Sie denn?«, wollte Friedrichsberg wissen.

»Ich bin Museumsdirektorin in Berlin. Ich bin viel unterwegs. Es geht immer um den Austausch, gerade in der bildenden Kunst. Und den pflege ich.«

»Aber in Ägypten sind Sie jetzt …«
»Privat.«
Sie strahlte Friedrichberg an.
»Wie lange sind Sie denn vor Ort?«
»Zwei Wochen bleibe ich.«
»Reisen Sie alleine?«
»Ja, das tue ich.« Sie nickte.

»Dann könnten wir … Also, ich meine, Sie könnten ja … Ich denke, also … was ich sagen wollte … es wäre ja durchaus möglich … und unter Umständen auch anzunehmen, dass … vorausgesetzt … also vielmehr … will sagen … also Sie und … äh …«

»Dass man sich mal trifft?«

»Ja.« Friedrichsberg war erleichtert, dass es raus war.

»Sehr gerne. Mein Name ist Inga.«

»Ich heiße Alfons. Leisten Sie uns doch bitte heute Abend beim Dinner Gesellschaft.«

»Nichts lieber als das. Und falls ich es zum Dinner nicht schaffen sollte: ich habe Kabinennummer 69.«

»Was sonst …«

KAPITEL 2

Friedrichsberg warf seine ausgewählte Abendgarderobe auf den Kabinenboden. »Ich weiß überhaupt nicht, was ich anziehen soll!«

Selten, nein: noch nie hatten seine beiden Freunde ihn so erlebt. Er war nicht mehr bei sich. Irgendwas hatte diese Inga mit ihm gemacht.

Wenn Friedrichsberg nicht so ein vernunftbegabter Mensch, so ein nichts an sich ranlassender Koloss gewesen wäre, der so einen dicken Kopf gehabt hätte, dessen Verdrehung einen enormen Kraftaufwand bedeutet hätte, hätte man sagen können: Inga hatte genau das getan: ihm den Kopf verdreht.

»Was ziehe ich an?!«

»Ich würde mal mit einer Hose anfangen.«

»Das ist nicht witzig, Straaten!«

»Also unten Hose, oben Hemd, dazwischen Gürtel, ein Sakko drüber, hast du eine Krawatte?«

»Und über die Schuhe würde ich noch mal drüber«, setzte Dahl noch einen drauf.

»Ja, ja, ja. Wenn ihr nur gute Ratschläge geben könnt.«

»Sonst machst du das.«

Friedrichsberg stand vor seinem Kleiderschrank und verzweifelte.

Dann hatte er eine Idee, schlug sich mit der flachen Hand vor die Stirn und zog seinen schwarzen Smoking, ein weißes Oberhemd und die schwarze Fliege hervor.

»Ich hab's. Macht hin. Ich möchte pünktlich sein.«
»Hast ja auch eine attraktive Verabredung.«
»Ein falsches Wort von euch beiden und ihr endet als Wunderkerze auf dem Tortenbuffet.«
»Ist ja schon gut.«

Der komfortable Faltsmoking aus dem Hause Knick und Weg (*comfort fit* mit Stretch) war genau der richtige Zwirn für diesen Anlass: Käpt'ns Dinner mit Date. Nur das Date, vielmehr: die Verabredung ...

»Ja, wo ist sie denn?«

... ließ auf sich warten, als sie wenig später zu dritt (der Dicke im Knick und Weg, Straaten in Kombination und Dahl, der einfach nur froh war, dass die Hose überhaupt zuging) an einem festlich gedeckten Vierertisch im großen Speisesaal der Triiris Platz genommen hatten. Neben ihnen der Kapitänstisch, hinter ihnen die Kapelle (keine kleinen Andachten; Dinnermusik!), vor ihnen das ausladende Büfett.

Friedrichsberg konnte gar nichts essen, so verlockend die Speisen um ihn herum auch aussehen mochten. Er schaute sich nur immer wieder nervös nach allen Seiten um.

»Die kommt noch«, versuchte ihn Straaten zu beruhigen.

»Wegrennen kann man auf einem Schiff nicht.«

»Richtig, Dahl. Aber über Bord gehen.«

»Auf diese Weise ist schon so manch perfekter Mord begangen worden.«

Friedrichsberg warf seine unbenutzte Stoffserviette auf den unangerührten Teller (Getrüffelte Spätzle an Süßkartoffelcarpaccio mit Cranberryschaum) vor sich und erhob sich. »Ich sehe mal nach ihr.«

»Du weißt doch gar nicht, wie sie heißt«, erinnerte ihn Dahl.

»Inga. Aber welche Kabine, das weiß ich.«

»Die 69 …«

Die drei brachen das Dinner ab und kamen an dem Tisch vorbei, an dem Sir Lancelot Smith und die Gräfin dinierten.

»Wohin des Weges?«, wollte die Gräfin wissen.

»Wir suchen eine Dame«, erklärte Straaten.

»Wer tut das nicht?«, lachte Sir Lancelot auf. »In meinen fast 120 Jahren habe ich so manche kommen und noch mehr ziehen sehen. Letztlich bin ich eine Durchgangsstraße. Mittlerweile mit verkehrsberuhigter Zone.«

Friedrichsberg schnaufte. »Wir suchen jetzt die 69.«

Und das taten sie auch. Sie gingen unter Deck, dahin, wo die Kabinen lagen. Sie suchten die 60er. Dann hatten sie sie gefunden: 61, 62, 63, 64, 65, 66, 67, 68, 96, 70 …

Dahl schüttelte den Kopf. »Keine 69«, stellte er enttäuscht fest.

Friedrichsberg stampfte auf. »Sehr wohl eine 69! Aber umgedreht.«

»Hm?«, machten seine beiden Freunde.

»Die 96 ist eine umgedrehte 69. Vielleicht hat irgendeiner die Türe so fest zugeschlagen, dass sich das Messingschild mit der Nummer 69 gedreht hat und eine 96 dabei rausgekommen ist.«

»Verdammt, du hast recht.« Straaten starrte auf die Türe. »Und jetzt?«

»Ich gehe da rein«, sagte Friedrichsberg und krempelte schon die Ärmel hoch.

»Und wenn du sie bei irgendetwas störst?«

»Ist mir das äußerst unangenehm, und ich bitte vielmals um Verzeihung. Aber dann weiß ich, dass es ihr gut geht.«

»Und wie willst du in die Kabine gelangen?«, wollte Dahl wissen.

Friedrichsberg nahm davon Abstand, die Türe einzutreten oder einzuschlagen oder sonst was zu veranstalten. Sie riefen einen Stewart, der einen Ersatzschlüssel hatte, und in Nullkommanichts war die Türe auf und den dreien bot sich ein schreckliches Bild.

In der geräumigen Kabine saß die unbekannte Schöne zusammengesunken auf einem Stuhl neben dem Bullauge. Tot.

»Das ist ... war Frau Inga Strübel«, sagte der Stewart trocken.

Dahl starrte auf die Tote. »Wie ist sie denn ...?

»Noch habe ich keine Ahnung«, unterbrach ihn Alfons Friedrichsberg. Er holte tief Luft und beugte sich über die Tote, untersuchte sie vom Scheitel bis zur Sohle und fand – nichts.

Weder eine Axt im Schädel noch einen Dolch im Rücken noch eine Geigenseite oder einen Schal um den Hals, kein Einschussloch im Bauch, keine Injektionsstelle am Arm.

Wie er sah, sah er nichts. Das einzig Auffällige: Auf dem Beistelltischchen lag ein Fahrplan der ägyptischen Flussfahrgesellschaft.

»Die Morde des Herrn Nilkreuzfahrt«, murmelte er. »So etwas habe ich noch nicht gesehen. Nicht der Hauch einer Todesspur. Und auf diesem vermaledeiten Dampfer fehlen uns auch die Möglichkeiten, die tote Dame nach allen Regeln der rechtsmedizinischen Kunst zu untersuchen.«

»Vielleicht ist sie auch einfach nur tot zusammengebrochen«, sagte Straaten.

Gefühlte Unendlichkeiten schaute Friedrichsberg auf die tote Inga hinab. Ihm schnürte es die Kehle zu, und es machte ihm das Herz schwer. Als zögen ihn Gewichte in die Tiefe hinab.

Dann ging ein Ruck durch seinen massigen Körper, und er bellte: »Wir klopfen mal bei der richtigen 96.«

»Wieso?«

»Ich möchte wissen, wer da in der Kabine hockt. Und wieso.«

KAPITEL 3

Kurze Zeit später saßen sie einem schmierigen Typen in der Nummer 96 gegenüber, der ihnen mit unverhohlenem Desinteresse begegnete. »So, wollen Sie jetzt endlich mal zu Potte kommen!«, raunzte der Schmierlappen sie an.

»Hätte jemand einen Grund, Sie umzubringen?«, ging Friedrichsbergs erste direkte Frage auf ihn los.

»Es gibt genug Leute, die genügend Gründe haben.« Schmierlappen grinste.

»Klingt nach einem interessanten Lebensweg. Wie haben Sie das angestellt?«

»Ich hatte meine Nase immer im richtigen Augenblick an der richtigen Stelle.« Ungepflegte Zähne hatte er.

»Sind Sie also eine Art Schnüffler?«, wollte Friedrichsberg weiter wissen.

»Ich schnüffle ungern, aber ich spüre gerne auf.«

»Um dann was genau zu tun?«

»Aus den Aufspürungen Profit zu schlagen.«

»Soso. Ein Erpresser.« Der Dicke grinste provokativ sein Gegenüber an.

»Unschönes Wort für ein gutes Geschäft.«

Friedrichsberg nickte. »Und was machen Sie auf diesem Dampfer? Urlaub, oder sind Sie dienstlich hier?«

»Ich verbinde das eine mit dem anderen.«

»Und fahren Sie ein- oder mehrgleisig?«

Der Schmierlappen guckte etwas geknickt aus der Wäsche. »Leider nur eingleisig. Aber das eine Gleis ist solch ein Füllhorn, dass ich andere Gleise auf dieser Reise gar nicht benötige.«

»Dürften wir den Namen erfahren?« Friedrichsberg rümpfte die Nase.

»Welchen?«

»Den des Gleises.«

»Dazu gibt es keine Bewandtnis.«

Nun war es zu viel. Hatte sich Friedrichsberg bisher in Geduld geübt – innerlich brodelte es in ihm und er hoffte, nicht überzukochen: Jetzt hatte er genug.

In Windeseile hatte Alfons Friedrichsberg mit zwei Schritten den Schmierlappen erreicht, packte ihn am Kragen, hob ihn an, steuerte auf diese Weise mit ihm die gegenüberliegende Wand an und drückte sein Gegenüber dagegen, seinen linken Unterarm gegen dessen Kehlkopf gepresst.

Friedrichsberg zischte ihn an: »Du hast über Bande eine äußerst attraktive Dame auf dem Gewissen, du feister Bauernrüpel. Und das verärgert mich. Also: Wenn du mir nicht umgehend den Namen ins Ohr flüsterst, jage ich dich in der Großküche durch den Fleischwolf, und dann findest du dein bedauernswertes Ende als Köttbullar.«

Der Schmierlappen öffnete und schloss seinen Mund wie ein Fisch auf dem Trockenen, er japste, sein Gesicht war leichenblass, dann brachte er hervor: »Schon gut, schon gut. Hans Gustav Pichelgruber.«

Friedrichsberg ließ von ihm ab, und der Schmierlappen sank zu Boden. »So. Und diesem Herren statten wir jetzt einen Besuch ab.«

Den Österreicher Pichelgruber fanden die drei in der finnischen Sauna.

Woran sie ihn erkannten? Am Gamsbart am Tirolerhut. Sie stellten ihn umgehend zur Rede. Für alles andere war es auch zu heiß. Überhaupt, was für ein Bild: vier Nackte, allein ein Badetuch um den Bauch gewickelt, schwitzend, im Verhör.

Der Kopf unterm Gamsbart schüttelte sich. »Ich weiß nicht, was Sie von mir wollen. Ich kenne keine Frau ... äh ... wie?«

Friedrichsberg half ihm auf die Sprünge. »Strübel.«

»Ja. Kenne ich nicht.«

»Das glauben wir Ihnen«, sagte Friedrichsberg trocken. »Trotzdem haben Sie sie getötet.«

Hatten seine beiden Freunde richtig gehört? Dieser Gamsbart hatte die adrette Inga auf dem Gewissen? Sie zeigten Verwirrung.

Der Gamsbart Pichelgruber deutlich weniger. »Warum? Wo ich sie nicht kenne? Was soll ich für ein Motiv haben?«

»Sie haben ein ausgezeichnetes Motiv. Erpressung.«

»Was?« Die gespielte Verblüffung stand ihm nicht gut.

Friedrichsberg holte aus. Aber nur ein bisschen, denn: Sauna. »Seit einigen Jahren werden Sie erpresst. Das hat Sie viel Geld gekostet. Sie sind es leid. Und äußerst erzürnt, als Sie mitbekommen, dass sich Ihr Erpresser an Bord befindet.«

»Woher wissen Sie ...?«

Friedrichsberg verdrehte die Augen. Wie man ihn immer wieder so unterschätzen konnte ... »Ich mutmaße und kombiniere. Der Schmierlappen hat Sie heute überrumpelt und angequatscht. Bestand auf seinem Obolus. Wollte vielleicht eine Erhöhung wegen der jahrelangen Treue.«

»Und wieso soll ich dann diese Frau ermorden?«

»Wegen eines Zahlendrehers.«

Pichelgruber schaute verdutzt aus der Wäsche, die er nicht mehr trug, denn: Sauna. »Ich verstehe Sie nicht.«

Friedrichsberg wischte sich mit der Hand den Scheiß aus dem Gesicht. Ihm standen die Haare leicht zu Berge. Es wurde ihm eindeutig zu heiß. »Sie bekommen heraus, dass Ihr Erpresser in der 96 logiert. Aufgrund eines dummen Zufalls sind aber zwei 96 an Bord. Die korrekte 96 und die umgedrehte 96, die vorher eine 69 war. Das Messingschildchen hat sich gelöst, hängt blöd runter und zeigt so dem Vorbeikommenden anstelle der korrekten 69 die doppelte und falsche 96. Sie, Herr Pichelgruber, oder ein Auftragskiller, der nicht weiß, wer sich hinter der 96 eigentlich befinden soll – nämlich ein unsympathischer Typ und nicht eine attraktive Dame –, guckt nicht richtig hin, achtet nicht auf die Zahlen links und rechts der 96, sonst hätte ihm auffallen müssen, dass es eine verkehrte 96 ist, verschafft sich Zutritt und tötet die falsche.«

Pichelgruber grinste. »Nette Theorie. Aber können Sie mir verraten, wie ich in einem fremden Land auf einem Schiff an einen Killer komme? Weil selber gemacht haben kann ich es wohl nicht. Denn wenn ich meinen Erpresser kennengelernt habe, wie kann ich da den oder die Falsche umbringen?«

Friedrichsberg schwieg.

Seine beiden Freunde schwitzten und stutzten.

»Berechtigte Frage«, sagte Straaten dann.

Pichelgruber lüpfte seinen Tirolerhut. »Ich würde jetzt gerne noch einen weiteren Aufguss genießen. Und zwar alleine. Behelligen Sie mich bitte nicht weiter mit Ihren haltlosen Unterstellungen. Auf Wiedersehen.«

Friedrichsberg blitzte den verschwitzten Österreicher noch einmal an, dann verließen die drei die Sauna.

Draußen stoppte Friedrichsberg plötzlich, drehte sich um, griff sich einen herumstehenden Wischmopp und schob den Stiel so unter den Türgriff, dass die Tür nicht mehr von innen geöffnet werden konnte, mit einem schnellen Griff stellte er noch die Temperatur hoch und grinste nun durch das kleine Guckfenster der Türe zu dem schwitzenden Flachlandtiroler.

Der war aufgesprungen und hämmerte nun wie wild von innen gegen die Türe. »He, was soll das?«

Friedrichsberg feixte: »So, jetzt werden Sie langsam gar gekocht, wenn Sie nicht rechtzeitig bei der Polizei eine Aussage machen!«

»Wo ist denn hier eine Polizei …?!« Der Gamsbart war verzweifelt. »Lassen Sie mich sofort hier raus … es ist unerträglich heiß hier drin …!«

Friedrichsberg schaute sich in dem Vorraum um; dann sagte er zu Straaten: »Nimm das Bordtelefon da hinten und lass dich vom Käpt'n mit Hauptkommissar Heidenreich verbinden, hier will jemand eine Aussage machen!«

Es dauerte leider etwas, bis die Verbindung nach Wanne-Eickel zustande kam, umso eiliger hatte es der schwitzende Österreicher, sein Geständnis loszuwerden, um nicht doch noch als Tafelspitz im eigenen Sud zu enden.

Ein letztes Mal jammerte der Österreicher auf: »He, ihr könnt mich doch nicht hier drin lassen?! Ich hab doch alles gemacht, was ihr wolltet! Hilfe! Holt mich einer raus!«

Um dem Geschehen kurz vorzugreifen: Das tat dann am nächsten Nachmittag die ägyptische Polizei, als der Wüstendampfer endlich die ägyptische Hafenstadt Port Said erreicht hatte.

Friedrichsberg blitzte den verschwitzten Österreicher aus düsteren Augenschlitzen an.

Friedrichsberg regelte die Temperatur wieder etwas runter, ließ den armen Mann aber in seinem Kieferngefängnis zurück.

Dann machten die drei auf dem Absatz kehrt und verließen die Sauna.

KAPITEL 4

»Das war ja wohl nichts«, meckerte Dahl.
Friedrichsberg nickte vor sich hin und grübelte weiter. »Aber er ist es gewesen.«

»Wie denn?«

»Weiß ich noch nicht, Straaten. Ich weiß es nicht. Er selber ist es auf keinen Fall gewesen. Er hätte ja wissen müssen, dass er die Falsche vor sich hat.« Er grübelte weiter. »Eine schwierige Angelegenheit. Ich glaube, ich ziehe Sir Lancelot Smith hinzu.«

»Wieso den denn?«, fragte Dahl.

»Aufgrund seines Alters hat er genug Lebenserfahrung und viel gesehen. Vielleicht hat er eine Idee. Kommt, wir gehen zurück ins Restaurant.«

Auf halbem Weg hielt Straaten inne, guckte an sich und seinen Freunden runter und sagte: »Äh ... Sollten wir uns vorher nicht vielleicht etwas anziehen?«

Die anderen beiden nickten dankbar, und man schlug den Rückweg ein.

Bekleidet traten sie dann vor Sir Lancelot, der sich nicht lange bitten ließ, und so folgte er den dreien zur Leiche. Er schaute sich die Kabine genau an, dann die tote Dame. Lange. Ruhig. Hoch konzentriert.

Friedrichsberg beugte sich zu dem Abenteurer. »Sie werden mir doch recht geben, Sir Lancelot: Es findet sich nicht die geringste Spur.«

»Durchaus, Herr Friedrichsberg.« Und dann kam für alle die Überraschung: »Und leider sehe ich so etwas nicht zum ersten Mal.«

»Hm?«

Sir Lancelot seufzte. »Ich habe einen schlimmen Verdacht. Ich muss telefonieren.« Er verließ mit den drei Freunden die Kabine, sie gingen durch die Gänge und traten dann ins Freie.

An Deck holte Sir Lancelot sein Mobiltelefon hervor, wählte eine Nummer, wartete einen Augenblick, fing dann an, heftig zu diskutieren, und ging an Deck auf und ab.

Zehn Minuten später kehrte er leicht erschöpft zu Friedrichsberg, Straaten und Dahl zurück, die an der Reling lehnten.

»Ich habe es«, sagte der Abenteurer, nicht ohne Stolz.

»Was haben Sie?«, fragte ihn Straaten.

»Die Lösung und den Täter.«

»Wie denn das?«

»Ich habe einen alten Freund. Den habe ich 1964 in Haiti kennengelernt. Er lebt hier in Tripolis und führt in elfter Generation ein florierendes Familienunternehmen.«

»Und weiter?«

Sir Lancelot holte aus: »Seit Jahrhunderten handeln er und seine Familie mit Insekten. Die haben mal mit einem Flohzirkus angefangen. Aber die Nachfrage nach seltenem Getier wurde immer größer. Und so haben sie sich vor vielen Jahrzehnten auf etwas Abartiges und Böses spezialisiert, das besonders gut in diesen Regionen funktioniert: Hier ist es heiß, schwül, es gibt seltene Viecher ... Da kann man schon mal tot zusammenbrechen.«

Friedrichsberg musterte ihn erstaunt: »Was wollen Sie uns damit sagen, Sir Lancelot?«

Der zögerte die Antwort etwas hinaus. Dann: »Mein Freund und seine Vorfahren haben die libysche Dressurmücke gezüchtet, eine schwirrende, winzig kleine Auftragskillerin.«

»Ich verstehe nicht«, sagten alle drei zusammen, aber doch jeder für sich.

»Es ist eine todbringende Mördermücke. Ihr Rüssel wird mit einem starken, äußerst seltenen, nicht nachzuweisenden und sofort wirkenden Gift benetzt. Sie ist so dressiert, dass man ihr ein Foto ihres Opfers zeigt, dazu ihr etwas von dessen Kleidung vorhält, dass sie seine Witterung aufnehmen kann, und dann fliegt die libysche Dressurmücke zig Kilometer zu ihrem Opfer und tötet es dann. Und an den Opfern findet man keine Spur eines Mordes. Außer einem ordinären Mückenstich. Mein Freund und seine Familie arbeiten seit Jahrzehnten höchst erfolgreich mit dieser Methode auf dem ganzen Erdball. Die libysche Dressurmücke ist ein bisher nicht bekannter Exportschlager.«

»Aber warum hat die Mücke die Dame und nicht den Erpresser ermordet?«, wollte Dahl wissen.

Sir Lancelot zuckte mit den Schultern. »Verstochen. Es gab kein Foto und kein Kleidungsstück des Erpressers. Nur die Zahl 96. Durch den Dreher des Messingschildes hat sich die Killermücke verstochen. Das war ja auch eine sehr kurzfristig organisierte Sache. So eine Dressurmücke sollte man eben nicht übers Knie brechen.«

»Tragisch.«

»Und weil es meinem Freund so leidtut, hat er mir bestätigt, dass sein Auftraggeber ein gewisser Hans Gustav Pichelgruber ist. Er wird uns das noch schriftlich geben und hier an Bord mailen.«

»Damit können wir Pichelgruber festnehmen«, sagte Dahl mit Erleichterung.

Straaten wollte aber doch noch wissen: »Und was wird aus dem Erpresser?«

»Mein Freund sagt, dass es sich bei ihm um ein Mitglied einer ganzen Erpresserdynastie handelt, die sich durch die ganzen Königshäuser erpresst. Die leben seit Jahrhunderten ausschließlich von Monarchien, Politikern und Wirtschaftsbossen.« Sir Lancelot machte eine dramatische Pause und fügte hinzu: »Heute Nacht schickt er eine zweite Mücke.«

Friedrichsberg schürzte die Lippen und strich sich über den Schnurrbart. »Na, hoffentlich hat die es nicht an den Augen und sticht korrekt.«

»Und was wird aus Ihrem Freund?« Dahl schaute den Abenteurer angriffslustig an. »So unschuldig ist der ja nun nicht.«

Sir Lancelot war das sichtlich unangenehm. »Er bittet uns untertänigst um Verzeihung. Er steht tief in unserer Schuld. Also wir haben einen gut bei ihm. Und er schickt jedem von uns ein großes Fresspaket ins Hotel nach Ägypten.«

»Das ist doch ein feiner Zug«, sagte Friedrichsberg, seufzte und blickte aufs weite Meer.

»Und damit ist die Sache erledigt?«, wollte sein Freund Straaten wissen.

Mit der Antwort ließ sich Alfons Friedrichsberg Zeit. Dann sagte er: »Für mich schon.«

TEIL VIER

KAPITEL 1

Am nächsten Tag legte der Wüstendampfer an. Unsere drei Freunde enterten ihren Wüstenexpress, und der ruckelte schließlich mit all seinen Insassen von Bord. Schnell nahm der Zug wieder Fahrt auf und schob sich majestätisch durch Sand, Dünen und Hitze.

Von den beiden Leichen an Bord – eine weibliche (Inga Strübel) und eine männliche (der Schmierlappen, den es noch in der Nacht dahingerafft hatte, womöglich unter Zutun der tödlichen Dressurmücke) – und dem mordauftragvergebenden Österreicher bekamen die Gäste nichts mit.

Sie wurden mit Blei beschwert und zu Wasser gelassen. Die schöne alte Tradition der Seebestattung.

Ägypten, eine weitere Wiege der Kultur. Und Steppe und Dornen, Savanne, Wüste, Halbwüste, Viertelwüste und Vollwüste, in Teilen sogar geachtelte Drittelwüste. Und Oasen, dann der Nil, der Assuan-Staudamm, die Deltalandschaft, Akazien, Johannisbrotbäume, Dattelpalmen, Lotuspflanzen und dazu diese wahnsinnige Hitze. Die unglaubliche Hitze...

Und damit verbunden dieser unfassbare Durst.

Dann die Ankunft in Kairo, eine der größten Metropolen Afrikas und Arabiens.

Die Reisegesellschaft verließ den Wüstenexpress. Das Ziel war erreicht.

Manche steuerten sofort eine bahnhofsnahe Bar an, andere fielen direkt über Marktstände mit landesüblichem Tinnef her.

Unsere drei Helden standen auf dem Bahnhofsvorplatz. In Hitze und Sand und Staub und Lärm.

Dahl schaute überaus verzweifelt aus der sandstaubigen Wäsche. »Wenn ich hier leben müsste«, jammerte er, »wäre ich vermutlich auch ein Kamel. Da hätte ich wenigstens kein Problem mit dem Trinken. Hätte es auf dem Rücken.«

»Du bist näher am Kamel, als du glaubst.«

»Danke, Straaten, sehr freundlich.«

Friedrichsberg grunzte laut auf. »Aber du bräuchtest einen Höcker mehr.«

»Wofür?«

»Fürs Essen.« Friedrichsberg klatschte in die Hände. »So, und jetzt geht es an den Transport zum Hotel.«

»Ja, dann lass uns doch bitte ein Taxi rufen.« Straaten schaute sich nach fahrbaren Untersätzen um.

»Die stehen schon bereit.« Friedrichsberg strahlte.

Straaten schaute sich weiter um. »Ich sehe nur Kamele.«

»Eben. Wüstentaxis. Und mit denen kommen wir zum Hotel.«

»Nicht dein Ernst.«

Und Dahl fügte noch an: »Ich hab doch eine Kamelhaarallergie …«

Und doch. Es war sein voller Ernst. Friedrichsberg, Straaten und Dahl – und nach und nach auch alle anderen aus der Reisegruppe – schwangen sich jeweils auf ein Trampeltier.

Ein Kamelhirte ritt auf einem Maultier voran und zog die Trampeltier-Karawane an der Leine in einer Kette hinter sich her.

Die drei saßen oben auf und wurden vom Wüstenschiff ordentlich und nach allen Regeln der Kamelrittkunst durchgeschaukelt.

»Von dem Geschaukel wird mir augenblicklich schlecht!«, war dann auch Straatens Kommentar.

»Was denkt sich denn die Reiseleitung bei so was?«, rief Dahl von hinten.

»Selten mich so unbequem fortbewegt.«

»Stimmt nicht«, korrigierte Dahl. »Wenn du uns im Auto fährst, ist es auch nicht viel besser.«

»Ihr könnt gerne tauschen«, schlug Friedrichsberg vor; er ritt hinter Straaten und Dahl.

»Was soll das bringen? Ich auf seinem Kamel, er auf meinem?!«, fragte Dahl.

»Nein, ihr zwei unten, die Kamele oben.«

Der Dicke brach in schallendes Gelächter aus, das Tier unter ihm schnaubte verächtlich.

Und so ging es zum Hotel, selbstverständlich dem ersten Haus am Platze, dem Ramses Hotel Kairo.

Kein Zimmer unter 570 Euro die Nacht, ein palastähnlicher Eingang, eine Empfangshalle wie aus Tausendundeiner Nacht, männliches wie weibliches Personal – als wären sie dem besoffenen Traum eines alten delirierenden Sandalenfilm-Regisseurs entsprungen – wie Haremsdamen oder Eunuchen verkleidet. Und keiner von ihnen schien sich laufend fortzubewegen, sondern alles schien fünf Zentimeter über dem Boden zu schweben.

Die drei standen und staunten.

»Das ist ja märchenhaft«, entfuhr es Straatens offen stehendem Mund.

Auch Dahl war begeistert. »Es würde mich nicht wundern, wenn hier gleich Ali Baba und die 40 Räuber um die Ecke geritten kämen.«

»Reiter zu Pferd sind im Foyer sicher verboten«, sagte Friedrichsberg trocken.

»Nun, das erklärt den guten Zustand der Bodenfliesen.«

»Um 18 Uhr gibt es ein Begrüßungsgetränk in der Bar, danach Dinner. Bis dahin, würde ich sagen, gehen wir erst mal aufs Zimmer und machen uns ein wenig frisch.« Damit pfiff Friedrichsberg nach einem Boy, der sofort angerannt kam, dessen Koffer packte – einer links, einer rechts, ein dritter auf dem Rücken – und über die langen, geschwungenen Treppen alles »aufs Zimmer« brachte.

Friedrichsberg, Straaten und Dahl hatten Mühe, überhaupt mitzukommen. Aufs Zimmer.

Dieses bestand aus üppigen 75 Quadratmetern, verteilt auf zwei Räume. Das Wohnzimmer ausgelegt mit altem, ligurischem Tropenholz, wobei anzuzweifeln gewesen wäre, ob es Tropenholz aus Ligurien überhaupt gab. Schwamm drüber, oder besser: Pflegeöl. Schwere, samtene Brokatvorhänge vor den bodentiefen Fenstern, aus denen man weit in die Wüste blickte. Eine fünfteilige Couchlandschaft vor einem Elfenbein-eingefassten Kamin. Ein wuchtiger, antiker Schreibtisch mit erlesensten Schreibutensilien. Schwere, orientalische Teppiche federten jeden Schritt ab und gaben einem das Gefühl zu schweben.

Das Bad, noch einmal so groß wie die Zimmer, wie eine paradiesische Oase, versteckt zwischen exotischen Gewächsen eine bodentiefe Regendusche, dazu eine Badewanne mit Whirlpool, doppeltes Waschbecken, eine die ganze Wand auskleidende Spiegelfläche und schließlich das Schlafzimmer ... Dominiert wurde der ganze Raum von einem riesigen Baldachinbett, das frei im Raum stand und von dem aus man direkt durch eine Glaswand auf das Ensemble Gizeh-Pyramiden-Sphinx blickte.

»Das entschädigt für die ganze Reise.«

»So schlimm war's doch nun wirklich nicht, Straaten«, sagte Friedrichsberg.

»Nö, war super, wenn nur die ganzen Morde nicht gewesen wären ...«

Dahl kam freudig aus dem Badezimmer. »So, welches Zimmer besichtigen wir als Nächstes, deins oder meins, Straaten?«

»Ich bin schon ganz gespannt!«

Friedrichsberg schaute verwundert zwischen den beiden hin und her. »Was heißt denn deins oder meins? Unser! Das hier ist unser Zimmer.«

»Wie bitte?«, kam es von beiden.

Friedrichsberg deutete einmal ins Rund. »Ist doch groß genug. Ich nehme das Schlafzimmer, und für euch ist Platz auf der Couchlandschaft.« Er kratzte sich am Wanst. »Und jetzt besetze ich erst mal das Bad, ich will unbedingt den Whirlpool ausprobieren. Wir sehen uns in zwei Stunden. Bis dahin ist Karenz!«

Mit diesen Worten schob Alfons Friedrichsberg seine beiden Freunde aus dem Badeparadies und schloss die Tür hinter ihnen.

»Sag mal, schlaf ich auch irgendwann noch mal alleine?«, wollte Straaten von Dahl wissen, rhetorisch selbstredend.

Sein Freund zuckte mit den Schultern. »Ich hab mich inzwischen dran gewöhnt.«

»Du musst dir ja auch nicht dein Schnarchen anhören! Freuen wir uns einfach auf ein entspanntes Abendessen.«

»Au ja. Aber … sag mal, Straaten …«

»Was denn?«

»Hast du die die ganze Zeit mitgeschleppt?

»Was meinst du?«

»Na, die Langspielplatte da …« Dahl wies mit dem Zeigefinger auf ein kleines Schränkchen zwischen zwei Sesseln.

Die beiden schauten vor Schreck erstarrt auf die Platte und lasen: »*Schatz, ich grüß Dich aus der Ferne*«! Oh nein! Friedrichsberg! Friedrichsberg!«

Die beiden trommelten so heftig gegen die Badezimmertür, dass irgendwann ein in Schaum gehüllter Friedrichsberg entnervt seinen Kopf aus dem Bad herausstreckte.

»Der Schlagermörder war schon vor uns hier!«, stammelte Straaten.

Aber anstatt panisch zu werden, grinste Friedrichsberg zufrieden übers ganze Gesicht. »Das hatte ich gehofft, schließlich wollen wir den Fall ja noch lösen, oder?« Mit einem seiner Doppelkinne wies er auf die Platte. »Legt den Schlager doch mal auf.«

Die beiden Freunde schauten verwirrt.

»Wie denn?«, wollte Straaten wissen.

»Du gehörst einer Generation an, mein lieber Straaten«, erklärte Friedrichsberg aus seinem Badetuch heraus, »die wissen sollte, wie man so etwas zum Klingen bringt.«

»Das weiß ich auch. Aber dafür braucht es einen Plattenspieler.«

»Ist vorhanden«, sagte der Dicke spitz und zeigte auf eine kleine Kommode neben der Zimmertüre. »Unten drin kühlt die Zimmerbar vor sich hin. Oben drüber harrt ein alter Plattenspieler der Dinge, die da nicht kommen.«

»Hotel mit Plattenspieler …« Dahl schüttelte den Kopf.

»Hadert nicht, legt auf«, befahl der Dicke. »Und darf ich jetzt bitte in Ruhe zu Ende baden? Danke!« Und schon knallte er die Türe wieder zu.

»Und nun?«, fragte Dahl seinen Freund Straaten.

»Also mir läuft nur beim Anblick des Covers ein kalter Schauer den Rücken!«

Die beiden taten wie befohlen. Sie legten die Platte auf und brachten den Spieler ans Laufen.

So konnte Friedrichsberg im Bad einige Fetzen des Schlagers hören.

Dann tut mein Herz mir auch gar nicht mehr weh / bist Du weit weg und nicht in meiner Näh / Mach, was ich will / wie wunderbar / und höre keinen blöden Kommentar / Und denke ich / dann doch noch mal an Dich / denk ich nur … / Nein, ich vermiss Dich wirklich nicht …

Was für ein großartiges Lied, dachte Friedrichsberg, in Text und Melodie, kein Wunder, dass es seinerzeit so überaus erfolgreich war.

Nachdem der ganze Schlager durchgelaufen war, entschlossen sich Straaten und Dahl, die Platte irgendwo in einem der vielen großen, tiefen Schränke zu verstecken. Ganz weit unten, ganz hinten. Aus den Augen, aus dem Sinn.

Doch würde das überhaupt etwas nützen oder kündete die alte Schlagerplatte wieder von Übel und Verderben?

KAPITEL 2

Als sie sich zum Dinner aufmachten, war der Unglückskünder schon nur noch ein fernes Echo.

In der Eingangshalle erwartete sie Friedrichsbergs alter Bekannter, der Archäologe Dr. Robertson Davies, ein Mann älteren Kalibers, in robustem, englischem Tweed, kahlköpfig. Er breitete die Arme aus. »Alfons, wie schön, dich hier in Kairo wiederzusehen. Das letzte Mal gesehen haben wir uns ...«

»... auf deiner Jagd nach dem blau getigerten Usambarakäfer«, vervollständigte Friedrichsberg den Satz, und die beiden umarmten sich.

»Das war eine verdammt knappe Sache damals.«

Friedrichsberg nickte und zeigte auf seine beiden Freunde. »Darf ich dir meine Begleiter vorstellen? Das ist Jupp Straaten.«

»Angenehm.« Straaten reichte Davies die Hand.

»Guten Abend.«

»Und das ist ... Na ja.«

»Freut mich«, sagte Davies.

Dahl nickte. »Ganz meinerseits.«

»Isst du mit uns?«, wollte Friedrichsberg von seinem Freund wissen.

»Nein, nein ... leider.« Robertson Davies winkte ab. »Ich kann mein Expeditionsteam nicht so lange allein lassen. Aber ich wollte dich heute wenigstens kurz sehen und das Nötigste mit dir besprechen. Leider eilt es sehr.«

Friedrichsberg nahm seinen alten Freund beiseite, und die beiden Männer steckten die Köpfe zusammen, senkten die Stimme. »Was brennt dir denn auf der Seele?«

Davies schaute sich um; er flüsterte: »Ich bin da auf eine unfassbare Sache gestoßen. Nicht weit von hier. Ich kann aber nicht darüber sprechen. Können wir uns morgen früh treffen? 6:30 Uhr?«

»Das ist ja noch vorm Aufstehen«, gab Dahl zu bedenken.

»Wir sind doch gerade erst angekommen!«, sagte auch Straaten.

»Wenn du nichts dagegen hast, bringe ich meine beiden Freunde gleich mit.« Friedrichsberg rückte seine Brille zurecht.

»Werden wir auch noch mal gefragt?!«, wollte Straaten wissen, der es gar nicht mochte, wenn über seinen Kopf hinweg irgendetwas entschieden wurde – was pausenlos geschah.

»Können wir denn den beiden – verstehen Sie mich bitte nicht falsch, meine Herren – vertrauen?« Davies lächelte entschuldigend.

»Absolut«, brummte Friedrichsberg mit Entschiedenheit.

»Verzeihung, ich möchte Sie nicht stören.« Ein wieselflinkes Männlein tauchte plötzlich neben ihnen auf.

»Sie sind schon dabei.« Friedrichsbergs Unmut war ihm deutlich anzumerken.

»Ja, hahaha ... ah ...«, machte das Männlein. »Entschuldigung, ich hab mich nur gerade gefragt, ob Sie sich zufällig hier auskennen?«

»Bitte?!«

»Ich hab keine Ahnung, was man hier so trinkt.« Das Männlein schaute sich um, als würden Getränkereklametafeln überall hängen. »Bin zum ersten Mal in Ägypten und hätte gerne irgendetwas Ortsübliches. Kairoer Nationalgetränk oder so was.«

»Äh ...«

Davies wurde direkt von dem Männlein unterbrochen: »Ich hab mich noch gar nicht vorgestellt. Mein Name ist Wolfram Ulitzner. Handelsvertreter für Holzbürsten, Besen, Wünschelruten und Kleiderbügel. Eins-a-Qualitätsware. Vierte Generation. Will den Markt ausweiten Richtung Wüste.«

Friedrichsberg schaute das Männlein grimmig an. »Da gibt es ja auch viel zu fegen, des vielen Sandes wegen ...«

»Genau das habe ich mir auch gesagt. Meine Frau ist nicht so begeistert von meiner Idee, aber egal, das gehört dazu. Also, was trinkt man hier so?«

Jetzt mischte sich Robertson Davies wieder ein, konnte er doch aufgrund seiner jahrelangen Aufenthalte an den entlegensten Orten die besten Ratschläge geben. »Karkadeh.«

»Karkadeh?«, fragte Männlein Ulitzner nach.

»Ein Malventee mit einer intensiv roten Farbe, wird heiß oder kalt getrunken.«

Ulitzner druckste verlegen rum: »Ich hatte mehr an was Alkoholisches gedacht.«

»Es gibt auch einheimisches Bier …«

»Das gefällt mir schon bedeutend besser. Na ja, ich geh mal rüber in die Bar. Vielen Dank und nichts für ungut. Für Sie auch?«

Die vier lehnten ab. »Nein, danke.«

Straaten sah Wolfram Ulitzner nach. »Komischer Vogel.«

»Wir sind hier in der Wüste. Hier gibt's nur komische Vögel«, sagte Dahl. »Also morgen um halb sieben …«

»Müssen wir irgendetwas Besonderes mitbringen?«, wollte Friedrichsberg wissen.

»Leichte Kleidung und festes Schuhwerk«, riet Davies ihnen.

»Weil?!«

»Wir auf Expedition gehen. Es geht um den Schatz einer uralten, ägyptischen Pharaonin. Und um einen Fluch, der uns besser nicht erwischt.«

KAPITEL 3

Straaten jammerte wieder: »Diese Schaukelei … auf nüchternen Magen … das hab ich gestern schon kaum vertragen!«

»Wollt ihr lieber zu Fuß gehen?«, fragte Friedrichsberg seine beiden Freunde.

»Auf keinen Fall!«, wehrte Dahl ab.

Pünktlich um sechs Uhr hatte der Wecker geklingelt.

Da die drei sich ein Bad teilten, war Eile angesagt, damit sie um halb sieben zur Expedition aufbrechen konnten.

Dr. Robertson Davies holte sie am Hotel ab, verfrachtete sie auf die Rücken von Kamelen – Friedrichsberg hatte ein anderes als am Vortag; das vom Vortag war nach dem Ritt kaputtgegangen –, und so trabten sie jetzt, geführt von einem schweigsamen Kamelhirten, vor sich hin.

Friedrichsberg deutete auf den Hirten. »Gehört der zu deinem Team?«

Davies schüttelte den Kopf. »Nein, ich kenne diesen Mann nicht, aber er wurde mir als besonders verlässlich empfohlen. Er heißt Malik. Und die Einheimischen interessieren sich in der Regel nicht besonders für unsere Ausgrabungen.«

»Wenn du das sagst.« Der Dicke spitzte abwägend die Lippen. Er schien dem Braten nicht zu trauen. Als würde sich ein starkes Gewitter ankündigen. Er war in Habachtstellung.

Die vier Männer brachten unter der Führung von Malik den knapp einstündigen Kamelritt hinter sich und standen endlich vor den sechs Pyramiden.

Nun, die Pyramiden von Gizeh … Gigantisch, unglaublich, beeindruckend, mit die ältesten erhaltenen Bauwerke der Menschheit.

Was für ein unglaublicher Ort, wenn nur nicht diese vielen Touristen wären.

Dr. Robertson Davies schickte Malik mit seinen Kamelen Pause machen und führte Friedrichsberg, Straaten und Dahl zur Mykerinos-Pyramide, der kleinsten Pyramide in dem ganzen Ensemble.

Stolz baute er sich vor ihr auf. »Wir sind da.«

Friedrichsberg schaute sich um. »Die Pyramiden? Hier ist doch längst alles umgegraben.«

»Was sollen wir denn tun?«, fragte Straaten.

»Fehlt noch was?«, fragte Dahl.

»Braucht ihr einen Anbau?«

»Heutzutage arbeitet man ja mehr mit Glas …«, gab Dahl den Hinweis.

Auch Friedrichsberg wusste nicht, was sie hier sollten. »Also, warum hast du uns hierhingeführt?«

»Seht ihr das Zelt dort an der Seite der Pyramide?« Robertson Davies zeigte zu der Stelle.

Und ja: An der Seite der kleinsten Pyramide im Ensemble stand ein weißes Zelt.

Das Zelt war direkt an die Pyramide gesetzt worden.

Nach allen anderen drei Seiten abgeschirmt durch weitere, kleinere Zelte davor.

Nicht ohne Stolz sagte Davies: »Dort wird unsere Expedition ihren Anfang haben.«

»Wo soll's denn hingehen?«, wollte Straaten wissen.

»In eine unterirdisch versteckte Pyramide«, antwortete Davies geheimnisvoll.

Friedrichsberg beäugte seinen alten Freund kritisch. »Unterirdisch versteckt?«

Auch Dahl zweifelte. »Wer macht denn so einen Quatsch? Die sieht man dann doch gar nicht.«

»Sozusagen eine Pyramide in der Pyramide«, erklärte Davies. »Beziehungsweise: unter der Pyramide.«

»Verstehe ich nicht«, verstand Dahl es nicht.

»Der versteht nicht viel, oder?«, fragte Davies.

»Leider. Und immer seltener.« Der Dicke schmatzte.

Davies erklärte die Situation: »Ich habe vor einiger Zeit auf einem Basar, nicht weit von hier, zufällig ein uraltes, fast unleserliches Pergamentpapier in die Finger bekommen. Ich habe viel Zeit und Mühen dafür aufgebracht, die Schrift auf dem Papier zu entziffern. Darin ist ganz vage die Rede von einer Pyramide, die, bevor diese kleine, sichtbare Pyramide errichtet wurde, schon in einer tieferen Schicht existiert habe.«

Straaten zweifelte an der Geschichte. »Sie meinen, da hatten vorher irgendwelche ein Loch in den Sand gegraben, in der Grube dann eine Pyramide errichtet, wieder Sand drauf geschaufelt und diese zweite Pyramide darauf gebaut?!«

»Genau so.«

»Ach, Dr. Davies, das ist doch Quatsch«, sagte Dahl.

»Humbug«, meinte auch Straaten.

Der Archäologe seufzte. »Da sind Sie nicht die Einzigen, die dieser Meinung sind. Deswegen ist in all den vergangenen Jahrhunderten noch niemand dieser Spur nachgegangen. Und eigentlich haben ja genug Verrückte hier im Laufe der Zeiten gegraben. Und dabei ihr Leben verloren.«

»Und jetzt ist ein weiterer dazugekommen!«

»Ein weiterer was?«

»Verrückter.«

Davies schaute Straaten streng an. »Auf dem Pergament ist verzeichnet, dass sich in dieser Pyramide das Grab einer bisher unbekannten, ägyptischen Hoheit, also Pharaonin, befinden soll. Und in diesem Grab liegt ein Goldschatz, der von unschätzbarem Wert ist.«

Friedrichsberg grummelte vor sich hin. »Also unterm Strich eine Sensation.«

»Wie weit haben Sie denn schon gebuddelt?«, fragte Straaten.

»Seit zwei Monaten graben wir schon, wir müssen ja äußerst vorsichtig arbeiten«, erklärte Davies. »Unsere Unternehmung ist auch eher halboffiziell.«

»Welcher Teil ist offiziell?« Friedrichsberg kramte eine Zigarre aus der Innentasche seines Jacketts hervor und setzte sie in Brand.

»Wir arbeiten zu Forschungszwecken: Wir vermessen die Mykerinos-Pyramide neu. Niemand weiß vom wirklichen Grund der Grabung. Nur ich und ihr drei jetzt.«

»Und jetzt sollen wir uns zur unterirdischen Pyramide vorbuddeln, und da nehmen wir dieses Wissen dann mit ins Grab …« Dahl lachte auf. »Daher kommt das doch, oder?«

»Sie sind wohl ein richtiger Spaßvogel.«

Straaten musste das verneinen. »Nein, ist er nicht.«

»Unter Pyramiden buddeln ist nicht gerade eine meiner Kernkompetenzen«, räumte Dahl ein.

»Du hast überhaupt keine Kompetenzen«, stellte Friedrichsberg klar.

»Ich kann lange schlafen.«

»Das ist doch keine Kompetenz.«

»Und ich habe dazu diese schlimme Sandallergie. Hatte ich euch schon davon erzählt?«

Robertson Davies überlegte kurz. »Mir nicht.«

»Wie weit seid ihr denn schon gekommen?«, kam Friedrichsberg auf das eigentliche Thema zurück.

Robertson Davies zog einen Lageplan aus seiner Umhängetasche hervor und breitete ihn auf dem Boden vor ihnen aus. »Wir haben uns einen Tunnel erbuddelt und sind vor drei Wochen auf eine vorgelagerte, unterirdische Kammer gestoßen, von der jetzt drei Gänge ausgehen. Drei Gänge, die vor drei massiven Steinplatten enden. Davon berichtet auch das Papyrus.«

Friedrichsberg paffte dicke Kringel. »Und warum habt ihr die Platten noch nicht entfernt?«

Davies räusperte sich verlegen. »Der Haken ist, dass zwei dieser Gänge unweigerlich in den sofortigen Tod führen …«

»Was sagt das Papyrus dazu?«, brummte Friedrichsberg.

»Ich will es gar nicht hören!«, sagte Dahl.

»Ich bin auch raus!« Straaten wandte sich ab.

Es war für Robertson Davies eine sichtbar unangenehme Situation. »Nun … Also … Es ist von gefährlichen

Tieren die Rede: Schlangen, Skorpione, Echsen, Spinnen, so was in der Art. Dazu Gifte, die Pilze mit ihren Sporen in der Luft verteilen. Und Fallgruben, wenn man in die stürzt, wird man unten aufgespießt.«

Straaten tippte sich an die Stirn. »Das waren jetzt die richtigen Stichworte für mich, um den bis hierhin sehr hübschen Ausflug an dieser Stelle endgültig abzubrechen und noch mal den Wellnessbereich im Hotel aufzusuchen. Morgen früh nehme ich einen frühen Flieger retour! Was ihr weiter macht, ist mir gleich. Aber wer sich mir anschließen möchte, ist herzlich willkommen!« Er wandte sich zum Gehen ab, zog Dahl am Ärmel mit sich, aber Friedrichsberg hielt die beiden auf.

»Jetzt hört doch erst mal weiter Dr. Davies zu!«

»Ich für meinen Teil hab genug gehört«, stellte Straaten fest. »Mein Angebot steht.«

»Also ich würde es gerne annehmen«, sagte Dahl.

Friedrichsberg wandte sich wieder dem Archäologen zu. »Du willst also sagen, Robertson, nur einer der Gänge ist der richtige und führt direkt zum Grab dieser unbekannten Hoheit?«

»Soll eine Pharaonin sein. Ja, ein Gang ist es. Aber welcher?«

»Der falsche ist mit Sicherheit absolut tödlich.«

»So ist es.«

»Und um den richtigen zu finden, hast du uns gerufen und hierher bestellt?«

»Ja, vollkommen richtig.« Dr. Robertson Davies war verzweifelt. »Alfons, ihr müsst mir bei dieser vertrackten Mission helfen!«

Friedrichsberg versenkte die Hände in den Hosentaschen, streckte seinen Wanst raus und die Zigarre in den Himmel, grummelte und paffte. »Hmhmhm…« Er dachte und dachte … »Hmhmhm … Es dämmert mir langsam was …« Weiter Paffen und Grummeln. Dann sagte er: »Lass uns bitte eine Nacht drüber schlafen.«

»Aber ihr wollt mir helfen?!« Bittend schaute der Archäologe zwischen den Männern hin und her.

»Nie im Leben«, sagte Straaten mit Nachdruck.

»Ganz bestimmt nicht«, sagte auch Dahl.

Und Friedrichsberg sagte: »Selbstverständlich. Ich liebe Abenteuer.«

KAPITEL 4

Unsere drei Helden ritten via Kamel retour.
»Die fürchterliche Schüttelei …«, jammerte Straaten wieder. »Und immer noch auf nüchternen Magen …« Nein, das Wüstenschiff war nichts für ihn.

»Wieso sind wir da eigentlich hingeritten, nur um nichts zu sehen und zu sagen, wir kamelen morgen wieder hierhin? Hätten wir uns den Weg heute nicht sparen können?«, fragte Dahl.

»Nein, das haben wir heute für meinen lieben alten Freund Dr. Robertson Davies gemacht.« Friedrichsberg genoss das Kamel. Und die Zigarre. Und die Wüste.

»Jaja, geschenkt. Aber dieser Ausritt, der war doch sonst wirklich vollkommen überflüssig.«

»Nur bedingt, Straaten. Ich habe mir ein Bild der Lage machen können. Und ab morgen wird gebuddelt und gebückt gekrochen.«

»Ich buddel gleich mal gar nichts, höchstens eine Buddel voll Rum!«, protestierte Dahl.

»Da schließe ich mich an!«, schloss sich Straaten an.

Friedrichsberg richtete sich voller Stolz auf. »Wir werden Einzug in die Geschichtsbücher halten.«

»Da will ich gar nicht rein.«

»Ich auch nicht.«

»Ach, macht doch, was ihr wollt«, brummte der Dicke.

»Ehrlich?«

»Klar«, nickte Friedrichsberg, »aber dann zahlt ihr die Reise selber.«

»Wie?! Und wenn wir buddeln, zahlst du?«, hakte Straaten nach.

»Nö, aber hätte doch ein Anreiz sein können.«

»Ich kann nicht folgen«, sagte Dahl.

»Tust du aber ... auf deinem Kamel.«

»Stimmt. Fortkommen ohne eigene Anstrengung: tolle Sache. Ich hätte mir nur ein bisschen Wegzehrung mitnehmen sollen!«

»Dass du immer ans Essen denken musst.« Auch nach all den Jahren verstand Straaten seinen alten Kumpel Dahl manchmal nicht.

»Muss ich gar nicht, das passiert von selbst Und fühlt sich toll an. Gerade eben noch habe ich ans Buddeln gedacht, und da war mir gar nicht gut bei.«

Friedrichsberg schaute sich in der Wüste um und sprach an seinem Zigarrenstumpen vorbei: »Ich ... äh ... Ich muss euch gestehen, dass mir auch gerade gar nicht gut ist, wenn ich ...«

»Wenn du ans Buddeln denkst?!«

»Nein, wenn ich hinter mich schaue.«

»Meinst du mich?«, fragte Dahl. »Und was ist jetzt wieder an mir so schrecklich?«

»Alles. Aber das meine ich ausnahmsweise nicht. Schau mal hinter dich!«

Dahl drehte sich etwas um und guckte. »Ich sehe nichts.«

Straaten tat es ihm gleich. »Ich auch nicht.«

Doch dann Dahl: »Doch, halt, da ganz entfernt hinter uns, ein Maultier!«

In der Tat: Ein Maultier folgte ihnen.

Der Dicke nickte. »Stimmt, und könnt ihr auch erkennen, wer da auf seinem Rücken sitzt?«

»Ein Reiter?«

»Ja, aber mit überschrittenem Haltbarkeitsdatum!«

»Was meinst du damit?« Straaten erkannte auf die Entfernung nichts.

Friedrichsberg strich sich über den Schnurrbart. »Ich würde schätzen, auch auf die Entfernung, das könnte unsere Mumie sein.«

»Nein!«

»Die mordende Killer-Mumie?!«, rief Straaten.

»Genau die«, bestätigte Friedrichsberg und spuckte den Zigarrenstumpen aus.

»Aber wenn sie so weit weg ist, kann sie uns ja zum Glück erst mal nichts anhaben.«

»Vielleicht nicht direkt, aber höchstwahrscheinlich ihr Maschinengewehr.«

»Was für ein …«

Weiter kam Straaten nicht, denn schon knallten ihnen Schüsse aus einem Maschinengewehr um die Ohren.

»Ich ziehe meine Frage zurück.«

»Um Himmels willen!«, brüllte Dahl panisch. »Die will uns erschießen!«

»Treibt eure Kamele an, dann entkommen wir ihr vielleicht!«, gab Friedrichsberg einen Ratschlag.

Die drei bemühten sich nach Kräften. Sie streichelten die Seiten und Hinterteile ihrer Tiere, sie sprachen ihnen gut zu, sie drückten mit ihren Füßen den Tieren in die Seiten, riefen so was wie »Hü!« oder »Schneller!«, aber auch »Los!«, mussten aber feststellten, dass das die Wüstenschiffe überaus unbeeindruckt ließ.

»Bei mir tut sich nichts!«, verzweifelte Straaten.

»Unsere Kamele haben die Ruhe weg!«, jammerte Dahl.

»Wenn ich jeden Tag so viele Touristen transportieren müsste und immer nur Sand, Sand, Sand, dann hätte ich auch keine Lust, mich zu überanstrengen!«, schlussfolgerte Friedrichsberg.

»Und was machen wir jetzt?«, fragte Straaten.

»Weiterreiten und hoffen, dass ihr Maultier noch langsamer ist!«

Erneut knallten Maschinengewehrschüsse.

»Aber die Knarre wird doch nicht langsamer!«, schrie Dahl. »Und die schießt schon wieder auf uns! Und die Einschläge kommen näher!«

»Wenn das der Tourismusverband erfährt!«, spottete der Dicke.

Und auch Straaten vertrat die Meinung: »Also von mir gibt's dafür 'ne richtig schlechte Bewertung auf Tripadvisor. Diese Wüste ist mir entschieden zu bleihaltig!«

Wieder mehrere Salven aus dem Maschinengewehr der Mumie.

Friedrichsberg zog den Kopf ein. »Manche mögen Abenteuerurlaub.«

»Ja«, sagte Straaten, der mittlerweile ganz geduckt auf seinem Kamel saß. »Aber das bucht man ja vorher, davon wird man eher ungern überrascht!«

»Hast du eine Ahnung, wie manche ihre Urlaube verbringen ...«

Wieder fielen Schüsse.

»Mist. Die Mumie macht in einem fort weiter!« Noch enger hätte sich Straaten nicht ans Tier schmiegen können.

Dahl hatte eine Idee. »Wir müssen sie austricksen!«

»Und wie willst du das anstellen?«

»Indem wir sie mit ein paar geschickten Haken abhängen.«

»Ich brauch gleich eher einen Haken zum Aufhängen! Wie und wo willst du hier jemanden ernsthaft abhängen? Kannst du mir das mal erklären?«

»Immer muss ich irgendetwas tun!« Dahl jammerte, den Tränen nahe. »Entweder muss ich buddeln oder kommen oder gehen oder machen ... Jetzt muss ich was erklären ... Ich bin es langsam leid. Ich will nach Hause. Und zu allem Überfluss schießt auch noch diese saudämliche Mumie hinter uns her.«

Es knallte: Die Mumie hatte anscheinend genügend Munition für ihr Gewehr eingesteckt. Die Kamele unserer drei Helden trotteten ungerührt langsam weiter.

»Die soll das mal drangeben«, sagte Dahl weinerlich.

»Bin ich auch für.«

»Ihr seid wie ein altes Ehepaar«, stelle Friedrichsberg fest.

»Sind wir nicht«, sagten die beiden gleichzeitig.

Dahl schlug sich auf die Oberschenkel. »Es ist alles so aussichtslos. Der einzige Vorteil, wenn wir jetzt getroffen würden, ist, dass wir uns morgen nicht zur unterirdischen Pyramide durchgraben müssen.«

Friedrichsberg zog einen Flunsch. »Das wäre zu blöd, ich würde so gerne vorher noch den großen Übeltäter stellen, der hinter alldem steckt.«

»Dazu muss man erst mal wissen, wer das ist«, sagte Straaten.

Friedrichsberg richtete sich wieder auf und sagte voller Stolz: »Das weiß ich.«

»Echt jetzt?!«, sagte Dahl

»Und wer ist es?«, fragte Straaten.

»Verrätst du es uns?«

Friedrichsberg deutete Richtung rumballernde Mumie. »Das ist hier doch nicht der geeignete Zeitpunkt, oder?«

»Na ja, bevor wir es überhaupt nicht erfahren …«

»Aber merkt ihr was?!«, fragte Friedrichsberg seine beiden Freunde.

»Was denn?«

Einen Augenblick herrschte Stille.

»Die Mumie hat das Schießen drangegeben.«

»Warte mal. Ruhe jetzt.«

Alle lauschten hin und schauten sich kurz um.

»Du hast recht.«

Dahl drehte sich jetzt auch nach hinten und schrie mutig: »Kommt da noch was oder ist jetzt endlich Ruhe im Karton? Na?!«

»Scheint das Magazin leergeschossen zu haben«, stellte Friedrichsberg fest.

»Wäre hilfreich.«

Friedrichsberg schaute noch mal nach hinten Richtung Mumie. »Hm … Dafür trabt ihr Maultier jetzt ganz schön an! Seht ihr die Staubwolke?!«

»Mist!«

»In der Tat!«

Dahl mühte sich auf seinem Kamel ab. »Wenn wir unsere Kamele nur ein bisschen auf Tempo bekämen, dann könnten wir jetzt links einen steilen Haken schlagen, dann direkt wieder rechts, links, rechts, links und dann ab durch die Mitte, so könnten wir die Mumie vielleicht doch noch abhängen!«

Friedrichsberg nickte anerkennend. »Grandiose Idee.«

»Oder etwa nicht?!«

»Nur: Hast du dich hier mal umgeguckt?«

»Hm? Nö, warum? Gibt ja nicht viel zu sehen.«

»Das sehe ich genauso.« Friedrichsberg nickte. »Ist eben Wüste. Also in der Hauptsache Sand. Flächenmäßig.«

»Eben. Und weiter?«

»Wieso willst du dann mit deinem Kamel Haken schlagen wie blöd? Auch wenn du den vierten oder fünften Haken geschlagen hast, sieht dich die Mumie doch weiterhin, weil eben nix ist! Weit und breit! Überhaupt gar nichts. Wir können nur hoffen, dass das Maultier der Mumie auf die Dauer lahmt und uns am Ende nicht einholt.«

Dahl dachte über Friedrichsbergs Worte länger nach. »Also ganz ehrlich, das ist mir doch zu aussichtslos.«

»Willkommen in deiner Welt«, sagte Straaten.

»Können wir diese Mumie nicht irgendwie loswerden?«

»Gute Frage, Dahl.«

»Deswegen habe ich sie gestellt.«

»Auswickeln wäre 'ne Möglichkeit ...«, schlug Friedrichsberg vor.

»Also direkt Handanlegen möchte ich ungern«, wehrte sich Straaten.

»Ich auch nicht«, sagte Dahl.

Friedrichsberg grübelte nach. »Aber wartet mal, wartet mal ... Hmmm ... Wenn man mal genau drüber nachdenkt, so 'ne olle Mumie, die besteht ja hauptsächlich aus alten, trockenen Lappen. Da reicht doch theoretisch ein Funken und die mordende Mumie steht in Flammen.«

Seine beiden Freunde versuchten, mental zu folgen.

»Ah so«, machte Dahl. »Du meinst, wenn wir ein brennendes Streichholz auf sie werfen würden ...«

»... wären wir sie in Sekunden los«, komplettierte Straaten den Satz. »Doof ist nur, für ein Streichholz ist sie zu weit weg. Und hätten wir denn überhaupt eins?«

»Klar, immer dabei«, sagte Friedrichsberg.

»Das ist doch schon mal was.«

»Man müsste«, machte Dahl weiter, »ein Streichholz in eine Armbrust legen und das dann abfeuern.«

»Schon beim Abschuss ginge das Streichholz aus«, stellte Friedrichsberg fest.

»Klappt also nicht?«

»Und hast du 'ne Armbrust dabei?«, wollte Friedrichsberg wissen.

»Stimmt.«

Die drei dachten nach.

Die Kamele hatten die Ruhe weg, das Maultier mit Mumie kam näher und näher.

»Lustig!«, sagte auf einmal der Dicke.

»Ich finde unsere Situation eher ernst!«, wandte Straaten ein.

»Nee«, sagte Friedrichsberg, »ich hab vorhin in der Satteltasche von meinem Kamel gewühlt und einen interessanten Gegenstand gefunden. Wahrscheinlich vom Vorreiter.«

»Eine Armbrust?«

»Ein Wörterbuch Französisch - Niederländisch.«

»Man könnte es der Mumie an den Kopf werfen«, schlug Dahl vor.

Friedrichsberg schüttelte den Kopf. »Dafür ist es nicht dick genug. Und so weit kann ich damit auch nicht werfen.«

Straaten und Dahl beugten sich zu ihren Satteltaschen hinunter und kramten darin herum.

»Also ...«, sagte Straaten, »äh ... Ich hab hier auch was in meiner Satteltasche!«

»Und?«

»Ein altes Frühstücksbrötchen.«

Dahl war begeistert. »Dann können wir gerne tauschen, ich hab hier nur ein Leuchtfeuer, so ein Pech!«

»Ein Leuchtfeuer?« Friedrichsberg und Straaten schauten ihren Freund verwundert an.

Der zuckte mit den Schultern. »Wahrscheinlich dafür, wenn man sich in der Wüste verreitet – dann kann man so leichter gefunden werden! Aber wenigstens das Problem haben wir grad mal nicht!«

»Ein Problem weniger und eine Lösung mehr!«, meinte Friedrichsberg.

»Könnte ich jetzt das Frühstücksbrötchen ...«

Friedrichsberg unterbrach seinen Freund und winkte ab. »Wir müssen erst mal die Kamele zum Stehen bringen.«

»Wieso das denn?«, fragte Dahl ungläubig. »Dann wird uns die Mumie noch eingeholt haben, ehe ich das Brötchen ...«

»Mensch, Dahl«, Straaten fasste sich an den Kopf, »so dämlich kann man doch nicht sein! Das LEUCHTFEUER! Damit können wir die Mumie doch leicht in Brand setzen!«

»Von mir aus«, sagte Dahl desinteressiert. »Und was ist jetzt mit dem Brötchen?«

»Haltet endlich mal eure Klappen und eure Kamele an!«, befahl Friedrichsberg ruppig.

Mühsam brachten die drei ihre Wüstenschiffe zum Stehen.

Friedrichsberg schaute seine beiden Freunde an. »Wer von uns wirft am besten?«

»Ich konnte noch nie gut werfen«, sagte Dahl.

»Du kannst alles nicht gut.«

»Ja, das kann ich.«

»Ich würde sagen, ich«, sagte Straaten. »Ich war mal Boule-Meister von Witzhelden.«

»Nomen est omen«, grummelte Friedrichsberg. »Dann ruht nun alle Hoffnung auf dir, Straaten, wir haben nur die eine Chance! Wenn der Bengalo ihn verfehlt, sind wir verloren.«

Dahl zeigte auf das Maultier. »Die Mumie kommt immer näher!«

»Das ist bei unserem Plan nur von Vorteil.« Friedrichsberg guckte konzentriert in die Richtung, aus der die Mumie angeritten kam. Dann sagte er zu Dahl: »Jetzt wirf den Böller endlich zu Straaten rüber, damit er in Ruhe zielen kann!«

»Moment, es ist zu bewegt gerade.« Das Tier unter Dahl machte Zicken.

»Was ist zu bewegt?«, fragte Straaten.

»Das Kamel. Es wackelt. So kann ich nicht werfen.«

»Auch wenn es nicht wackeln würde, könntest du nicht werfen.«

»Ja, das stimmt.«

»Wirf jetzt endlich rüber«, befahl Friedrichsberg. »Es sind doch nur zwei Meter!«

»Ich hab auch noch nichts gegessen, das spielt uns auch nicht gerade in die Karten.«

»Wirf!«, brüllten Straaten und Friedrichsberg.

Durch den Ruf überrumpelt, warf Dahl, ohne weiter nachzudenken, den Böller zu Straaten, der ihn gekonnt auffing.

»Seht ihr, geht doch«, sagte Friedrichsberg zufrieden. »Straaten, jetzt konzentrier dich! Wenn die Mumie in Reichweite ist, ziehst du den Zünder und dann schwupp!, auf die Mumie damit, bevor sie uns erreicht!«

Straaten schaute in Richtung Mumie. »Jetzt schon?«

»Nein, lass sie noch ein bisschen kommen, dann müsste es passen.«

»Müsste?!«

»Könnte.«

»Könnte?!«

»Es muss!«, bellte der Dicke. »Oder hast du noch einen Böller in deiner Satteltasche?«

Dahl griff nach unten und suchte. »Ich fühle nichts.«

»Du sollst nichts fühlen, du sollst etwas in deiner Satteltasche haben.«

»Fehlanzeige«, stellte Dahl fest.

Friedrichsberg wandte sich wieder an Straaten und sagte konzentriert: »Dann muss der eine Böller sitzen.«

Straaten wischte sich erste Schweißperlen von der Stirn; viel stand auf dem Spiel: letztlich ihr Leben. Er räusperte sich. »Werfen ist eine meiner Kernkompetenzen.«

»Wirklich?«, wollte Dahl wissen.

»Denke schon.« Sicher war sich Straaten nicht. Wusste er doch von der alten Regel: Je mehr auf dem Spiel steht, umso größer ist die Chance zu versagen.

Die Sonne brannte unnachgiebig auf sie herab.

Die Kamele blieben cool.

Die drei Helden hingegen kamen sich beinahe ausgetrocknet vor.

Diese Hitze …

Sie verhielten sich ruhig, ließen die Mumie auf ihrem Maultier immer weiter auf sich zutraben, der Abstand wurde immer geringer, bis Friedrichsberg mit einmal nickte und »Und los!« rief.

Straaten zog am Zünder des Leuchtfeuers, kniff das linke Auge zu, nahm mit dem rechten Auge Maß und warf den Feuerwerkskörper zielgenau auf die Mumie.

Die Mumie ihrerseits sah den Böller ankommen, schrie erschreckt auf, wollte ihr Maultier im letzten Moment rumreißen und Fersengeld geben, aber das störrische Tier bockte, und so traf der Bengalo zielgenau die Mumie am Kabänes und setzte sie mit einer Stichflamme lichterloh in Brand.

Das Maultier scheute und trabte nun wild mit seinem brennenden Passagier los, bis es die Mumie endlich aus dem Sattel geworfen hatte. In einer letzten grellen Explosion löste sich die Mumie in Rauch auf.

Die drei Helden saßen auf ihren Kamelen und lachten laut auf.

»Du hast es tatsächlich geschafft, Straaten«, rief Dahl hocherfreut.

»Du bist ein Held, kein Witz!«, musste auch Friedrichsberg zugeben – was ihm nicht gerade leichtfiel.

Straaten war zufrieden mit sich und seiner Leistung. »Ja, das bin ich.«

Friedrichsberg sah Richtung Mumienrest und Rauchwolke. »Mumie flambiert, mein heutiger Serviervorschlag!«

»Apropos«, sagte Dahl, endlich wieder bei seinem Lieblingsthema angekommen, »können wir bitte zurück ins Hotel? Das Brötchen war schon ein bisschen trocken und auch nicht mehr als ein Appetizer …«

»Auf jeden Fall«, sagte Friedrichsberg mit Nachdruck. »Und wir wollen den Mann stellen, auf dessen Konto die meisten Morde gehen. Sowie die gesammelten abgeschnittenen Zehen. Ein Mann, der uns die ganze Zeit genasführt hat, den großen Unbekannten.«

Dahl und Straaten schauten verwundert zu ihrem dicken Freund.

»Ach. Du weißt, wer hinter alldem steckt?«

Friedrichsberg nickte. Langsam setzte sich sein Kamel in Bewegung. Die anderen beiden Tiere folgten gemächlich.

»Und wer soll das sein?«

Friedrichsberg grinste zufrieden. »Ein Unbekannter, der ziemlich groß ist. Sonst würde ich ihn nicht so nennen.«

KAPITEL 5

Unsere drei Helden, noch etwas ermattet von der finalen Entsorgung der Mumie, hatten sich in ihrer Hotelsuite ausgeruht, sich frisch gemacht, und nun sollte es eigentlich in den Speisesaal des luxuriösen Hotels zum Abendessen gehen.

Friedrichsberg war als Erster mit Körperhygiene und Umzug fertig, war er doch auch als Erster ins Bad gegangen und hatte dort eine gute Stunde im Whirlpool – mit dem Badezusatz Eukalyptus-Honig – gesessen, in der linken Hand abwechselnd einen schottischen Whisky oder ein Glas eisgekühlte Buttermilch, in der rechten eine ägyptische Zigarre.

Derart ausgestattet und umsprudelt grübelte der Dicke – Eukalyptus-Honig-umnebelt. Und er dachte an Züge, Mumien und Piraten, an zu viele Tote, scheinbar unzusammenhängende Zusammenhänge, blutige Schuhe, fehlende Zehen, hanebüchene Ausgrabungen und an Mythologie. Und wie ein geübter Koch warf er all diese Zutaten in eine große Pfanne, nahm gutes Öl dazu, würzte kräftig und ließ alles ruhig vor sich hin schmurgeln.

Und dann nahm er mit einem Mal den Deckel von der Pfanne, hielt seine Nase hinein, atmete tief ein, die

Dampfschwaden schlugen ihm entgegen, all die Gerüche stiegen ihm in den Kopf, wirbelten herum und hin und her und nahmen langsam eine grausame Gestalt an – und dann hatte sich seine Vermutung bestätigt. Er stieg aus dem badewannenartigen Zimmerpool, trocknete sich ab und verließ das Bad.

Seine beiden Freunde wollten gerade protestieren, weil sie so lange auf ihn hatten warten müssen, sahen dem Dicken aber sofort an, dass etwas in ihm vorgegangen und er zu einer Lösung all der Rätsel gekommen war. Also fügten sie sich schweigend und machten sich ihrerseits fertig.

Als Erster Straaten.

Dann verschwand Dahl im Bad.

Und hatte nicht viel Zeit.

»Jetzt komm schon, Dahl«, moserte Straaten. »Ich verstehe dich nicht. Erst redest du nur vom Essen, und jetzt trödelst du rum.«

Dahl warf sich noch etwas kaltes Wasser ins Gesicht. »Ich komm ja schon. Was soll ich denn machen, wenn ihr so lange im Bad braucht?«

Friedrichsberg stand bereits in der Türe und trommelte mit seinen Fingern gegen den Rahmen. »Jetzt sind wir es schuld, wenn sich Herr Dahl noch die Locken drehen muss!«

»Gar nicht! Musste nur den ganzen Sand aus den Ritzen …«

»Oh, bitte keine Bilder!«, unterbrach ihn Straaten schnell.

»Wenn du jetzt nicht kommst, gehen wir alleine vor!«, bestimmte Friedrichsberg Richtung Bad.

»Ja, ich bin auch gespannt, was es heute gibt. Habe einen ordentlichen Appetit und in meiner Kehle ... Wüste!«

Dahl kam aus dem Bad gerannt, er warf sich in Hose und Oberhemd und schlüpfte in seine Schuhe. »Wartet ...«, sagte er, vor Eile hüpfend. »Ich bin ja gleich da!«

Friedrichsberg machte auf dem Absatz kehrt und ging vor; Straaten folgte ihm: »Dahl, komm und zieh die Tür hinter dir zu!«

»Jajaja ...«

Die Zimmertüre wurde zugezogen, und die drei gingen über den Hotelflur.

Als sie einige Türen bereits passiert hatten, sagte Friedrichsberg: »Schaut mal, da steht eine Zimmertür offen ...«

»Komm bloß nicht auf die Idee hineinzulünkern.«

»Und warum nicht, Straaten? Ist doch interessant, wie die anderen hier wohnen.«

»Er kann es einfach nicht lassen ...«

Die drei Freunde blieben stehen, und Friedrichsberg ging auf die offen stehende Türe zu; dann schaute er ins Zimmer. »Zum Beispiel ist der Schreibtisch dort um einiges spannender als der in unserem Zimmer ...«

»Was kann denn an einem Schreibtisch spannend sein?«

In dem Augenblick tauchte Wolfram Ulitzner vor Friedrichsberg auf. »Oh, guten Abend, Herr Friedrichsberg.«

Der Angesprochene erschrak keineswegs, ihm war die Situation auch nicht unangenehm; ganz ruhig entgegnete er: »Guten Abend, Herr Ulitzner. Ihre Türe stand offen, und da wollte ich nur kurz nach dem Rechten sehen!«

»Alles in Ordnung bei mir«, lächelte Ulitzner. Er trat aus seinem Zimmer und zog schnell die Tür hinter sich zu. »Und … geht's zum Dinner?«, wollte Ulitzner wissen.

»Und wie!«, antwortete Straaten. »Wir haben einen Riesenappetit!«

»Darf ich mich anschließen?«

»Wenn Sie nichts Besseres vorhaben, bitte …« Friedrichsberg zeigte den Flur entlang Richtung Aufzüge.

»Ich habe das gemeinsame Abendessen gestern sehr genossen. Schöne, große Runde, nette Leute, interessante Gespräche …«

»Dann müssen Sie mit anderen Leuten als mit uns zusammengesessen haben«, grinste Friedrichsberg Ulitzner an.

»Bitte?«

»War ein Scherz. Ach, da fällt mir ein …« Friedrichsberg schlug sich mit der flachen Hand vor die Stirn. »Ich habe etwas auf dem Zimmer vergessen. Dahl, gehst du mit Herrn Ulitzner schon mal vor? Straaten, komm doch noch mal eben mit, bitte.«

»Ich hätte jetzt aber ziemlichen Hunger.«

»Keine Widerrede, du kommst mit!«, zischte der Dicke ihm ins Ohr.

»Gut«, staunte Dahl, »dann schauen wir zwei schon mal, was es Leckeres gibt.«

Auch Ulitzner staunte. »Aber …?«

»Bis gleich«, winkte Friedrichsberg.

Dahl und Ulitzner entfernten sich Richtung Aufzüge. »Kommen Sie, wer früh erscheint, hat die größte Auswahl!«

Friedrichsberg und Straaten schauten den beiden nach, bis sie im Aufzug verschwunden waren.

»Kannst du mir mal bitte verraten, was das soll?«, wollte Straaten wissen.

Der Dicke ging zurück zu Ulitzners Zimmer und nickte in Richtung Türe. »Ich breche jetzt hier ein, und du stehst Schmiere.«

»Bitte was?!«

»Rede ich undeutlich, oder hörst du schlecht? Ich breche bei Ulitzner ein, und du stehst vor der Türe und guckst, ob keiner guckt.«

»Das mache ich nicht!«

»Und wie du das machst!«

»Nein.«

»Gut, dann brichst du ein, und ich stehe Schmiere«, bot Friedrichsberg an.

»Das mache ich erst recht nicht.«

»Dann steh bitte einfach ein bisschen doof rum und guck blöd.«

»In Herrgottsnamen!« Straaten gab auf. »Und wie willst du da rein? Hast du ein Brecheisen in der Innentasche?«

»Nein, aber ...« Friedrichsberg kramte sein Portemonnaie hervor und fummelte etwas daraus hervor. »... diese Scheckkarte sollte genügen. Ein Griff, ein Ruck, und schon ist die Tür auf.«

Er machte sich an der Türe zu schaffen und ...war nach kurzer Zeit drin.

Unschuldig fragte Friedrichsberg: »Stand die nicht eh schon auf?«

»Nein, das tat sie nicht.«

»Bist du kleinlich. Klopf einfach, wenn wer kommt.«
»Hab ich eine andere Wahl?«
»Nein.«
»Aber beeil dich bitte.«
»Es wird ganz schnell gehen.«

Und es ging ganz schnell. Friedrichsberg ließ einen unruhigen Jupp Straaten auf dem Hotelflur stehen und war mit wenigen Schritten im fremden Zimmer und am Schreibtisch aus der Kolonialzeit, steuerte die zweite Schublade von oben links an, zog sie auf, holte eine kleine Holzschachtel hervor, öffnete sie vorsichtig und warf einen raschen Blick hinein.

Er bekam große Augen. »Das gibt's doch gar nicht.« Er grinste übers ganze Gesicht. »Nun, mehr wollte ich nicht wissen.«

Dann packte er sich die Holzschachtel unter den Arm und verließ das Hotelzimmer wieder.

Ein schweißgebadeter Straaten guckte ihn an. »Meine Herren, das ging aber schnell. Hast du schließlich doch noch festgestellt, dass dein Unternehmen Wahnsinn ist, und bist schnell wieder umgekehrt?«

Friedrichsberg strich sich über den Schnurrbart und sagte stolz: »Im Gegenteil ... Und jetzt auf zum großen Finale.«

KAPITEL 6

Nachdem alle im großen Speisesaal ein üppiges Abendmahl – Gruß aus der Küche, erste Vorspeise, zweite Vorspeise, Suppe, Fischgang, Sorbet, Fleischgang, Vor-Dessert, Dessert und Käseauswahl von Maître Phillipe – zu sich genommen hatten, wuchtete Friedrichsberg seinen gewaltigen Körper aus dem Stuhl und schlug mit einem Dessertlöffel gegen sein Weinglas und brachte auf diese Art alle Anwesenden zum Schweigen.

Der Fokus aller lag nun auf Alfons Friedrichsberg, der seinen Wanst rausstreckte, sich über den Schnurrbart strich und zunächst einmal die ganze Tischgesellschaft durch seine Brille anschaute.

»Meine sehr verehrten Damen*innen und Herren*innen und alle möglichen dazwischen, nachdem ganz offensichtlich alle Anwesenden doch wider Erwarten und ausnahmsweise die Speisen überlebt zu haben scheinen, möchte ich Sie nun gesammelt ins Kaminzimmer bitten. Ausreden gelten nicht. Ihre Vollzähligkeit ist unabdingbar.«

Viel Zustimmung, aber auch Ablehnung.

»Aber wieso das denn?«, fragte leicht entrüstet Gräfin Sophie von Scharmützel.

»Ich wollte mir eigentlich die Füße vertreten«, stellte Hamilton Focus in seinem Smoking klar.

»Und ich die Füße hochlegen, Mr. Focus. Auf meinem Zimmer«, sagte Sir Lancelot Smith.

»Also, mir passt das so überhaupt nicht!« Die Gräfin schien erzürnt.

»Na ja, gut«, Hamilton Focus zog eine Augenbraue hoch, »hab eigentlich eh nichts Besseres vor.«

Die Gräfin sah verärgert zum Dicken hin. »Herr Friedrichsberg, sagen Sie uns bitte, was der ganze Zirkus jetzt soll?«

Friedrichsberg legte sein schönstes Lächeln auf. »Das kann ich Ihnen gerne verraten, geschätzte Gräfin, lieber Sir Lancelot, bester Mr. Focus. Ich habe für die ganzen absonderlichen Ereignisse, die uns seit Beginn der Reise mit dem bezaubernden Wüstenexpress auf unheimliche Weise verfolgen, endlich eine Erklärung. Sie gestatten, dass mein alter Freund Dr. Robertson Davies gleich noch zu uns stoßen wird. Und wenn Sie, Herr Ulitzner, uns ebenfalls die Ehre gäben, ich wäre hocherfreut. Bitte folgen Sie mir.« Damit zeigte er auf die doppelflügelige Türe, die direkt ins Kaminzimmer führte.

Er hatte vor dem Abendmahl mit der Hotelführung korrespondiert und darum gebeten, einige Stühle im Halbkreis vor dem Kamin aufzustellen und einige Getränke bereitzuhalten. Die ein oder andere stillschweigende Abmachung wurde ebenfalls getroffen.

Unter leisem Murren versammelte sich die seit ihrer Abfahrt in Oer-Erkenschwick doch stark dezimierte Wüstenexpress-Reisegruppe im Kaminzimmer: die

Gräfin Sophie von Scharmützel, Sir Lancelot Smith, Hamilton Focus, der freundliche Zugbegleiter Herr Olaf, Dr. Robertson Davies, Wolfram Ulitzner, Jupp Straaten, Willi Dahl und selbstverständlich Alfons Friedrichsberg, der vor einem prächtig vor sich hin prasselnden Kaminfeuer auf und ab ging, während sich die Gesellschaft im Halbkreis um ihn versammelte.

Die Letzten versorgten sich gerade noch mit einem Digestif, und die ein oder andere Zigarre wurde auch noch entzündet.

Die Gräfin zog einen Fächer aus ihrer Handtasche. »Puh, ist das warm ...«

Bei einer Außentemperatur von 41 Grad im Schatten abends um kurz nach 21 Uhr war ein munter prasselndes Kaminfeuer vielleicht eine übertriebene atmosphärische Zugabe. Doch hatte Alfons Friedrichsberg aus dramaturgischen Gründen darauf bestanden, auch wenn es ihn selbst jetzt stark ins Schwitzen brachte.

»Nun also, ich ... äh ... na, wie sagt man noch mal ... ich ... ähm ... renoviere, nee, ich recamiere, Quatsch, ich relativiere, ich rehabilitiere ... Friedrichsberg!«, ermahnte er sich selber und wischte sich mit einem Stofftaschentuch über die Stirn, »ich rekonvalesziere, ich rekognosziere ... Ich fasse zusammen. Jetzt konzentrier dich mal.«

Die sturzbachartige Transpiration führte zu leichten Wortfindungsschwierigkeiten seinerseits, und das Taschentuch konnte nur eine winzige Verbesserung verschaffen.

Friedrichsberg räusperte sich. »Bei meiner Intelligenz und meinem Scharfsinn ist so eine kleine Unebenheit doch nur ein felidaesker Tropfen auf dem heißen Blechdach!«

Schönes Bild in dem Zusammenhang.

»Also, verehrte Reisegesellschaft, gut, dass Sie sich alle hier versammelt haben.«

»Wir sind gespannt zu erfahren, warum eigentlich.« Herr Olaf konnte nicht ganz folgen. Aber das schien bei ihm ein grundsätzliches Phänomen zu sein.

»Nun, ich möchte Ihnen hier und nun mitteilen, wer hinter diesen ganzen seltsamen Morden und Anschlägen steckt, mit denen wir uns die ganze Zeit konfrontiert sehen.«

»Sie haben Lübke verhaftet, das ist das Wichtigste!«, mischte sich die Gräfin ein.

»Korrekt, Frau Gräfin.«

»Und die beiden schwarzen Witwen«, fügte der Zugbegleiter dienstbeflissen an.

»Und diese Silvia Polkarek«, kam von Jupp Straaten.

»Und die Sache auf dem Wüstendampfer. Der Pichelgruber«, war Dahl zufrieden, auch etwas beigetragen zu haben. »Und das alles oder die alle, obwohl du diesmal deine Ruhe und mit nichts etwas zu tun haben und auch keine Mörderhatz und Täterdingfestmachung veranstalten wolltest.« »Ja, ja, ja«, nickte Alfons Friedrichsberg, von sich selber sehr begeistert, »das ist alles richtig und doch nicht der Kern! Das waren alles Fälle: Einzel-, Neben- und Zwischenfälle, die nebenher noch zusätzlich anfielen.«

Die Gräfin schaute ihn pikiert an. »Sie sagen das so, als würden Sie sich darüber freuen.«

»Nein.«

»Doch.«

»Quatsch.«

»Wohl.«

»Also, na gut«, gab sich Friedrichsberg zufrieden geschlagen. »Aber nur, weil ich die schon alle lösen konnte, rein professionelle Freude also! Und jetzt konzentrieren wir uns bitte auf den eigentlichen Fall.«

»Möchten Sie etwas zu trinken?«, fragte Herr Olaf zuvorkommend.

»Nein, danke.« Friedrichsberg räusperte sich. »Also, der eigentliche Fall, der große Fall …«

»Dürfen wir vorher ein Fenster öffnen, man geht ja hier ein vor Hitze!«, fragte die Gräfin.

»Alle Fenster bleiben geschlossen!«

»Sollten wir dann vielleicht die Türe öffnen, dass wenigstens ein bisschen Luft reinkommt?« Sir Lancelot schielte auf die Doppelflügel.

»Nein, sollten wir nicht.«

Hamilton Focus mischte sich ein: »Dann lassen Sie uns wenigstens das Feuer im Kamin ausmachen, wir werden hier drinnen ja sonst in unserem eigenen Schweiß gekocht!«

Friedrichsberg verlor für einen Augenblick die Fassung; er brüllte eskalierend: »Darf ich endlich diesen verdammten Fall aufklären?«

Augenblicklich war absolute Stille im Kaminzimmer.

»Bitte«, kam von allen wie aus einem Mund.

»Ist jetzt Ruhe im Karton?«, wollte Friedrichsberg in die Runde blickend wissen.

»Gut.«

»Hören alle konzentriert zu?«

»Ja.«

»Ich möchte jetzt nicht mehr unterbrochen werden!«

»Nein.«

»Gut.«

»Bitte.«

»Also.«

Friedrichsberg schaute noch einmal in die Runde, alle saßen gespannt vor ihm und schauten ihn erwartungsvoll an.

»Tja, meine Lieben, wo fange ich an, wo höre ich auf? Vielleicht bei der ominösen Dame in Rot? Die nicht viel von sich gegeben hat und einfach nur in Erscheinung getreten ist, wenn es seltsam wurde. Die dann tragischerweise bei unserem Abendessen in Griechenland vom Kronleuchter erschlagen wurde. Nun, es handelt sich bei ihr um eine Mitarbeiterin meines Freundes Dr. Robertson Davies – er konnte mir meine Vermutung gestern noch bestätigen –, die uns – also genauer Jupp Straaten, Willi Dahl und meine Wenigkeit – während der Reise im Auge behalten und berichten sollte, ob wir von irgendjemand verfolgt würden. Sie hat immer alle Geschehnisse umgehend an meinen Freund weitergeleitet. Ich frage dich vor allen Anwesenden noch mal: Stimmt's oder habe ich recht?«

Dr. Robertson Davies schien die Situation äußerst unangenehm zu sein. Aber er musste es zugeben. Langsam nickte er: »Ja, du hast vollkommen recht, genauso ist es. Und wie tragisch, dass ich eine meiner besten Mitarbeiterinnen auf so brutale Weise verloren habe.«

»Ja, in der Tat schrecklich. Hat deine Mitarbeiterin eine Idee gehabt, wer uns die ganze Zeit verfolgt?«

Davies schüttelte jetzt den Kopf. »Leider nein, aber ich habe gehofft, du würdest alleine damit fertig ...«

»Und du hast zu Recht gehofft, aber dazu kommen wir später. Denn da wäre zuerst noch Sir Lancelot Smith.«

Der Abenteurer war kurzfristig auf seinem Stuhl weggenickt, hörte jetzt aber seinen Namen und war schlagartig hellwach. »Bei Gott, das bin ja ich.«

Friedrichsberg schenkte ihm ein Lächeln. »Er ist uns über diese ganzen tödlichen Verwicklungen sehr ans Herz gewachsen, und wir bewundern seine Zähigkeit. Selten jemanden erlebt, der so oft gestorben ist und am nächsten Morgen wie der frische Tag vor einem stand.«

Sir Lancelot schaute den Dicken aus großen Augen an. »Was?!«

Friedrichsberg erhob die Stimme: »Schön, Ihre Bekanntschaft gemacht zu haben.«

»Die Freude ist ganz meinerseits. Sie wissen, dass Sie immer auf mich zählen können, wenn Ihnen eine tödliche Gefahr droht.«

»Ja, aber hoffen wir mal, dass es nun nicht noch mal dazu kommen wird.«

Sir Lancelot winkte ab. »Haha, mich schreckt das nicht!«

»Das wissen wir auch inzwischen.« Jetzt wandte sich Friedrichsberg dem smokingtragenden Menjou-Bärtchen zu. »Dann hätten wir Mr. Hamilton Focus. Seltsamerweise war er ab und an an Orten, wo man ihn eigentlich nicht vermutet hätte. Das macht ihn in einem gewissen Maße verdächtig, aber tatsächlich haben Sie sich die ganze Zeit nichts zuschulden kommen lassen, außer dass Sie mich ablenkten.«

»Das war niemals meine Absicht!« Leichte Empörung schwang mit.

»Völlig richtig. Aber jetzt wird es interessant.«

»Wieso?« Gräfin Sophie schaute sich um. »Es bleiben doch nur noch ich, der Zugfritze und dieser Handelsvertreter da drüben übrig.«

»Mein Name ist Ulitzner«, sagte der Handelsvertreter.

»Und ich hab nix mit nix zu tun«, empörte sich Herr Olaf.

»Das stimmt«, gab Friedrichsberg ihm recht. »Ihre Aufgabe war nur, uns fröhlich in die Wüste zu schicken, und das ist Ihnen prächtig gelungen!«

»Es war mir eine Ehre!«

Jetzt wandte sich Friedrichsberg dem Handelsvertreter – Bürste und anderes Drahtiges – zu: »Und, ach ja, entschuldigen Sie vielmals, Herr Ulitzner, zu Ihnen komme ich auch noch. Eigentlich haben Sie mit der ganzen Sache gar nichts zu tun. Sind nur zufällig mit uns im selben Hotel.«

Ulitzner nickte mit Nachdruck. »Da haben Sie vollkommen recht, dann kann ich ja eigentlich auch gehen.«

»Bitte nicht«, hielt ihn Friedrichsberg auf und bedeutete ihm, sitzen zu bleiben. »Tun Sie uns doch den Gefallen und leisten Sie uns noch ein bisschen Gesellschaft.«

»Nun ja …«

»Kommen wir jetzt zu Ihnen, Frau Gräfin.« Mit einer galanten Drehung stand Friedrichsberg direkt vor Sophie von Scharmützel und fixierte sie über den Brillenrand hinweg. »Wie war noch mal Ihr werter Name?«

»Den wissen Sie doch nur zu gut.«

»Ich meine Ihren wirklichen Namen.«

»Wie meinen Sie das?« Sie sah ihn streng an.

»So, wie ich es sage«, grinste der Dicke. »Wollen Sie ihn selbst sagen oder soll ich?«

Der Rest der Gesellschaft schaute verwirrt auf den alten Drachen.

»Aber ...«, brüskierte sich dieser kurz.

Friedrichsberg schürzte die Lippen. »Ich kürze das mal ab. Sie heißen nicht, wie Sie heißen, und Sie sind nicht, wer Sie sind. Sie heißen Ludmilla Smirnikowa und kommen gebürtig aus Pirmasens. Vor einiger Zeit haben Sie sich für viel Geld adoptieren lassen, nachdem Sie Ihren fünften Gatten erfolgreich und mit Nachdruck unter die Erde gebracht hatten. Ob dabei alles mit rechten Dingen zugegangen ist, kann man nur mutmaßen. Jedenfalls haben Sie sich als vermeintliche Gräfin von Scharmützel Ihren sechsten Mann geangelt, der inzwischen auch schon in die ewigen Jagdgründe eingegangen ist. Vielleicht haben Sie nur einfach Pech mit der Physis Ihrer Männer. Oder Glück, wie man will. Oder Sie haben einen geschickten Weg gefunden, dem Ableben jeweils unauffällig, aber entscheidend nachzuhelfen. Doch das tut heute hier nichts zur Sache, damit sollen sich die Behörden in der Heimat nach der Reise rumschlagen.«

Die vermeintliche Gräfin war aufgesprungen. »Was erlauben Sie sich? Das ist ja eine Frechheit.«

»Ja, aber leider die Wahrheit.«

»Wer sind Sie überhaupt?«

»Alfons Friedrichsberg.«

»Was denken Sie, wen Sie vor sich haben?«

»Auf jeden Fall keine echte Gräfin. Und ich wiederhole gerne noch einmal Ihren wirklichen Namen: Ludmilla Smirnikowa.«

»Aber ...«

Friedrichsberg unterbrach sie: »Genießen Sie Ihre Freiheit, solange sie noch währt, und schweigen Sie jetzt besser still. Sonst veranlasse ich Ihre Verhaftung noch hier!«

Verwirrt, aber auch bewundernd schaute Straaten seinen Freund an. »Wie bist du da nur wieder drauf gekommen?«

»Ich sage nur eins, mein lieber Straaten: Unsere Ludmilla hier hat mindestens Schuhgröße 42.«

»Na und? Der Adel lebt halt gerne auf großem Fuß.«

»Ich habe das mal recherchiert. Seit Beginn der Aufzeichnungen hat keine von Scharmützel jemals eine Schuhgröße über 38 gehabt. Da hab ich mich gefragt, woher unsere Gräfin ihre Quadratlatschen hat.«

»Lass mich raten: väterlicherseits?«, rätselte Dahl.

Friedrichsberg schnaufte laut auf. »Nein, aus einem Laden für Damenschuhe in Übergrößen in Pirmasens. Ein Anruf bei der Stadtverwaltung dort, und ich wusste, wie unsere vermeintliche Gräfin vorher hieß!«

»Das ist genial.«

»Nein, ist es nicht. Das ist nur das Ergebnis von ein bisschen Beobachtung, Nachdenken, Recherchieren, Kombinieren und schwupps ... liegt alles klar auf der Hand.«

Rot vor Wut fragte die Gräfin, ohne eine Antwort zu wollen: »Wieso hat diese dämliche Stadtverwaltung von Pirmasens nur nicht dichtgehalten?! Ich habe denen doch sogar eine Parkbank für ihren Stadtgarten gespendet.«

»Tja«, machte der Dicke, »vielleicht hätten Sie noch 'ne Tennishalle drauflegen oder die Wombat-Patenschaft im Zoo übernehmen müssen ...«

Die Gräfin dachte kurz nach. »Möglich.«

Abrupt wechselte Friedrichsberg das Thema und richtete sich kerzengerade auf. »Aber nun zu der Person, die hinter all den noch nicht aufgeklärten Anschlägen und Morden steckt.«

Alfons Friedrichsberg schritt vor dem prächtig vor sich hin prasselnden Kaminfeuer auf und ab.

Alles harrte der letzten Offenbarung.

Friedrichsberg tupfte sich den Schweiß von der Stirne.

»Wo war ich stehen geblieben?«

»Du wolltest zu der Person kommen, die hinter all den noch nicht aufgeklärten Anschlägen und Morden steckt ...«, half ihm Straaten auf die Sprünge.

»Meine Worte ... Kommen wir also zu Malik, dem Kamelhirten.«

»Moment mal«, unterbrach Dahl des Dicken Schlussfolgerungen, »schlägt dir die Hitze zu sehr aufs Gemüt?«

»Wieso?«

»Malik ist doch gar nicht hier.«

»Doch, das ist er.«

Dahl schaute sich verdutzt um. »Hat er sich irgendwo versteckt?«

»Nein, er sitzt brav mit euch zusammen vor mir.«

Alle schauten sich um. Nach links, nach rechts, vor und wieder zurück, aber niemand konnte den Kamelhirten entdecken.

Wolfram Ulitzner erhob das Wort. »So genial Ihre Kombinationsgabe auch ist, so schlecht sind Ihre Augen. Sie sollten zum Arzt gehen.«

»Das glaube ich nicht.« Genüsslich setzte Friedrichsberg eine Zigarre in Brand; trotz der Wärme hinten (Kamin) und draußen (Klimaerwärmung). »Malik ist nämlich nicht nur Malik. Malik ist auch Costas.«

»Costas der Grieche?!«, fragte die vermeintliche Gräfin.

»Ich sehe auch keinen Costas hier!«

»Mr. Focus, Malik und Costas sind hier, glauben Sie mir.«

»Der Mann dort ist wahnsinnig!« Abschätzig verzog die Sophie von Scharmützel – oder wie auch immer ihr Name sein mochte – das Gesicht.

»Wir haben die beiden auch schon als einäugigen Piraten kennengelernt, doch der hat es ja nicht mehr bis in den Wüstenexpress geschafft!«

»Friedrichsberg, müssen wir uns Sorgen um dich machen?«, fragte Straaten seinen Freund.

»Nein, um einen guten Freund von Einäugiger-Malik-Costas-Pirat hingegen schon …«

»Von was faselt der?« Ulitzner schaute in die Runde.

»Der mordenden Killermumie, die uns von Oer-Erkenschwick bis in die Wüste verfolgt hat und von der wir uns vor dem Abendessen endlich befreien konnten, die uns während der ganzen Reise ziemlich zugesetzt hat.«

»Und wie ist Ihnen das gelungen?«, wollte Sir Lancelot wissen.

»Wir haben sie solcherart beböllert, dass sie Feuer gefangen hat und in einem großen Puff explodiert ist.«

»In einem Puff?«, fragte die Gräfin mit Freude in den Augen.

»In einem lauten Knall!«, verbesserte Friedrichsberg.

»Ich dachte schon ...«

Straaten unterbrach sie: »Friedrichsberg, aber was ist jetzt mit dem Malik-Costas-Piraten? Du hast uns alle hier ein wenig verwirrt!«

»Der Einäugige hatte es immer wieder auf unser Leben abgesehen, so hat er auch irgendwann den Eierlikör vergiftet. Leider hat es den Falschen getroffen.«

»Und zwar mich«, stellte Sir Lancelot fest.

»Vollkommen richtig.«

»Wen sollte es denn treffen?«, fragte die Gräfin.

»Mich.«

»Ach.«

»Ja. Hat es aber nicht«, sagte Friedrichsberg nicht ohne Stolz. »Malik-Costas hat es noch dreimal versucht. Einmal mit einem herunterfallenden Felsblock ...«

»Der galt doch mir.« Sophie von Scharmützel zeigte auf sich.

»Irrtum. Dann über eine Stolperfalle im Hotelflur in Griechenland ...«

Erstaunt schaute Straaten seinen Freund an. »Davon hast du uns ja gar nichts erzählt!«

»Nö. Ihr müsst ja auch nicht alles wissen. Es war ein Filzpantoffel, auf dem Boden im Halbdunkel arrangiert.«

»Ui!« Ehrliche Erschütterung machte sich im Kaminzimmer breit.

»Und einmal«, machte Friedrichsberg weiter, »hat er ein Mythenspektakel auf der Akropolis inszeniert – mit seinem Freund, der mordenden Mumie zusammen. Und ich muss gestehen, das war beeindruckend. Malik-Costas ist ein Meister der Maske und Verkleidung. Deswegen kann er hier auch sitzen, ohne von uns erkannt zu werden. Denn in Wirklichkeit ist Malik-Costas ...«

Alle: »Na?!«

Eine theatralische Pause, perfekt im Timing, und dann haute Alfons Friedrichsberg die Lösung raus. »... der Handelsvertreter Wolfram Ulitzner.«

»Was?!«

Ulitzner lachte auf. »Wo nehmen Sie das denn her?«

»Aus Ihrer Einäugigkeit!«

»Das ist ja eine Unverschämtheit.«

»Nein, das ist die Realität.« Friedrichsberg wandte sich an den Rest der Abendgesellschaft. »Sehen Sie, eines seiner Augen stiert immer nur vor sich hin!«

»Und wenn schon! Was soll das beweisen?!«

»Es beweist, dass Sie nicht der Handelsvertreter Wolfram Ulitzner sind.«

Allgemeine Verwirrung. »Was?! Wie?!«

»Auch das eine perfekte Verkleidung. In Wirklichkeit ist Malik-Costas der intelligente und wandlungsfähige und längst verstorbene –« Erneut machte Friedrichsberg eine Pause, um die Spannung zu erhöhen.

Alle: »Na?!«

Und dann kam der Paukenschlag: »Eugen Eigen!«

Alle: »Nein! Ach! Das gibt's doch gar nicht. Das kann ja gar nicht.«

Und Sophie von Scharmützel sagte: »Ich habe ihn doch sterben sehen.«

»Vor meinen Augen ist Eugen Eigen tot zusammengebrochen«, fügte Hamilton Focus an.

Friedrichsberg tupfte sich erneut die Stirn ab. »Vor unser aller Augen. Zumindest haben wir das so gesehen. Er ist es aber nicht. Das war ein perfektes Schauspiel, das er da für uns inszeniert hat. Als Einziger von uns allen bestellt er als Vorspeise Tintenfisch und bricht nach dem Verzehr des augenscheinlich tödlichen Tieres tot zusammen. Aber er spielt das nur für uns. Er fällt auf den Teller, erstickt. Sehen wir. Denken wir. Aber er lebt. Er atmet flach, hier kommen ihm seine jahrelangen Yoga- und Entspannungsübungen zu Hilfe. Alle gehen davon aus, dass er tot ist, und noch bevor irgendeiner den Umstand untersuchen kann, erschlägt der Kronleuchter den Nächsten und tötet ein Schuss am offenen Fenster den Übernächsten. Die drei Körper werden abtransportiert, die zwei Leichen kommen zur Polizei, und Eugen Eigen verschwindet mithilfe seines Kumpans, der Mumie. Mit ihr zusammen macht er sich am nächsten Tag wieder auf den Weg, uns hinterher nach Ägypten, um uns hier in diesem Hotel wiederzubegegnen. Jedoch diesmal in seiner neuen Verkleidung als Wolfram Ulitzner.«

Ulitzner tippte sich mit dem Zeigefinger an die Stirn. »Sie haben eine blühende Fantasie, Herr Friedrichsberg.«

»Leider nein, Herr Eigen.«

»Mein Name ist Ulitzner.«

»Das ist er nicht, Herr Eigen, und das wissen Sie auch. Sie sind ein begeisterter Abenteuergeschichtenleser. Schon als Kind waren Sie das. Daher ist Ihr größter

Traum immer schon gewesen, einmal an einer großen Expedition teilzunehmen. Noch besser: einmal einen Schatz zu finden.«

»Na und, wer träumt nicht davon, einmal einen unermesslichen Schatz zu entdecken?«

»Da hat er recht!«, sagte Dahl mit gewissem Nachdruck.

Friedrichsberg paffte dicke Rauchkringel an die Decke. »Über einen alten Kumpel aus Studientagen, der hier in dem Hotel als Animateur angestellt ist und ab und zu die Gäste als lebendige Mumie erschreckt, dringt nun spannende Kunde an Ulitzners Ohr. Nach einem anstrengenden Mumientag belauscht die Mumie nämlich abends in der Hotelbar ein Gespräch meines alten Freundes Dr. Robertson Davies mit jener ermordeten Dame in Rot über die Ausgrabungen und dass sie für eine gewaltige Entdeckung vertrauenswürdige Unterstützung brauchen, nämlich mich. Ihr Bandagenfreund ruft Sie, Herr Ulitzner, besser: Herr Eigen, folglich an, weil er es auch ziemlich satt hat, bei 41 Grad im Schatten voll eingewickelt hinter Büschen Touristen aufzulauern. Sie schmieden zusammen einen Plan, der beinhaltet, uns aus dem Weg zu räumen und an unserer statt bei Dr. Davies vorstellig zu werden, Ihre Verkleidungskünste – bedenken Sie nur, wie oft Sie allein in Ihrer Kindheit an Karneval erfolgreich als Cowboy, Indianer oder Prinzessin durchgegangen sind – sollten Ihnen dabei helfen.«

Ulitzner lachte und erhob sich von seinem Stuhl.

»Bleiben Sie vom Fenster weg«, drohte ihm Friedrichsberg mit Donnerstimme, »sonst werde ich keine Sekunde zögern, auf Sie zu schießen!«

»Du hast eine Pistole dabei?«, flüsterte ihm Dahl zu.
»Still jetzt!«, zischte der Dicke.
Sir Lancelot Smith griff in die Innentasche seiner Abenteurerkluft und zog einen alten Revolver hervor. »Nehmen Sie sonst meine … hier …«
Friedrichsberg zielte auf den Handelsvertreter. »Sie sehen, kein Entkommen! Aber lassen Sie mich mit dem spannendsten Teil fortfahren. Denn noch ist nicht geklärt, warum Professor Ambrosius und einige andere sterben mussten … Und noch interessanter, warum sie alle darüber hinaus noch ihres rechten dicken Zehs verlustig gingen. Lieber Eugen, Eigen…tlich war es ja andersrum, Sie wollten niemanden töten, Sie brauchten tatsächlich nur den dicken Onkel von diesen Leuten, aber Sie waren sich gleichzeitig ziemlich sicher, dass keiner einen Zeh von sich freiwillig rausrücken würde, schließlich hätte das eine dauerhafte Trennung bedeutet und einen herben Einschnitt in das Gleichgewicht eines jeden Einzelnen, und deshalb mussten die armen Menschen alle sterben.«
»Wie?!«
Friedrichsberg schnaufte laut. »Was war jetzt so interessant an diesen Zehen? Da kommt Ihr mumienartiger Wickelfreund wieder ins Spiel, denn er hatte damals ebenfalls belauscht, dass Dr. Davies neben mir und meinen beiden Helfern noch sieben weitere Personen nach Ägypten gelotst hatte. Denn mein Freund Dr. Davies hatte herausgefunden, dass vor vielen, vielen Jahrtausenden mit der Beerdigung dieser mythischen Pharaonin die Lage ihres gut versteckten Grabes als kombinierte Karte auf die Unterseite von sieben rechten dicken Zehen eintätowiert wurde. Nur wer die Abbildung al-

ler sieben Zehen zusammenführen würde, könnte das Grab und die Schatzkammer ausfindig machen.«

Dahl meldete sich zu Wort. »Aber die abgeschnittenen Zehen gehörten doch Menschen von heute, wie hängen die mit einer mehrere Tausend Jahre toten ägyptischen Königin zusammen?«

»Es handelt sich im Ursprung um Bedienstete der besagten Pharaonin. Verstarb einer von ihnen, wurde dieser Teil der Karte einem anderen Familienmitglied unter den rechten dicken Zeh tätowiert. Aber nur alle sieben Zehen zusammen ergeben einen sinnvollen kompletten Lageplan des Schatzes. Deswegen mussten Sie, Herr Eigen, alle sieben Zehenträger töten und ihnen die Zehen abschneiden.«

Angewidert schaute Ulitzner – oder wirklich Eugen Eigen?! – aus der Wäsche: »Das war keine schöne Sache, können Sie mir glauben!«

Friedrichsberg nickte. »Glaube ich gerne. Sie haben sie umgebracht, haben sich in den Besitz der Zehen gebracht und wollten nun an unserer statt den Schacht von Dr. Davies benutzen, um zur unterirdischen Pyramide vorzudringen.«

»Aber wie sind Sie denn darauf gekommen, dass ich hinter der Sache stecke?«

Friedrichsberg führte seine rechte Hand in die Hosentasche, die linke immer noch mitsamt Revolver auf Ulitzner-Eigen gerichtet. »Als wir eben in der Türe Ihres Zimmers zusammenstießen, wehte mich durch Zufall ein Hauch von Käsefüßen an. Meine alarmierte Spürnase vermutete sofort: Sie sind im Besitz der abgetrennten Zehen. Vorher konnte ich durch die offene Türe beobachten, wie Sie auffällig-unauffällig eine Holzbox in Ihrem Schreibtisch verschwinden ließen. Dahl ist mit Ihnen ins Restaurant, ich habe mir mit Straaten Zugang zu Ihrem Zimmer verschafft und kurz in die Box gucken können.«

Ulitzner-Eigen schnappte nach Luft. »Da haben Sie ja alle Zehen gesehen.«

»Eben. Nur noch eine Kleinigkeit zu den Zehen: Die Dame in Rot gehörte auch zu den Nachnachnachfahrinnen der Zehentattooträgerinnen. Als sie beim Abendessen erschlagen wurde, stöhnte sie ja noch mal auf.«

»Jaja, wir erinnern uns«, sagte Straaten.

»Ich bin zu ihr hin, und sie flüsterte mir etwas ins Ohr.«

»Aber was denn?«

»Das war der Hinweis auf die Geschichte der Zehen.«

»Ach!«

»Ja. Und sie sagte mir mit letzter Kraft, dass ich im Gepäck von Professor Abraham Ambrosius, selber Schatzkartenzehenträger in x-ter Generation, nach Aufzeichnungen suchen sollte. Leiche und Gepäck befanden sich wohlverstaut im Zug. Dort habe ich dann gesucht und bin fündig geworden. Der Professor hatte alles akribisch aufgeschrieben und festgehalten. Und so habe ich alles über die Geschichte der Zehen erfahren.«

Die Gesellschafft schaute den Dicken aus großen Augen an. »Unfassbar.«

»Ich weiß«, pafte Friedrichsberg. »Was ich allerdings nicht weiß und was ich auch nicht verstehe: Sie stecken doch auch hinter der Schallplatte, Herr Eigen.«

Ulitzner-Eigen sackte zunächst in sich zusammen; er hatte feststellen müssen, dass sein Gegenüber so ein genialer Kopf war, dass er über alles genauestens Bescheid wusste. Ulitzner, also Eigen hatte aufgegeben. Dann richtete er sich auf. »Sie meinen *Schatz, ich grüß Dich aus der Ferne*?«

»Ganz genau.«

»Ja, und?«

»Was sollte das mit der Schallplatte?«

»Das diente der Verwirrung.«

»Versteh ich nicht«, gab Friedrichsberg zu.

»Dann hat wenigstens das funktioniert«, grinste Eigen diabolisch.

»Doll.«

Eugen Eigen erhob sich von seinem Stuhl. »Aber sagen Sie mal, Friedrichsberg, woher haben Sie das eigentlich alles?«

»Hab ich mir aus den Fingern gesaugt und dabei meiner Fantasie freien Lauf gelassen. Passiert mir immer in der Badewanne.«

»Das gibt's doch nicht ...« Ungläubig schaute Eigen ihn an. »Sie haben weder Beweise noch Indizien oder sonst was?«

»Nö. Nix.«

»Aber Sie haben mit allem recht.«

»Gute Nase, gutes Bauchgefühl. Bin eben genial.«

Vereinzelt wurde applaudiert.

»Sie sind ein gewiefter Hund, Friedrichsberg«, musste Eigen zugeben.

»Ja, das kann man so sagen. Man kann es aber auch schöner formulieren.«

»Dazu fehlt mir die Zeit.«

»Wieso?«, wollte Friedrichsberg wissen. Die beiden standen sich nun in dem Kaminzimmer wie zwei Duellanten direkt gegenüber. »Sie haben jetzt alle Zeit der Welt. Draußen vor der Türe steht die ägyptische Polizei, der es eine Freude sein wird, Sie zu verhaften und den deutschen Kollegen auszuliefern.«

»Da muss ich Sie leider enttäuschen, dazu wird es nicht kommen. Ich empfehle mich, meine Herrschaften.«

Und mit diesen Worten zog Eugen Eigen – oder Wolfram Ulitzner – aus seiner Jackentasche eine winzige Kapsel hervor, die er unaufgeregt auf den Boden neben sich und somit direkt vor Alfons Friedrichsberg fallen ließ.

Die Kapsel zerbrach, augenblicklich strömten Unmengen grauen Nebels in Kombination mit ekelhaftem Gestank heraus, und innerhalb von wenigen Sekunden konnte man im Kaminzimmer die eigene Hand vor Augen nicht mehr sehen.

Allgemeines Husten setzte ein.

»Was ist das?«, fragte Hamilton Focus.

»Was soll das?«, wollte Sophie von Scharmützel wissen.

»Kann hier mal einer das Fenster aufmachen?!«, rief Herr Olaf, laut hustend.

»Das Fenster ist ja schon auf«, stellte Straaten fest, als er zur Fensterseite hinübergegangen war und eines öffnen wollte.

»Ich sehe aber nichts mehr«, rief Herr Olaf weiter.

Sir Lancelot eilte zum Doppelflügel. »Dann macht die Türe auf, so kommt vielleicht ein Durchzug zustande!«

»Wo ist die verfluchte Tür nur?« Herr Olaf tastete sich durch das Kaminzimmer; es war wirklich ein undurchdringlicher Nebel. »Ich sehe ja die Hand vor Augen nicht!«

Dahl hatte sich vorsichtig vorangetastet. »Hier! Ich hab sie! Ich mach sie auf!« Genau das tat er auch, und schon gab es zunächst Durchzug und dann ganz langsam freie Sicht. »Ah ... Ich glaube, es funktioniert! Der graue Schleier lüftet sich langsam!«

Man sah einander. Der Nebel war weg. Aber ...

Alle schauten sich um.

»Wo ist Ulitzner?«, rief Straaten. »Ich meine Malik. Also besser Eugen Eigen?«

Wieder entsetzte Blicke. »Weg!«

»Der Mistkerl ist verschwunden«, schüttelte Herr Olaf den Kopf.

»Hat sich aus dem Staub gemacht«, sagte Hamilton Focus.

»Aber wie ist er denn hier raus?«, wollte die angebliche Gräfin wissen. »Vor der Tür steht die Polizei, die hätte ihn direkt festnehmen müssen.«

Friedrichsberg jonglierte seinen Zigarrenstumpen im Mund hin und her. »Ganz einfach: Er hat den anderen Weg genommen: ab durchs Fenster.«

»Das kann doch gar nicht«, empörte sich Dahl »Wir sind hier in der ... in der wievielten Etage sind wir hier?«

»Erdgeschoss«, sagte Friedrichsberg trocken.

»Nee, dann kann's gehen.«

Ernüchterung machte sich breit.

Der mordende Bösewicht war entkommen.

Nur die angebliche Gräfin grinste böse. »Tja, Herr Friedrichsberg, damit haben Sie wohl nicht gerechnet. So genial sind Sie also doch nicht.«

»Meine liebe Frau Smirnikoff ...«

»Für Sie immer noch Frau Gräfin.«

»Beileibe nicht«, grummelte der Dicke. Dann guckte er selbstzufrieden. »Ich habe doch mit allem gerechnet. Und ich bin mir sicher, wir werden noch einmal mit diesem Oberschurken konfrontiert werden.«

KAPITEL 7

Die Kaminzimmerepisode war für alle Beteiligten nicht unanstrengend gewesen. Man ging früh zu Bett, sollte der kommende Tag doch vor allen Dingen Alfons Friedrichsberg, Jupp Straaten und Willi Dahl einiges an Kräften abverlangen: das frühe Aufstehen, der lange Ritt und die Expedition in die geheime Pyramide.

Nun, die Kamele gaben ihr Bestes, was zwar nicht allzu viel war, aber immerhin konnte so ein Tier am Tag bis zu 40 Kilometer zurücklegen bei einer durchschnittlichen Geschwindigkeit von 5 km/h. Und in der Spitze schaffte ein Kamel sogar 64 km/h.

Unsere drei Helden brauchten zweieinhalb Stunden zu den Gizeh-Pyramiden. Doch wurden sie noch auf der Hälfte der Strecke von Sir Lancelot Smith eingeholt – der hatte sich, alter Abenteurer, der er nun mal war, kurzfristig entschlossen, den dreien hinterherzusetzen.

Bei ihrer Ankunft am Zelt an der kleinsten der drei Pyramiden kam ihnen Dr. Robertson Davies schon mit ausgebreiteten Armen entgegen. »Endlich, meine Herren, die finale Expedition kann beginnen!«, sagte er erwartungsvoll.

Dahl klopfte sich den Staub von den Klamotten. »Mein Gott, ist das staubig hier.«

»Nun, es ist Wüste«, gab Straaten zu bedenken.

»Heißt doch nichts. Da kann man doch mal feucht durchwischen.«

»Ich find's herrlich«, freute sich Sir Lancelot. »Fast so toll wie in der Antarktis, nur sandiger. Da musste ich mal Gletscherspalten verrücken. Da gab's die noch. Lange her.«

Friedrichsberg schaute sich um: die Pyramiden, die kleinen Ausgrabungszelte, die Tische darin, die Pläne auf den Tischen, die Spaten, die Hacken, die Lampen …

All das.

Er schaute seinen alten Archäologenfreund an. »Und wie gehen wir das ganze Ding jetzt an?«

Davies warf ihnen Klamotten zu. »Ihr drei steigt erst mal in diese Overalls, dazu setzt ihr die Helme mit Lampen auf, nehmt ein bisschen Werkzeug: Schaufeln, Spitzhacken und anderes Zeug …«

Die vier schlüpften also in ihre Overalls – nun, bei Friedrichsberg war es eher ein einziges Zwängen –, setzten die Helme auf, bewaffneten sich mit Werkzeug und machten sich an die Erforschung der Pyramide.

Den ersten großen Steinblock hatten die Studenten mithilfe Dr. Robertson Davies' bereits beiseitegeschafft.

So konnte die kleine Gruppe in geduckter Haltung schätzungsweise sechshundert Meter in die kleinste Pyramide steigen.

Und gefühlt ging es dabei immer weiter hinunter.

Dabei wurde es immer niedriger.

Und immer schmaler.

Dass der dicke Alfons Friedrichsberg nicht stecken blieb und so die ganze Expedition verhinderte, grenzte schon an ein Wunder. Ein kleines Wunder, aber immerhin ein Wunder.

Plötzlich blieben alle stehen.

»Helft mir mal!«, rief Dr. Robertson Davies von vorne.

»Wobei?«, fragte Straaten. »Diesen tonnenschweren Steinblock wegzutragen? Sehr lustig!«

Doch bei näherer Betrachtung entpuppte sich der Pyramidensteinblock, der vor ihnen den Weg versperrte, nur als täuschend echte Nachbildung aus Sperrholz und ein bisschen Gips. Und als sie den Verschluss beseitigt hatten, guckten sie in ein ein Meter breites und anderthalb Meter hohes Dunkel.

»Ui. Da sieht man nicht besonders viel«, stellte Straaten fest. »Wer geht vor?«

»Also ich schon mal nicht«, sagte Dahl. »Allerdings möchte ich auch nicht ganz hinten …«

»Ich möchte Mitte«, sagte Straaten.

»Ich möchte auch Mitte«, sagte Dahl.

»Und ich bin die Mitte«, stellte Friedrichsberg fest.

»Mir ist egal«, sagte Sir Lancelot.

Davies dachte nach. »Aber wenn alle Mitte sind, ist ja keiner vorne oder hinten.«

»Doch«, sagte Friedrichsberg. »Ich bin die innere Mitte und ihr die äußere Mitte.«

»Könntet ihr bitte einfach losgehen?!«, drängte Davies.

»Jaja, ist ja schon gut.«

»Und wer geht als Erster?«, fragte Friedrichsberg in die Gruppe.

»Immer der, der fragt«, sagte Straaten.

»Nee.«

»Ich mach das!«, sagte Sir Lancelot triumphierend und drängelte sich ganz nach vorne. »Wer ist hier schließlich der Abenteurer?!«

»Sir Lancelot, klar.«

»Und wer geht nun?« Dahl guckte nach hinten. »Aua!«

»Das war der Tritt in den Hintern!«, grummelte der Dicke. »Los, hinterher!«

»Jaja, schon gut!«

Es war ein fürchterlich enger, düsterer Gang. Und je weiter sie kamen, wurde es immer enger und düsterer und fürchterlicher.

Spinnen, Mäuse, Skorpione, Schlangen, kleinere Kriechtiere ... Immer wieder krabbelte und schlängelte und zischte sich etwas an den Wänden oder auf dem Boden um sie herum.

Und je tiefer sie in die Pyramide eindrangen, desto stickiger wurde die Luft. Ihre Münder klebten, und sie hatten das Gefühl, kaum ausreichend Luft bekommen zu können.

Kurz gesagt, die ganze Situation war eine einzige verdammte Zumutung. Und je länger der Abstieg in die Wüstenuntiefen dauerte, umso weniger glaubten sie, irgendwo auch nur den Hauch eines Schatzes entdecken zu können. Je tiefer sie in diese Unterwelt hinabstiegen, je länger sie liefen, je weiter sie sich von der Erdoberfläche entfernten, je bewusster sie sich wurden, wie viele Tonnen Sand und Erde und Pyramide und wie viele Kamele sich über ihnen häuften, desto unheimlicher wurde ihnen die ganze Situation.

Ganz leise flüsternd musste Dr. Robertson Davies zugeben: »Bis hierhin bin selbst ich noch nicht vorgedrungen. Auch keiner aus meinem Team.«

»Hier war wohl auch sonst lange niemand«, stellte Friedrichsberg fest. »Seit den Erbauern.«

»Das ist hier jetzt richtiggehend unheimlich«, sagte Straaten.

»Mir ist es vor allem viel zu eng«, sagte Dahl ängstlich. »Wenn es so weitergeht, stecken wir irgendwann fest!«

Auf einmal rief Sir Lancelot von vorne: »Halt, Moment. Hier geht es nicht mehr weiter.«

Alles blieb stehen.

»Das kann doch gar nicht«, sagte Davies ungläubig.

»Doch, ich stehe hier vor einer gemauerten Wand.«

Friedrichsberg drängelte sich nach vorne. »Augenblick mal, tretet alle ein Stück zur Seite. Ich will mir das selbst anschauen. Alle Lampen bitte auf die Wand richten.«

Sir Lancelot hatte recht: Hier war ihr Weg zu Ende.

Sie standen vor einer gemauerten Wand.

»Willst du diese Mauer jetzt mit künstlichem Licht zum Öffnen bewegen?«, fragte Straaten.

Friedrichsberg schnalzte mit der Zunge. »So in etwa. Schaut doch mal genau hin. Nicht alle Fugen, die die Steine verbinden, sind von gleicher Helligkeit. Und dort oben links erkenne ich etwas ... dunkler als die anderen Fugen ... Und da oben links ist ein Dreieck zu erkennen, auf der anderen Seite, rechts, eine Art Auge.«

»Das bringt uns doch überhaupt nicht weiter«, sagte Dahl verzweifelt. »Wir sind ja nicht bei den Montagsmalern.«

Aber Friedrichsberg ließ sich nicht beirren. »Ich fahre mal mit meinen Fingern die Umrisse der beiden Erhebungen ab ...« Er tat wie gesagt. »Hm ... nichts ... Ich drücke das Auge ... Ich drücke das Dreieck ... Wieder nichts ... Schade ... Na, dann drücke ich mal beides.« Friedrichsberg tat, was er sagte. »Da! Bitte schön«, triumphierte der Dicke.

Unter enormem Getöse schob sich vor ihnen die Steinwand beiseite und gab einen etwas größeren Raum frei. Eine Art vorgelagerte, kleine Kammer.

Überall zischelte und krabbelte es, denn der Boden war von Schlangen und anderen Kriechtieren nur so übersät.

Die fünf Männer traten äußerst vorsichtig in die Kammer ein.

»Keine Angst«, beruhigte Dr. Robertson Davies die anderen, »dafür habe ich euch die Overalls gegeben, durch den Stoff können die Tiere euch nichts anhaben!«

Alle schauten sich um. Und außer Wänden und Kriechtieren sahen sie: nichts. Nur drei verhältnismäßig niedrige, unscheinbare Steinplatten an der gegenüberliegenden Wand.

»Das soll die geheime Grabkammer der uralten Kaiserin sein, mit dem Schatz drin?«, fragte Straaten nicht ohne Ironie. »Die Weltentdeckung? Unser Ziel?!«

Friedrichsberg wiegte mit dem Kopf hin und her. »Ich würde sagen, eher eine Art Zwischenziel.«

»Woran erkennst du das?«

»Daran, mein lieber Davies, dass sich in diesem Raum außer den drei großen Steinplatten uns gegenüber nichts befindet.«

Alle fünf schauten auf die Steinplatten.

»Und eine dieser Steinplatten …«, begann Sir Lancelot.

»Ist der Zugang zu der sagenumwobenen Grabkammer«, brachte Friedrichsberg den Satz zu Ende.

»Ah, ja«, machte Dahl. »Das ist doch jetzt der Moment mit den Flüchen und den schweren Krankheiten und dass …«

»… man sich mal besser nicht in die Hose macht«, unterbrach ihn Friedrichsberg.

»Schon passiert.«

»Ja, aber Friedrichsberg, Dahl hat ja recht«, brachte sich Straaten ein. »Was machen wir jetzt? Öffnen wir eine der Steinplatten und es ist die falsche, könnte es das mit uns gewesen sein.«

Friedrichsberg strich sich über den Schnurrbart. »Nun, jetzt ist Zeit für den Joker.«

Straaten schaute sich um. »Willst du das Publikum befragen?«

»Nein. Besser.« Und mit einem gewinnenden Lächeln zog Alfons Friedrichsberg aus der Innentasche seiner Jacke die kleine Holzschachtel mit den Zehen hervor, die er aus Ulitzner-Eigens Hotelzimmer hatte mitgehen lassen.

Straaten zeigte mit Empörung darauf. »Du hast sie aus Ulitzners Zimmer mitgehen lassen?«

»Na klar«, sagte der Dicke triumphierend. »Mag er auch geflohen sein, diesen wertvollen Schatz wird er jetzt schmerzlich vermissen!«

»Zeig mal her …« Dr. Robertson Davies nahm die Holzschachtel an sich, klappte sie auf und betrachtete sich – leicht angewidert – die abgetrennten Zehen darin.

»Auf allen Zehen steht etwas drauf, was uns den Weg in die Grabkammer erklärt. Aber in welcher Reihenfolge müssen wir die Zehen zusammenlegen, dass wir sie richtig lesen können?«

»Sie meinen ...«, fing Dahl an.

»Wenn wir sie falsch zusammenlegen und also falsch lesen, öffnen wir die tödliche Kammer, und das war's dann.«

Friedrichsberg nickte bedächtig. »Und damit das nicht passiert, mein lieber Davies ...«, wieder kramte Friedrichsberg in seiner Jacke und zog ein altes, abgewetztes und zerfleddertes Buch hervor, »... habe ich hier die Aufzeichnungen von Professor Doktor Abraham Ambrosius. Das sind sowohl seine komplettierenden Ausführungen als auch die von ihm zusammengetragenen uralten Schriften der Vorfahren. Damit sollten wir komplett sein. Mehr Hilfe gibt es nicht.« Er schlug das alte Buch an einer bereits von ihm markierten Stelle auf und las vor: »*Und alle, die uns hindern oder abhalten werden, soll der Schlag bei ihren leidenschaftlichen Ausübungen treffen, ihre Innereien sollen in einem Blutfeuer ...*«, hier brach Friedrichsberg abrupt das Lesen ab. »Ups, wohl die falsche Stelle erwischt.« Er blätterte vorsichtig in dem Buch herum; dann hatte er die Stelle wieder. Er räusperte sich und sprach zu den anderen: »Ich habe gestern – nachdem ich ja vorher die Schachtel mit den Zehen entdeckt und an mich genommen hatte – als Nachtlektüre bereits darin geblättert und bin auf diese Stelle hier gestoßen. Ambrosius hat sich seit vielen Jahren eingehend mit der Geschichte der Zehen beschäftigt. Hier stehen sowohl alle Namen der Zehenschatzträger als auch die Geschichte, wie es dazu überhaupt gekommen ist.«

»Wie es wozu kam?«, fragte Sir Lancelot.

»Wie es dazu kam, dass sieben Menschen, die nichts miteinander zu tun haben, die Schatzkarte dieser Grabkammer unter ihren Zehen tragen.«

»Möchtest du das jetzt alles vorlesen?«, fragte Straaten seinen Freund.

Friedrichsberg schüttelte den Kopf. »Ich kann das kurz für euch zusammenfassen... Ambrosius hatte ja selber einen Teil der Tätowierung unter seinem Zeh.«

»Stimmt«, sagte Straaten, »er war der Erste, den wir ohne Zehe aufgefunden haben.«

»Von Eugen Eigen abgetrennt und hier bei den anderen sechs in dieser Box. Ambrosius hat sich wohl Zeit seines Lebens gefragt, was diese seltsame Zeichnung bedeutet. Deshalb wurde er schließlich auch Archäologe.«

»Genau so ist es gewesen«, bestätigte Dr. Robertson Davies. »Und eines Tages begegneten wir uns bei einem Kongress und fügten eins und eins zusammen.«

»Dein Papyrus und seinen dicken Onkel.«

»Ja, Alfons. Er hatte in seiner langjährigen Beschäftigung mit seiner Zehe weitere sechs Zehenträger, die über die ganze Erde verteilt waren, auftreiben können. Zusammen habe ich sie auf diese Expedition eingeladen, aber den Betreffenden nicht verraten, dass sich auch noch andere Zehentattooträger mit ihnen auf der Reise befinden. Eine reine Vorsichtsmaßnahme, denn vor dem Reiseantritt waren bereits vier von ihnen ermordet worden.«

»Doch zu unserem Glück befinden sich ihre Zehen jetzt ebenfalls in unserem Besitz.« Friedrichsberg deutete auf die Holzschachtel.

»Ich wusste, dass, wenn ich dich noch in unsere Expeditionsgruppe hole, alles ein glückliches Ende nehmen wird«, sagte Davies.

»Und was machen wir jetzt?«, wollte Straaten wissen.

»Wir stehen kurz vor unserem Ziel, vor der Grabkammer. Jetzt müssen wir nur noch die Zehen zusammenlegen, und dann wissen wir, welche Steinplatte wir beiseiteschieben müssen!«

»Ich liebe Puzzle!«, freute sich Sir Lancelot.

Dahl kratzte sich unschlüssig am Kopf. »Und wenn bei der Übertragung auf die Zehen mal jemand einen Fehler gemacht hat?«

»Du meinst, sich verschrieben hat?«, sagte Friedrichsberg.

»Genau. Oder wir legen die Zehen falsch zusammen?«

»Und dann entfernen wir vielleicht doch die falsche Steinplatte und stürzen dahinter ab und landen in 'ner Schlangengrube?« Straaten wurde es auch unangenehm.

»Oder es strömen Schimmelpilze oder sonst ein übles Gas aus und wir kratzen ab?«

»Oder wir werden mit einem Fluch belegt?«

Friedrichsberg lächelte seine beiden Freunde an. »Kann ich mir alles durchaus vorstellen.«

»Also?!«, wollten die beiden wissen.

»… ist Vorsicht geboten. Ich habe mich gestern Nacht, wie gesagt, hoch konzentriert mit den Aufzeichnungen von Professor Ambrosius beschäftigt. Und die Zehen hatte ich auch.«

»Also, du hast sie schon zusammengelegt?«, fragte ihn Davies.

Friedrichsberg zuckte entschuldigend mit den Schultern. »Was soll ich sagen? Ich hatte Langeweile gestern Nacht im Hotel. Und auch ich bin ein Rätselfreund. Und eigentlich ist es ganz einfach«, und mit den folgenden Worten sortierte der Dicke die abgetrennten Zehen in der Holzschachtel neu, »erst kommt dieser, dann der, dann der hier, dann dieses prächtige Exemplar, dann die beiden und zum krönenden Abschluss der hier, hübsch lackiert.«

Alfons Friedrichsberg nahm jetzt doch alle sieben Zehen aus der Schachtel und legte sie von links nach rechts vor sich auf den Boden, blickte dann hoch und auf die drei beinahe majestätischen Steinplatten vor sich, dann wieder auf die Zehen auf dem Boden, wieder auf die mannshohen Steinplatten, die er von links nach rechts und von rechts nach links immer wieder anschaute, dann nickte er und sagte voller Kraft in der Stimme: »Es besteht kein Zweifel, es ist die Platte in der Mitte.«

In diesem Augenblick lachte sein Archäologenfreund Dr. Robertson Davies dreckig auf: »Ha! Vielen Dank, verehrter großer, genialer Meister, dass Sie mir so bequem als Türöffner gedient haben.«

Friedrichsberg schaute ihn mit leicht gespielter Verwirrung an. »Robertson, was ist mit dir?«

»Dein alter Freund Dr. Robertson Davies liegt sauber verschnürt oben in seinem Zelt ... Jetzt kann ich meine Maskerade ja eigen...tlich auch ablegen!« Damit griff sich der augenscheinliche Davies ans Kinn und zog sich eine Gummimaske vom Gesicht. Unter ihr kam zum Vorschein: Eugen Eigen.

»Das gibt's doch nicht!« Sir Lancelot war außer sich.

Eugen Eigen lachte immer noch diabolisch. »Selbstverständlich gibt es das. Sie sehen mich ja direkt vor sich. Sie glauben doch nicht allen Ernstes, dass ich Ihnen diesen Goldschatz überlasse? Reich, berühmt und sorgenlos möchte ich selber werden.«

Jetzt zog Eugen Eigen auch noch eine Pistole aus einem Overall hervor und richtete sie abwechselnd auf alle Teilnehmer dieser kleinen Expedition.

»Tja, Herr Eigen …« Friedrichsberg strich sich über seinen Wanst. »Was soll ich sagen? Sie sind mir wohl überlegen.«

»Die Einsicht kommt spät, aber jetzt schließlich mit Macht. Wie ich mich auf diesen Moment gefreut habe!«

»Ja, Sie sind der Sieger.«

»Wohl doch nicht so pfiffig, wie alle immer denken, was?«

»Jedenfalls nicht so pfiffig wie Sie.«

»Haha! Dann wollen wir doch mal die mittlere Steinplatte beiseiteschieben. Würden Sie mir die Ehre erweisen und mir behilflich sein?«

Friedrichsberg gab sich geschlagen und packte an. »Mir bleibt wohl nichts anderes übrig.«

»Aber …«, sagte Dahl.

Und auch Straaten zögerte: »Friedrichsberg! Du kannst doch nicht diesem Unmenschen einfach so wehrlos den Schatz überlassen.«

»Dann verrate mir mal bitte, lieber Jupp, was ich sonst tun soll?«

»Das wüsste ich auch gerne«, sagte Eigen. »Sie sehen ja die Waffe in meiner Hand. Ich werde keine Sekunde zögern, davon Gebrauch zu machen. Wenn Sie mir jetzt bitte bei der Steinplatte helfen würden? Auch meine Zeit ist begrenzt.«

»Und wie.« Der Dicke nickte.

Friedrichsberg und Eigen gingen auf die mittlere Steinplatte zu und machten sich unter einiger Anstrengung an ihr zu schaffen.

»Kommen Sie mal dazu und helfen Sie uns!«, befahl Eigen den anderen.

Was blieb ihnen übrig? Also schoben alle mit vereinten Kräften. Und wirklich: Sie bekamen die Steinplatte beiseitegeschoben.

Friedrichsberg hielt seine Freunde in Schach und trat drei Schritte zurück.

Eugen Eigen drängelte sich vor, trat als Erster in die gerade eben geöffnete Kammer, schaute sich einen Moment um und kam zurück.

Er guckte den Dicken drohend an. »Sie haben mich gelinkt, Friedrichsberg.«

»Wie kommen Sie darauf?«, wollte der wissen.

»Das ist die falsche Kammer. Die ist total klein, und da ist gar nichts drin.«

»Sie sind wirklich ein viel zu schlauer Kopf. Das wird dann die falsche Kammer sein.« Nun war es an Friedrichsberg, dreckig zu grinsen.

»Was?!«, schrie Eigen.

Der Dicke zuckte mit den Schultern. »Ich habe die Zehen eben absichtlich falsch zusammengelegt.«

Panisch schaute sich Eigen um. »Schnell, die Steinplatte davor!« Er zog und drückte und hatte schnell die Kammer wieder verschlossen. Dann kam es über ihn. »Das ... Das heißt ... Ich ... Ich bin in einer der beiden falschen Kammern gewesen? Und kann mir da jetzt einen tödlichen Schimmelpilz eingefangen haben?«

»Mindestens«, sagte Friedrichsberg mit äußerster Genugtuung. »Könnte natürlich auch ein schlimmer Fluch gewesen sein …«

Schlagartig war Eugen Eigen leichenblass. »Werde ich jetzt elendig krepieren?!«

»Davon ist auszugehen. Ihre Haut wird auch schon ganz fahl. Wird nicht lange dauern, dann fällt Ihnen auch das Glasauge raus.«

»Oh, das Gift scheint seine Wirkung zu zeigen«, stellte Straaten fest.

»Wenn ich sterbe, dann sollt ihr alle mitgehen!« Eigen schrie hysterisch und fuchtelte mit der Pistole wild um sich. Dann zielte er mit seiner Waffe auf Alfons Friedrichsberg, und dann geschah alles ganz schnell.

Sir Lancelot Smith, lang erprobter Abenteurer und für sein biblisches Alter noch unfassbar fit, erkannte in Bruchteilen von Sekunden die lebensgefährliche Situation. Er reagierte wie ein Gepard: Er sprang auf und warf sich auf Eugen Eigen, der in diesem Moment seinen Revolver abfeuerte.

Die Kugel traf Sir Lancelot in die Brust, was ihn jedoch nicht daran hinderte, ein langes Messer zu ziehen und es Eigen in den Bauch zu rammen.

Eugen Eigen schaute kurz verdutzt auf, vermutlich abwägend, was nun akut schlimmer sei: das Gift, der Fluch oder das Messer in seinem Bauch.

Über diese Überlegungen brach er schließlich tot zusammen.

Wie Sir Lancelot auch.

KAPITEL 8

Eine andächtige Stille füllte die Kammer. Schlagartig waren unsere drei Helden alleine.

»Um Eigen ist es ja nicht schade«, fand Friedrichsberg als Erster seine Worte wieder.

»Aber jetzt hat es Sir Lancelot dahingerafft«, sagte Dahl.

»Ich bin mir sicher«, beruhigte der Dicke ihn, »den treffen wir morgen beim Frühstück.«

Straaten wechselte schnell das Thema, war er doch gespannt auf den Schatz und wollte er gleichzeitig so schnell wie möglich diesen unheimlichen Ort verlassen: »Aber kannst du mir erzählen, wieso die richtige Kammer die falsche ist?«

Friedrichsberg grinste. »»Ich habe fest mit einer Konfrontation mit Eugen Eigen hier gerechnet und selbstverständlich sofort erkannt, dass Dr. Davies nicht Dr. Davies ist. Ich sag nur: Glasauge. Und deswegen habe ich die Zehen ganz einfach falsch zusammengelegt.« Wüstenstaubtrocken fügte er an: »Die richtige Steinplatte ist die linke.«

»Das weißt du?«, fragte Straaten ungläubig.

»Das sagen mir die Zehen.«

»Und du bist dir absolut sicher, dass es nicht doch die rechte Platte ist?«

»Sicher kann man sich nie sein, Dahl, aber wir haben mindestens eine Fünfzig-Prozent-Chance. Jetzt los!«

Friedrichsberg, Straaten und Dahl machten sich also an die linke Steinplatte. Mit geballter Kraft bekamen sie das fast mannshohe Loch dahinter frei und starrten in ein schier unendliches Dunkel, das alles Licht zu schlucken schien.

Da drinnen gab es kein Links, kein Rechts, kein Oben und kein Unten.

Von einem Vorne ganz zu schweigen.

Hinten waren sie selber.

»Oh, das ist aber ...«, begann Dahl unsicher.

»Schwarz?«, schlug Straaten vor.

»Ja, also ich sehe jedenfalls nichts.«

Friedrichsberg schaute seine beiden Freunde an. »Wer will denn als Erster?«

»Mach du doch.« Straaten zeigte auf Dahl.

»Immer ich!«, jammerte der und wollte sich gerade in Bewegung setzen, als ...

»Halt!«, rief Friedrichsberg. »Stopp! Keinen Schritt weiter!«

»Wieso?«

»Da geht's ins Nichts.«

Und tatsächlich. Da ging es nicht nur ins Nichts, da ging es auch sehr tief runter.

»Du hast dich doch in der Türe geirrt. Und jetzt haben wir den Fluch. Oder die Schimmelpilze.« Straaten war fast außer sich.

»Und um ein Haar wäre ich auch noch ins Nichts gestürzt!«

Friedrichsberg wiegelte alles ab. »Ich kann mich nicht getäuscht haben. Unmöglich.« Er schaute weiter vor sich ins Nichts. Lange. Sehr lange. So lange, bis sich seine Augen an das Nichts gewöhnt hatten. Und plötzlich sagte der Dicke: »Wartet mal! Leuchtet mal da vorne hin!«

»Wo?«

Friedrichsberg zeigte auf eine Stelle. »Da, etwas seitlich links. Jetzt leuchtet doch mal hin! Mit euren Helmlampen! So. Da! Da ist doch was.«

»Was denn?«, fragte Straaten.

Die beiden Freunde sahen nichts.

»Da«, mit Nachdruck zeigte Friedrichsberg auf die Stelle, die er meinte, »etwa einen Meter weit von uns weg. Ein Quadrat. Ich schätze mal, ungefähr 20 mal 20 Zentimeter groß.«

»Und was soll das sein?«, fragte Dahl.

»Ich probiere jetzt mal was aus.« Friedrichsberg öffnete seine Hand und brummte: »Taschenlampe.«

Straaten gab ihm seine. »Bitte sehr.«

»Danke. Und los geht's.«

Und was jetzt geschah, verwunderte Straaten und Dahl bis aufs Äußerste. Das hatten sie noch nie zuvor gesehen.

Mit nahezu seiltänzerischer Eleganz sprang Alfons Friedrichsberg mit seinem linken Fuß auf das besagte Quadrat, zog den rechten Fuß nach und schaute sich um.

Im Abstand eines weiteren Meters befand sich, leicht versetzt, ein weiteres Quadrat ähnlicher Größe, das er erneut besprang.

Und so ging es mit neun weiteren Quadraten ... ja, weiter.

Mitten im Nichts, auf einem kleinen Quadrat stehend, drehte sich Friedrichsberg zu seinen Freunden um. »Und?«, rief er, »was ist mit euch? Kommt ihr mit?«

»Wohin denn?«, rief Dahl zurück.

»Das kann ich euch noch nicht sagen.« Friedrichsberg stand sicher auf seinem erhüpften Quadrat, wusste aber auch nicht, was das Ziel sein sollte.

Mit Vehemenz schüttelte Dahl den Kopf. »Auf keinen Fall.«

»Hier drin seid ihr aber zumindest sicher vor dem Fluch der Nachbarzelle!«

»Na gut«, gab Straaten unsicher klein bei, »wir kommen.«

»Wo wir schon mal da sind …«, sagte jetzt auch Dahl.

»Ich kann euch nur raten: Haltet die Balance und schaut nicht nach unten.«

»Was ist denn unten?«

»Nichts.«

»Ja, das seh ich selber.«

Und so taten Straaten und Dahl es Friedrichsberg nach. Mal mit mehr, mal mit weniger Eleganz.

Was die drei nicht wissen konnten – und das war auch besser so: Diese Quadrate, auf die sie sprangen, waren die Enden von schätzungsweise dreißig Meter hohen Stelen, die sich im Zickzackwirrwarr in diesem Nichts befanden und die, wenn man einen Fuß trittunsicher neben das Quadrat gesetzt hätte, dem ganzen Treiben ein plötzliches und tödliches Ende hätten setzen können.

Von dieser Perspektive unbetroffen, hüpften die drei wagemutigen Helden – schon wieder keine Frau dabei! – also wie die Gazellen von Quadrat zu Quadrat, von Stele zu Stele, bis sie zu einer Art Podest gelangten.

»Und jetzt?«, fragte Dahl.

Friedrichsberg tastete sich mit seinem Fuß vor. »Ich kann was fühlen.«

»Wo man nichts sehen kann, ist Fühlen keine Schande«, gab Straaten einen alten, weisen Spruch von sich.

Friedrichsberg tastete weiter, nahm jetzt aber auch seine Hände zu Hilfe. »Es ist groß und rund, Stein ist es nicht, fühlt sich komisch weich an.«

»Ja«, sagte Dahl, »das ist mein Hintern.«

»Oh, Verzeihung.«

Dahl winkte ab. »Alles im Geiste der Forschung.«

»Und was haben wir hier? Leuchtet doch mal hier hin!«

Die beiden Freunde illuminierten mit ihren Lampen eine Stelle vor ihnen.

Es war eine Felswand aus hellem Sandstein, in die über und über ein feines kunstvolles Relief gemeißelt worden war.

»Das ist ja fantastisch«, staunte Straaten.

»Aber der Platz hier ist für eine gemütlichere Begutachtung eher etwas ungeeignet«, grummelte Friedrichsberg vor sich hin. »Was sehen wir genau vor uns?«

»Eine Wand?!«

»... mit in Stein gemeißelten ... Pyramiden ... Pharaonen ... Katzenwesen ... eine Sonne ... und noch eine und ... noch eine. Drei Sonnen.«

»Ja und? Was soll uns das sagen?«

Friedrichsberg unterzog das Relief einer noch genaueren Inspektion. »Die Sonne ganz links ist erhabener als die anderen.«

»Und?«

Friedrichsberg dachte angestrengt nach. »Wir sind durch die ganz linke Türe hierher gelangt ...«

»Ja?«

»Ich ... ich schaue mal, ob man an dieser linken Sonne drehen kann oder drücken oder ...«

Friedrichsberg drückte die Sonne in eine Vertiefung, und unter lautem Getöse öffnete sich eine Felsspalte direkt vor ihren Nasen.«

»Da geht es weiter«, staunte der Dicke. »Aber passe ich durch diesen Schlitz?«

Straaten und Dahl zwängten sich vor, schlüpften durch den Spalt und reichten ihrem Freund die Hände entgegen. »Gib uns deine Hand, zusammen ziehen wir dich hier rein!«

»Und wie komme ich dann da wieder raus?«

»Mit Drücken!«, sagte Dahl.

»Und ... zusammen ... feste ...«, bemühte sich Straaten.

Die beiden zogen und zerrten an Friedrichsberg, und mit einem Mal: »Ich bin durch.« Dann leuchtete er mit seiner Taschenlampe einmal umher. »Und jetzt schaut euch mal um.«

Was da im Lichte ihrer Helm- und Taschenlampen vor ihren Augen funkelte, übertraf all ihre Vorstellungen, also sofern sie überhaupt welche gehabt hatten.

In der Mitte des Raumes befanden sich große Kandelaber mit Öllampen, die tatsächlich nach Tausenden von Jahren noch funktionierten, was das eigentliche Wunder hier war.

Nachdem alle entzündet waren, konnten sie den Raum in seiner ganzen Pracht sehen.

»Das ist ja …«, begann Friedrichsberg und staunte.

»Unfassbar!«, vervollständigten Straaten und Dahl, ebenfalls staunend, seinen Satz.

Der Raum war vom Boden über die Wände bis zu den Decken komplett mit Gold verkleidet.

In der Mitte des Raumes führte eine vergoldete Treppe zu einem ebenfalls goldenen Podest hinauf. Jede der zehn Stufen war von unzähligen unterschiedlich großen, goldenen Katzenwesen mit dem Antlitz der Pharaonin besetzt. Diese Sphinxe schienen das, was sich auf dem obersten Podest befand, zu beschützen: einen komplett vergoldeten Sarkophag. Ganz zweifelsfrei: Hierbei handelte es sich um das geheimnisvolle Grab der alten, ägyptischen Königin und mit ihm verbunden ihr wertvoller Schatz.

»So was habe ich noch nie in meinem Leben gesehen«, flüsterte Straaten.

»Und wahrscheinlich auch zum einzigen und letzten Mal.« Auch Friedrichsberg war bass erstaunt.

»Das macht sämtliche Strapazen vergessen!«

»Na ja, so weit würde ich jetzt nicht gehen …«, bemerkte Dahl.

Friedrichsberg leuchtete noch einmal den Sarkophag ab. »Wie traurig, dass mein alter Freund Dr. Davies jetzt nicht hier sein kann, es war schließlich sein Lebenstraum!«

Da trat plötzlich wie aus dem Nichts Dr. Robertson Davies zu den drei Helden. »Aber da bin ich doch!«

»Wie?«

»Ich konnte mich in meinem Zelt bemerkbar machen, und schließlich hat mich eine meiner Mitarbeiterinnen befreit. Dann bin ich euch sofort hinterher ... Ich bin den Geräuschen von euch nach. Also ...« Davies schaute sich mit leuchtenden Augen um. »Hatte ich am Ende recht.« Er lachte laut auf. »Das Grab der geheimnisvollen Pharaonin! Das ist mein ... äh ... unser Verdienst. Ich kann ... Nun, wir können ... Ich gehe in die Geschichte ein. Also wir. Vielmehr ... ich. Also ... ich.« Er ließ sich auf die Knie fallen und besah sich alle kleinen Goldkatzen aus der Nähe. Er hob sie auf, befühlte sie, griff sich einige, hielt sie in den Armen und krabbelte dann auf allen vieren die Treppe zum Sarkophag hoch, den er erst umarmte und an den er sich dann erschöpft, aber glücklich lehnte.

Unsere drei Helden besahen sich das Schauspiel kritisch.

»Und was machen wir jetzt?«, wollte Straaten wissen.

Davies antwortete prompt: »Also, ich werde umgehend mein Forschungsteam hierherholen. Wir sind zwar am Ziel, aber jetzt beginnt erst die eigentliche Arbeit. Wir müssen alles genau aufnehmen, jedes Stück untersuchen und vorsichtig ans Tageslicht holen.«

»Dann wünsche ich euch dabei gutes Gelingen«, sagte Friedrichsberg mit leichter Ironie in der Stimme.

»Ich werde sofort zurückeilen ...«

»Mach das, Davies. Mach das. Wir kommen gleich nach.«

»Wahnsinn! Das ist der totale Wahnsinn!« Wieder lachte Davies hysterisch auf, sprang die Goldstufen hinab, quetschte sich durch den Spalt in der Wand und eilte wie wahnsinnig geworden davon.

Friedrichsberg, Straaten und Dahl blieben allein in der goldenen Schatzkammer zurück.

Dahl räusperte sich und suchte nach Worten. »Also, jetzt, wo wir wieder alleine sind ...«

»Jaaa?« Friedrichsberg schaute ihn über den Rand seiner Brille an.

»Ich würde mir ganz gerne ein kleines Andenken stibitzen.«

Und auch Straaten gab zu: »Ein Stück ist hier schöner als das andere.«

»Und wertvoll sind sie auch noch.«

»Und sehr selten«, nickte Straaten.

»Wer weiß, was man dafür bekommt.«

»Also ich würde meines einfach für mich behalten.«

Friedrichsberg wiegelte die Ideen seiner Freunde ab. »Ich kann euch nur eins raten«, er hob warnend den Zeigefinger, »lasst das alles hier so, wie es ist. Nehmt nichts mit. Schaut es euch alles noch mal in Ruhe an, dann tragen wir alle den größten Schatz in uns: den Moment der Entdeckung. Und dann können wir glücklich und zufrieden nach Hause zurückkehren.«

Dahl schaute den Dicken ungläubig an. »Das kann doch wohl nicht dein Ernst sein jetzt.«

»Wir sollen nichts davon mitnehmen? Gar nichts?« Straaten fasste sich an den Kopf.

»Auch nicht ein winzig kleines Exemplar von den goldenen Miezekätzchen?«

»Ich will das auch nicht verkaufen.«

»Einfach nur so mitnehmen.«

»Für zum Gucken. Meine Frau hat doch die Glasvitrine im Esszimmer. Mit dem Meißner Porzellan. Da würd's reinpassen.«

»Allerdings«, überlegte Dahl, »wenn wir es doch verkaufen würden ... wären wir danach vermutlich steinreich.«

»Macht es nicht«, warnte Friedrichsberg erneut.

»Aber warum?«, wollten seine beiden Freunde wissen.

»Ich hab da kein gutes Bauchgefühl. Rührt besser nichts von dem Schatz an.«

Und mit diesen Worten packte Friedrichsberg seine Freunde im Genick und bugsierte sie vor sich her aus der Schatzkammer.

»Nicht doch!«

»Nein!«

»Doch!«, bellte der Dicke »Glaubt mir, es ist besser so.«

»Und zum Dank dürfen wir das jetzt alles hier zurückhüpfen?«, wollte Straaten wissen.

»Ja, das dürfen wir«, sagte Friedrichsberg. »Freut euch einfach.«

»Worauf? Aufs Stehlenhüpfen?« Dahl wollte es immer noch nicht glauben. Dass sie von all den Schätzen nichts mitnehmen sollten.

»Auf ein schönes Abendessen im Hotel.«

»Davor gibt's aber erst mal noch den Ritt auf den Kamelen«, jammerte Straaten, an die Strapazen denkend.

Friedrichsberg zuckte mit den Schultern. »Dann freut euch halt morgen auf die Rückfahrt im exklusiven und sagenumwobenen Wüstenexpress.«

Jetzt zeichnete sich doch noch ein Strahlen auf Dahls Gesicht ab. »Und wir können endlich nach Hause?«

»Ja.«

»Und … äh, Friedrichsberg«, begann Straaten verunsichert, »was ist mit dem Fluch der Pharaonin aus der mittleren Kammer?«

»Ach«, der Dicke grunzte lachend auf. »Alles nur ausgemachter Blödsinn. So was gibt's nicht, denk doch mal nach. Das hat sich alles nur irgendwer irgendwann einmal ausgedacht, um uns zu ängstigen!«

»Ja, wenn du meinst …«

»Und was wird aus der Pharaonin? Und dem Schatz?«, wollte nun Dahl wissen.

Friedrichsberg kratzte sich den Wanst. »Nicht mehr unsere Baustelle. Da sollen sich jetzt Dr. Davies und sein Team drum kümmern!«

»Prima«, strahlte Dahl, »dann können wir gleich ein zweites Frühstück im Hotel zu uns nehmen!«

Friedrichsberg linste auf seine Armbanduhr und raunte: »Schau mal bitte auf die Uhr. Bis wir im Hotel sind … Ich würde sagen: ein üppiges Abendessen.«

»Och …« Dahls Enttäuschung war unübersehbar.

»Aber«, tröstete ihn sein dicker Freund, »weil du's bist, mit zwei Vorspeisen und doppelt Nachtisch.«

Dahl schüttelte den Kopf. »Den aber bitte dreimal.«

»Na, ob das reichen wird?«, fragte sich Straaten.

»Ich denke, nein.«

Und Friedrichsberg lachte auf.

EPILOG

Einige Tage später ging eine Nachrichtenmeldung aus deutschen Landen innerhalb kürzester Zeit um die ganze Welt und versetzte alles und jeden in Angst und Schrecken.

»Berlin. Warnung! Die Lage ist nach wie vor unübersichtlich, und die Behörden gehen weiter von einer allgemeinen Gefährdung der Öffentlichkeit aus. Ein vor einer Woche aus Ägypten zurückgekehrtes Forschungsteam um Professor Dr. Robertson Davies wurde unter höchsten Sicherheitsvorkehrungen ins hauptstädtische Tropeninstitut eingeliefert. Immer noch ist unklar, mit welcher mysteriösen und wahrscheinlich unheilbaren Krankheit sich die Forscher infiziert haben. Im Moment wissen wir noch nicht, wer alles noch mit dieser Gruppe in Kontakt gekommen ist. Wir wissen jedoch, dass, kurz bevor sie unter höchsten Sicherheitsvorkehrungen von einem Seuchenspezialteam der Uniklinik eingefangen werden konnten, Professor Davies der Bundespräsidentin noch ein kleines Goldkätzchen überreicht hat. Seitdem klagen sowohl die Bundespräsidentin als auch ihre Gattin über steigendes Fieber und Unwohlsein. Alle offiziellen Termine der nächsten Woche wurden deshalb schon vorsorglich abgesagt. Wir werden die Lage für Sie weiterhin im Auge behalten …«

ENDE

NACHBEMERKUNG UND DANK

Verehrte Leserin, geschätzter Leser,

dieses Buch über die mörderische Reise im Wüstenexpress – nebst Verfolgungsjagden, mythologischem Exkurs, Schifffahrt und Ausgrabung, flankiert von in Üppigkeit dargereichten Leichen – hätte schon viel früher beendet sein sollen, aber tief schürfende Recherchen verlangten mir einiges ab.

So musste ich öfters mit der Bahn fahren.

Schon die Überwindung einzelner Kurzstrecken (beispielsweise die Entfernung Münster - Bochum) stellt die Bahn oft genug vor unlösbare Aufgaben. Was auf jeden Fall mitunter absolut ausgeschlossen scheint, ist der Transport von Menschen.

Was jedoch im Umkehrschluss für mich bedeutet hat: Da meine Reise weit in den Süden gehen sollte, stellte die Beförderung meiner Wenigkeit ein Himmelfahrtskommando dar. Ich war monatelang unterwegs. Besser: Die eigentliche Reise dauerte verschwindend wenige Wochen. Nur habe ich zwischen den Reiseabschnitten und Fahrten so unsäglich lange warten müssen.

Dann die Schiffsreise: Wer jemals mit einem Dampfer die Weltmeere beschifft hat, weiß, dass es nahezu an ein Wunder grenzt, zwischen den ganzen Haupt-, Neben- und Zwischenmahlzeiten überhaupt noch etwas Gescheites zu essen zu sich zu nehmen und dabei von seiner Umgebung auch nur das Geringste mitzubekommen. Währenddessen noch zu recherchieren, zu überlegen, zu schreiben: ein Ding der Unmöglichkeit.

Ebenso die Aufenthalte in Griechenland und Ägypten: zauberhafte Metropolen, die einen wie mich mit ihrem Zauber zu bezirzen verstehen und solcherart abzulenken wissen, dass ich von Glück reden kann, dass sie mir noch das Leben gelassen haben; atemlose, betörende Wochen waren das.

Ferner bin ich während meiner Odyssee noch von einer Herde Nilpferde verschleppt und monatelang versteckt gehalten worden. Dann quälten mich mehrere hochgiftige Schlangenbisse, die mich über Wochen ans Spitalbett gefesselt hielten.

Und nicht zu vergessen, der Angriff mehrerer libyscher Dressurmücken, die es auf mein Leben abgesehen hatten; aus welchen Gründen auch immer.

Kurzum: Meine Arbeit an dieser Kriminalgroteske wurde von einigen Unzufälligkeiten flankiert, die die Veröffentlichung etwas hinauszögerten. Nun ist es vollbracht.

Denn was tut man nicht alles für seine geliebte Leser*innenschaft*inninnen?! Eben. Alles.

Und selbst das ist nicht zu viel.

Was ein Autor braucht beim Schreiben, ist Unterstützung.

Und die hatte ich auch diesmal.

Deshalb geht mein großer Dank an unseren Reiseleiter der Herzen: Leonhard Koppelmann, der alles schön beisammenhält und unseren Abenteuern den nötigen Pfeffer gibt, und natürlich danke ich auf Knien der besten Reisegruppe, die man sich wünschen kann: Annette Frier, Bastian Pastewka und Christoph Maria Herbst, die auf jedes Kamel springen, die jeder killenden Mumie hinterherrennen und sich in jeden reißenden Gebirgsbach stürzen: Ihr seid die Besten, und natürlich danke ich Peter Harrsch, der uns so vollendet zum Klingen bringt.

Und ein großer Dank an alle, die an der Veröffentlichung all der Abenteuer um Alfons Friedrichsberg, Jupp Straaten und Willi Dahl in den letzten Jahren beteiligt gewesen sind und sein werden.

Ebenso danke ich Kai Uwe Struwe, mit dem zusammen ich den Schlager – der selbstredend nicht von einem weitestgehend unbekannten und als verschollen geltenden Komponisten stammt – *Schatz, ich grüß Dich aus der Ferne* komponiert und getextet habe.

Dann ein großes Dankeschön an meinen Lektor Volker Maria Neumann, der alles immer im Blick behält, und natürlich an meinen Verleger, den einzigartigen Ralf Kramp und seine liebe Frau Monika und ihr ganzes Team vom KBV-Verlag, besonders Sabine Hockertz. Wie schön, mit euch immer wieder auf Bücherreise gehen zu dürfen. Vielen Dank!

Dass ich so viele Krimis lesen, hören und gucken konnte, und das schon seit frühester Kindheit, das verdanke ich meinen Eltern Ralf und Gerda. Hätten die mich nicht gelassen, wer weiß, ob ich heute so schön theoretisch morden könnte. Ich danke euch dafür sehr!

Und selbstverständlich das größte dicke Dankeschön an Annette und Lotta, die fest in meinem Herzen sind und ohne die sowieso nichts geht und mit denen jede Reise eine große Freude ist.

Anschließend möchte ich Sie noch warnen: Alle Orte, Personen und Begebenheiten aus diesem Buch sind frei erfunden. Nichts hat sich so zu irgendeiner Zeit auch nur ansatzweise zugetragen. Auch die Orte hat es so nie gegeben. Alles entspringt der karlmayschen Fantasie des Autors. Drum: Versuchen Sie bitte nie, die Orte des Geschehens aufzusuchen. Es könnte Sie an Ihre Grenzen bringen.

Und dahin wünscht Ihnen eine schöne Fahrt,

Ihr Kai Magnus Sting

Kai Magnus Sting

DAS ABC DES SCHÖNEN MORDENS

Taschenbuch, 352 Seiten
ISBN 978-3-95441-460-4
13,00 EURO

Dem armen alten Alphabet ist schon so viel zugemutet worden, und jetzt auch noch das!

Die drei Hobbydetektive Alfons Friedrichsberg, Jupp Straaten und Willi Dahl befinden sich in einer schier ausweglosen Situation: Von einem unsichtbaren Gastgeber eingesperrt in einem abgelegenen Haus, umzingelt von unzähligen Büchern und Nachschlagewerken, müssen sie sich ein mörderisches Alphabet ausdenken, um dem eigenen Tod zu entkommen!

Wird ihnen das gelingen? In nur 26 Stunden? Es ist davon auszugehen. Aber wie sie das anstellen, das ist ein einzigartiges Krimi-Lesevergnügen.

Und so entsteht es also Mord für Mord, das ultimative Nachschlagewerk, wenn es ums stilvolle Abmurksen, Meucheln und Umdieeckebringen geht. Ein unverzichtbares Lexikon des schönen Mordens, das in keinem Haushalt fehlen darf. Von A wie Ameisenhaufen oder Abbeizen über K wie Krabbensalat und Kuhmist bis Z wie Zimtschnecke oder Ziegenbiss.

»*Kurze Komödien des Killens, durchzogen von einem schwarzen, aber auch sehr menschlichen Humor.*« (WDR, Stefan Keim zu »Tod unter Gurken«)